藤田宜永

彼女の恐喝

実業之日本社

実業之日本社文庫

目次

プロローグ

大型の台風二十号が勢力を保ったまま、夜半《やはん》には東京を直撃する。十分な警戒が必要だと、学校に出かける前に視《み》たテレビのニュースがしつこく言っていた。最近の天気予報はやや大袈裟《おおげさ》だと、岡野圭子《おかのけいこ》は思った。最悪の状態を強調しておかないと、何かあった時に視聴者からクレームがくる。テレビ局が恐れているのは台風ではなくて、クレーマーのような気がした。

聞いた話によると、アメリカでは天気予報が外れても、文句を言ってくる人間はほとんどいないという。

予報はあくまで予報。外れることだってある。アメリカ人の大らかな態度の方がずっと健全だ。

圭子は都内の女子大に通っている。歳《とし》は二十二歳。文学部国文科の四年生である。

その日の午後、フランス語の授業に出た。教授が出欠にうるさいので外せないのだ。

授業中に店のスタッフからメールが入った。てっきり店は閉めるものだと思っていたが、逆だった。

圭子は六本木《ろっぽんぎ》のクラブで、ホステスのアルバイトをしている。

授業が終わった後、店に電話をかけた。

「台風だから、お客さん、来ないいんじゃないんですか？」

「銀座《ぎんざ》は閉めるけど、六本木は休まない。台風の夜って、意外と客が入るんだよ。早めには閉めるだろうけどね。送りの車はあるから、足の心配はいらない。だから、必ず出てきて、彩奈《あやな》ちゃん」

圭子の源氏名《げんじな》は彩奈である。

「分かりました。出ます」

気分がむしゃくしゃしていなかったら断ったかもしれない。

台風の日に出かけることが、気持ちにカツを入れてくれる。そんな気がしたのだ。

家を出る時、すでに雨が降り出していて、風もかなり吹いていた。

圭子はスキニーのデニムにブーツを履き、レインコートを羽織って、マンションを後にした。

駅に着くまでに、三度傘の骨がひっくり返りそうになった。

六本木に着いた。普段よりも人出は少なかったが、それでも交差点には、フードを被《かぶ》った客引きたちがたむろしていた。

店に入ったのは八時少し前だった。

店は早い時間から混んでいた。スタッフの言っていた通り、台風など気にせずやってくる客がいたのである。

気がしれない。何が面白くて、台風の日にまでクラブに来るのか、客の気持ちがまるで分からなかった。

客層は圭子の好みではない四十代ばかりだった。

「電車がなくなったらタクシーも拾えなくなる。朝までどこかで飲もうよ」

広告代理店を経営しているという男が誘ってきた。

「送りがありますから大丈夫です」

「そんなの断っちゃえよ」男は圭子の腰に手を回してきた。

こういうことはよくあるが、いつまで経《た》っても慣れることができず、圭子は席を蹴って立ち上がりたくなるのだった。

「ちょっと駄目ですよ」圭子は笑いながら男の手を取って、彼の膝の上に戻した。

いくつかの席を回らされた。

外はまるで見えないから、台風がどうなったかまったく分からなかった。

十時半頃に三人の客が入ってきた。ひとりはテレビでよく見る五十代のお笑い芸人だった。ふんぞり返っていて、顔が売れているのを鼻にかけているような態度だった。若い男はマネージャーで、車の運転があるらしく酒は飲んでいなかった。もうひとりは税理士だと言っていた。お笑い芸人と税理士の関係はよく分からなかった。

女の子たちが客の間に座った。圭子は端に浅く腰を下ろした。隣は税理士の男だった。名前は島崎《しまざき》といった。島崎は店に来る前からかなり飲んでいるようだった。口数の少ない大人しそうな男で、お笑い芸人が身振り手振りを交えてしゃべる自慢話を黙って聞いていた。時々、話に合わせて口許《くちもと》をゆるめたが、明らかにお追従《ついしょう》笑いだった。

島崎が圭子に目を向けた。「こんな日まで出勤するなんて大変だね」

「外はどんな具合ですか?」

「大荒れ。俺、台風がくると妙に興奮するんだよ」

「私も台風、好きですよ」

「気が合うね」

「そうですね」

シャンパンが抜かれたので、担当の女の子は上機嫌だった。

次第に客が少なくなってきた。スタッフが圭子に近づいてきて耳打ちした。

「送りの車だけど、事故っちゃって来られない」

「じゃ、私、電車で帰ります。もうしばらくしたら出ていいですよね」

「いいよ」

圭子は杉並区《すぎなみ》に住んでいる。最寄《もよ》りの駅は丸ノ内線《まるのうち》の南阿佐ケ谷《みなみあさがや》である。

「何かあったの?」島崎が訊《き》いてきた。

圭子は事情を簡単に説明した。

「送ってあげるよ。僕は荻窪《おぎくぼ》に住んでるから」

「いいです。タクシーを拾うのも大変そうだし」

「駅から家までどれぐらいあるのか知らないけど、歩くとずぶ濡《ぬ》れになっちゃうよ。いいから僕に任せて」

島崎はタクシー会社に電話を入れた。二十分ほどでタクシーはくるという。

圭子のマンションは駅からかなり離れている。歩くのは面倒だった。しかし、客に送ってもらうことには抵抗があった。

働き始めた頃、マンションの前まで客に送ってもらったことがあった。その客から、翌々日、圭子にメールが入った。圭子は勉強中だった。

今、マンションの前にいるという。お茶でも飲もうと誘ってきたのだ。

ベランダからそっと見てみると、ツーシーターのオープンカーが停《と》まっていた。

それだけのことだと言ってしまえば、それまでだが、不愉快で堪《たま》らなかった。返信するのも腹立たしい。圭子は無視した。するとまたメールがきた。それも相手にせず、パソコンの画面に視線を戻したが、集中することはできなかった。

その件があってからは、客に送ってもらうことがあっても、南阿佐ケ谷の駅で降ろしてもらうようになった。

店が早めに終わることを知ると、お笑い芸人がチェックを頼んだ。

「通り道だから僕が彩奈さんを送っていきます」島崎がママに言った。

「よかったわね。彩奈ちゃん」

圭子は島崎という初対面の客と帰るしかなくなった。

着替えをすませ、外に出た。

横殴りの雨だった。歩道の隅に停めてあった自転車が倒れている。客引きの外国人も店先に避難していた。それでも、通りすぎる男たちに「社長、おっぱい、おっぱい」なんて声をかけていた。

傘をさしてはいられなかった。

お笑い芸人は、マネージャーの運転する車で帰ると言って、去っていった。

タクシーを待つ客が車道に何人も立っていて、迎車のタクシーが路肩に何台か停まっていた。

島崎は、自分が予約した車を見つけた。

島崎を先に乗せてから、圭子は座席に腰を下ろした。

数分間しか外に立っていなかったのに薄いコートに雨がしみていた。圭子は濡れたコートを脱いで、髪や肩をハンカチで拭いた。

タクシーは霞《かすみ》が関《せき》から高速に乗った。

「あの芸人さん、先生のお客様なんですか？」圭子が訊いた。

「僕の父親が見てるんだ。本当は父親が今日、付き合うはずだったんだけど、代わりに行けと言われたから来たんだよ。一応、お客だから、奢《おご》ってもらっても気を使うから疲れた」

島崎は背もたれに躰《からだ》を預けた。

ワイパーが雨に負けていた。時折、車窓を横殴りの雨が叩《たた》いた。

「彩奈ちゃんのこと、気に入ったよ」

「ありがとうございます」圭子は曖昧な笑みを浮かべた。

島崎が目の端で、圭子の躰を舐《な》めるように見つめた。

「今度、僕とデートしようよ」

圭子は目を伏せ、口を開かなかった。

彼の手が膝に伸びてきた。躰を少し斜めにして、島崎を避け、窓から外を見た。

豪雨に晒《さら》された街並みが見えている。

「ドレスもいいけど、普段着の方がもっと可愛《かわい》いね。僕、デニムの似合う女の子に感じるんだよ」

島崎はしつこかった。太股《ふともも》の内側に露骨に指を這《は》わせてきた。

「止《や》めてください」圭子は彼の腕を押しのけた。

島崎がぐいと躰を圭子に寄せてきた。「ご飯食べようよ。和、洋、中、何が好き」

「……」

「同伴ノルマあるよね。協力するよ」

「すごく酔ってるんですね。店では気づかなかったですけど」

「全然、酔ってなんかいないよ」また手が伸びてきた。

圭子がドアにぴたりと躰を寄せ、島崎の手を再び払った。

運転手がルームミラーで、こちらを視ているのが分かった。

「意外と固いんだね」島崎がふて腐れたような顔をした。「ちょっとぐらいいいじゃないか」

馬鹿。いきなり触られて喜ぶ女がどこにいる。圭子は胸の中で悪態をついた。

しかし、まさかお触りをしてくる男とは思わなかった。店にいた時、大人しかったのは連れがいたからだろう。

早くタクシーから降りたい。しかし、高速を走っている限りは、どうしようもなかった。

吹き降《ふぶ》りがタクシーを攻め立てている。車の中まで何となく湿ってきた気がした。

やがて、タクシーは新宿《しんじゅく》で高速を下りた。

白けた雰囲気が漂っていた。

島崎はもう触ってこなかった。

タクシーが青梅《おうめ》街道を走り始めた。

家まで送ってもらうなんてとんでもない。

中野坂上《なかのさかうえ》に差しかかった。信号が赤になった。

「運転手さん、ここで降りますからドアを開けてください」

一部始終を黙って見ていた運転手は、すぐにドアを開けてくれた。

「彩奈ちゃん、送ってくって言ったろう」いきなり腕を掴《つか》まれた。

「放して」圭子は大声を出した。

島崎は気圧《けお》されたのだろう、手を放した。

圭子は傘もささずに、外に飛び出し、走り出した。

中野坂上の駅に入った時は、髪から滴《しずく》が垂れるほど濡れていた。惨めでしかたがなかった。島崎の誘いを強く断るべきだった。圭子は後悔した。

地下鉄は動いていた。南阿佐ケ谷の駅で下車した。

いよいよ雨風は激しくなった。路上を走る雨は白い布のように波打っていた。街路樹が大きく揺れ、葉を路上に散らしている。突風に、足許がおぼつかなくなり、一瞬、躰を攫《さら》われそうになった。

コートの裾が捲《まく》れ上がるのも気にせず、青梅街道を荻窪方面に向かって歩き出した。傘の骨が折れた。しぼんだ傘を前にして、風に負けないようにして歩を進めた。

空の缶コーヒーが音を立てて歩道を転がっていく。

泣き出したい気分だった。濡れた服が肌にまとわりついてきて気持ちが悪い。あの税理士に体中を触られたような気分だった。

急に辺りが一斉に暗くなった。

何が起こったのか分からなかった。圭子は立ち止まった。雨が頰を容赦なく襲ってきた。

信号が消えていた。停電になったのだ。

走っている車のヘッドライトの灯《あか》りを頼りに歩き出した。歩道には圭子以外に人影はなかった。

交差点にさしかかった車はすべて徐行していた。長く尾を引きずるようなクラクションの音が聞こえてきた。

しぼんだ傘の端から前を見て、足許に気をつけながら歩いた。

突然、男の姿が前方に現れた。左に建つ建物から出てきたらしい。男は傘を開こうとした。が、うまくいかない。男の着ているレインコートが激しくはためいていた。

ヘッドライトの灯りが、男の顔を照らし出した。

知っている顔だった。たまに店にくる国枝《くにえだ》という男である。

国枝は辺りを見回してから、圭子に背を向け、風に負けないように、背中を丸くして歩き出した。

声をかけるような暇はなかった。国枝の歩みは速く、何かに追い立てられているような感じがした。

国枝が右足を少し引きずっているのに気づいた。怪我《けが》をしているのだろうか。

ほどなく国枝は路地に姿を消した。

午後十一時四十五分すぎだった。

国枝が出てきた建物の前を通った。古いマンションだった。

国枝は確か品川《しながわ》に住んでいると言っていた。

台風の日に、品川から遠く離れたところに建つマンションで何をしていたのだろうか。ひょっとすると、そのマンションに愛人が住んでいるのかもしれない。

国枝は五十五歳と聞いている。結婚しているとも言っていた。穏やかな感じの男で、遊び回っているようなタイプには思えなかった。しかし、人間はいろいろな面を持っている。あの税理士は触ってくるような人間には見えなかったではないか。大人しそうな国枝に愛人がいても何の不思議もない。

そんなことを考えながら、圭子は暗い歩道を歩き、家に向かった。

路地に入ると真っ暗で、電信柱にぶつかりそうになった。

それでも何とか、自分のマンションに着いた。非常用の誘導灯が点《とも》っていた。オートロックは解錠されていて、手で開けることができた。エレベーターは停まっていなかったが、何かあると嫌だから四階まで階段で上がった。

部屋に入ると、懐中電灯を探した。ふたつある懐中電灯をテーブルの上に置いた。

そして、すぐに服を脱いだ。躰が冷えきっている。お湯は出なかった。躰や髪をバスタオルで拭き、部屋着に着替えた。

ワインのハーフボトルがあったのを思いだし、それをグラスに注《つ》いだ。

アルコールが少し躰を温めてくれた。

蠟燭《ろうそく》も点した。

スマホで停電のことを調べた。ツイッターに今の状況が書き込まれていた。

杉並区の大半が停電しているらしい。

税理士の男に触られた不快さが、躰全体に残っていた。
圭子はピョン太を抱きながら蠟燭の炎をただじっと見つめていた。
かすかに揺れる炎が壁に映っていた。
「嫌な奴《やつ》に会ったんだよ。ああいう奴は死んじゃえばいいのにねえ」
圭子はピョン太の頭を何度も何度も撫《な》で回した。
少し落ち着きを取り戻してきた。
しかし、国枝は、こんな台風の最中《さなか》、どこに消えたのだろうか。
人はひとつやふたつ秘密を持っているものだ。
彼が店に来ても、このことは黙っていようと圭子は思った。

第一章　岡野圭子の思い切り

一

何もかもが嫌になっている。

授業に出るのも、化粧をするのも、田舎《いなか》の母親からの電話を受けるのも、友だちのメールに返信することも、食事を作ることも、掃除をすることも、すべてに嫌気がさしていた。

希望、未来、夢……。そうした言葉がテレビから聞こえてくると、「嘘《うそ》くさっ！」と画面に映し出された笑顔に向かって毒づいた。

塞ぎ込んだ気持ちを癒やしてくれるのはピョン太だけ。

ピョン太は小学生の時から、寝る時にはいつも一緒にいる縫いぐるみ。背丈が二十五センチほどの白いウサギである。小さすぎて抱き枕にはならないのだけれど、毎晩枕元に置いている。そして、気分が滅入《めい》った時は、膝に載せてぐじゃぐじゃに撫で回す。

「ピョン太クン、圭子、頑張ってるけど、もう疲れたよ。面倒くさいことばっかりだもん」

ピョン太に愚痴ると、圭子の気持ちは少しは楽になるのだった。

最近、ピョン太に話しかける回数が増えた。十何年もいじり回してきたものだから、白い毛は灰色に変わり、一部は黒ずんでいる。時々、洗濯するのだが元の色には戻らない。

圭子は出版社に就職したいという希望を持っていて、いくつか入社試験を受けた。しかし、すべて採用には至らなかった。売り手市場だと言われているが、圭子が、その恩恵に浴することはなかった。

或《あ》る時、自分の顔を見てぞっとした。知らず知らずのうちにメイクが濃くなっていた。キャバクラ・メイクほど派手ではないが、学生らしい化粧とは言えなかった。もっとも、お水をやっていないのに、ケバい化粧をしている学生はたくさんいるが。

ホステスのバイトを始めて二年半。水商売独特のアカが身についてしまったのかもしれない。

そう思うと、一刻も早く辞めたくなった。しかし、辞めるわけにはいかない。

母子家庭で育った圭子は、家の援助は一切受けていない。入学金も授業料も生活費も、すべて自分で賄っている。ホステスのバイトをするまでは、いつも金に困っていた。

夜の仕事は普通のバイトよりも金が稼げるし、授業にもきちんと出られる。だから、誘いがあった時、迷わずに面接を受けにいった。

店が終わってから客に誘われることは少なくない。いわゆる、アフターというやつだ。圭子はできるだけアフターを避けてきた。午前一時に店が終わると、店側が用意した車でさっさと家に戻る。

しかし、いつでも客の誘いを断れるわけではなかった。ママに言われ、カラオケやバーに付き合わされ、帰宅が午前三時をすぎることもある。

酒を飲みすぎると眠りが浅く、授業に集中できないこともしばしば出てきた。それでも勉強を怠ることはなかった。成績は上位につけている。

だが、このところ気分が冴《さ》えない。十月の声を聞いても就職が決まっていないせいだ。

圭子は奨学金制度を利用していた。卒業したら何十年にもわたって、返済していかなければならない。

希望した大学にさえ入れれば、将来が開ける。圭子は高校の時に、何の根拠もなくそう信じていた。

今にして思えば、馬鹿げた夢だった。大学出など、掃いて捨てるほどいるし、圭子が入りたい出版社は狭き門で、成績がちょっといいぐらいでは相手にしてもらえなかった。

このままホステスを続けていれば、食べてはいけるし、奨学金も返せるけれど、それでは何のために頑張ってきたのか分からなくなってしまう。

一緒に同じ店に入った亜紀子《あきこ》は水商売が水に合ったのだろう、ほとんど学校には来なくなり、一年で二回も店を変え、青年実業家らしき男たちと遊び回り、或るIT企業の社長の愛人になった。

そういう生き方もありだろう。だが、圭子は絶対に亜紀子のようにはなりたくなかった。

学生にしては法外に実入りはいいが贅沢《ぜいたく》はしていない。貯金に励み、化粧品だってコンビニで買えるような安いものですませている。

結婚？　考えたこともない。

恋人は？

上京してから、新宿でばったりと会った高校の時の同級生と意気投合し、何度か会っているうちに、恋心が芽生え、付き合った。しかし、相手は次第に圭子の生活に干渉し始めた。当時はコンビニでバイトをしていたが、彼は、店を休んでまで自分の都合に合わせろと言い出した。断るとまるでだだっ子のようになり、始末に負えなくなった。バイトもあるし勉強もしなければならない。圭子はその男と付き合うのが心底嫌になった。

六本木のクラブでバイトを始めたのはその頃だった。

彼にはバイト先を変えたことを教えた。相手は、お水をやると聞いて、意味もなく怒りだした。

それがきっかけとなり、彼に別れを告げた。相手はぐずぐず言っていたが、圭子は無視した。

或る夜、仕事が終わって、店の車で家に戻った時、彼がマンションの前に立っていた。

「圭子、俺……」彼の息づかいは激しかった。

圭子は恐怖心しか感じなかった。

彼を無視し、マンションの中に駆け込んだ。

「圭子の馬鹿野郎！」

男の声が周りに響いていた。

まさか彼がストーカー紛《まが》いの行動に出るとは思いもしなかった。

それからしばらくは出かける時も帰宅の際も辺りを警戒するようになった。

そんなことがあっても、恋愛をしたいという気持ちがまるでなくなったわけではない。メロドラマを観《み》ると、胸が躍ることもある。しかし、ドラマはドラマ。恋の先行きなど見えている。結婚に結びつけばハッピーエンド。そうでなければ、振るにしろ振られるにしろ別れがやってくる。修羅場にならなくても、心理的負担はかなりのものである。生々しい気持ちをぶつけ合わずに別れることなど不可能に近いだろう。

クラスメートの麻美《あさみ》は、付き合っていた田熊《たぐま》という先輩に振られた。いきなりメールも電話も着信を拒否され、相当落ち込んでいた。着信拒否なんて卑怯《ひきょう》だ。絶対に許せない。圭子は、麻美の気持ちになって憤慨した。

「制裁を加えてやりたい」麻美がぽつりと言ったことがあった。

大人しくて引っ込み思案の麻美の口から〝制裁〟という言葉が飛び出したことに圭子は少なからず驚いた。

「制裁って何をするのよ」

「闇サイトには、傷ついた女の代わりに、相手をぎゃふんと言わせてくれるところがいくらでもある」

「変なこと考えない方がいいよ。警察沙汰になったら大変よ」

麻美が短く笑った。「冗談。私、そんな怖いことできないよ」

その話を聞いた二ヶ月後、キャンパスで麻美を振った田熊に会った。頭に包帯が巻かれていて、松葉杖《まつばづえ》をついていた。

「どうしたんですか？」圭子が田熊に訊いた。

「変な奴に因縁をつけられて、この様《ざま》だよ」

圭子の顔色が変わった。

麻美が闇サイトの人間を雇ったとは思いたくなかった。単なる偶然だろう。圭子は自分にそう言い聞かせた。

「田熊さんが怪我したの知ってる？」

田熊に会った直後、麻美に訊いてみた。

「知らない。何かあったの」

「変な奴に因縁をつけられたんだって」

「天罰ね」麻美は涼しげな顔をしてつぶやいた。

圭子は目の端で麻美の横顔を盗み見た。

この子が、誰かに頼んで……。

疑惑が圭子の胸の中で渦巻いた。しかし、それ以上、そのことには触れなかった。

麻美は地元、愛媛《えひめ》の建設会社に就職が決まった。振られた傷も癒えたようで、すっかり元気を取り戻していた。

彼女の穏やかな表情を見る度に、松葉杖の田熊を思いだしてしまうのだった。

こういう友だちの経験も、憧れは持ちつつも、恋から圭子を遠ざける原因になっていた。

圭子は自分の容姿を、まあまあだと思っている。広い額と小さな目がコンプレックスだったが、ちょっと突き出た唇と、ピンセットでつまんだような、と表現される鼻は気に入っていた。

店でも圭子は人気がある方で、彼女を目当てに通ってくる客もひとりやふたりではなかった。

圭子はヘルプだから、プロのお姉さん方のアシスタントのようなものである。同伴ノルマはある。しかし、ほとんど営業メールを送ることはなかった。

税理士の島崎はかなりタチの悪い客だが、そこまでいかなくても変なのは大勢いる。

メール交換したら、いきなり〝旅行しよう〟と誘ってきた男がいた。ポルシェを持っていることを自慢にしているチャライ男だった。大きな寺の住職の息子で、彼自身も坊主だという。そのことを知った時、圭子は啞然《あぜん》としてしまった。

ホステスのバイトをやったことで、ますます男とは縁遠くなった。

会社社長でも四十代ぐらいだと、店に来れば、〝俺様〟風を吹かせる幼稚園児みたいなものだった。涎《よだれ》かけの代わりにネクタイを締めている。圭子は密《ひそ》かにそう思い、内心、彼らを馬鹿にしていた。

そういう客には先輩から教えられた〝さ、し、す、せ、そ〟理論で相手をすることにしている。

〝さ、し、す、せ、そ〟理論とは、〝さあね〟〝しらない〟〝すてき〟〝せっかくだから〟〝そうね〟といった言葉を適宜に繰り返すことである。

〝せっかくだから〟は使ったことはないが、他の言葉はよく口にする。そうやってやりすごしている。

圭子は五十代、六十代の客の席につくのが好きだった。大人しく飲んで、圭子の話もよく聞いてくれるからである。圭子は店で〝ジジイ殺し〟と言われていた。

圭子は自分がリラックスできる客につきたかっただけだが、言われてみれば、自分はぐんと年上の男が好みなのかもしれないと思った……。

台風の翌日、圭子は昼近くまでベッドの広がりから抜け出ることはできなかった。

その日は土曜日で、授業はない。店も休みだった。

風はまだ強かったが、台風は去り、陽射《ひざ》しが出ていた。

トーストとサラダで遅い朝食を摂《と》った。シリアルは値段が高いのでたまにしか買わない。

午後になってスーパーに買い物に出かけた。スーパーでも新聞の折り込み広告を見て、できるだけ安いものを買うようにしている。

大金持ちにならなくてもいいが、十円、二十円の違いを気にせずにすむ暮らしがしたいと思った。

昨日、雨に当たったせいだろうか、少し喉が痛い。風邪《かぜ》を引いたのかもしれない。

家に戻ると、市販の風邪薬を飲んで、卒論に取りかかった。三年生の時から準備をしてきたが、出来上がるまでにはまだ時間がかかる。卒論に選んだのは太宰治《だざいおさむ》だった。卒論に太宰治を取り上げる学生は珍しくないが、圭子は、太宰の作品を通して、現代の若者の生態にまで筆を進めるつもりでいる。そのためには、若い社会学者が書いた本も読まなければならなかった。枚数は百枚。圭子にとってはかなり大変な作業である。

夕方まで卒論と格闘した後、夕食の用意をした。その夜はカレーライスにした。カレーを食べながら、テレビを視るともなしに視ていた。

ニュースが流れ始めた。

スプーンを動かす手が止まった。

『杉並区のマンションで、女性が鋭利な刃物で、首や顔を数ヶ所刺されて倒れているのを、訪ねてきた家族が見つけ、杉並署に通報しました。女性は出血多量で亡くなっており、警察は殺人事件と断定し、捜査に乗り出しました。殺されたのは、華道教室の講師、佐山聡子《さやまさとこ》さん、四十二歳。捜査関係者の話によると、部屋には争った痕跡があり、午後十一時四十分頃に、悲鳴のようなものを聞いた住人がいて、その直後、階段を駆け下りてゆく足音がしたという証言もあるとのことです。犯行現場となったマンションは青梅街道に面した人通りの多い場所にありますが、昨夜は台風が原因で、その一帯は停電になっており、悲鳴が聞こえた時刻、近くのコンビニなどの防犯カメラの多くは作動していなかった模様です』

圭子は画面に見入っていた。

映し出されていたマンションは、昨夜、国枝が出てきたのと同じに思えた。悲鳴が聞こえたという時刻を少しすぎてから、圭子は国枝を目撃している。足を引きずっていたのはなぜだろうか。

自分には関係のないことだが、事件のことが頭から離れない。

食事を終え、洗い物もすませてから、圭子はマンションを出た。風邪気味だから家にいればいいのに、ともうひとりの自分が言っていたが、圭子の足は、国枝が出てきたマンションに向かっていた。

マンションが近づいてくると、鼓動が激しくなり、足も速くなった。

マンションの周りに変わった様子はなかった。警察官や報道陣の姿はなかった。マンションを見上げた。三階の左端のベランダがブルーシートに被《おお》われていた。

向こうから歩いてきたふたりの若い男と擦れちがった。

「すごいんだぜ。殺人事件が起こったマンションの住人は、一応、全員調べられるんだよ」

背の高い方がそんなことを言っているのが耳に入った。

肩越しに男たちの様子を見ていると、彼らは例のマンションに入っていった。

これで間違いない。国枝が出てきたマンションで殺人事件が起こったのだ。

あの人が殺したのか。まさか。たまたま犯行が行われたらしい時刻にマンションから出てきただけではないのか。

しかし、なぜ、こんなに気になるのか、圭子は分からなかった。

翌日、例の殺人事件の続報が報じられていた。

司法解剖の結果、死亡推定時刻は当夜の午後十一時から午前零時の間と断定された。警察は、その頃にマンションから出てきた人物がいなかったか捜査しているという。しかし、停電のせいで捜査は難航しているらしい。

国枝がマンションから出てきたのは十一時四十五分頃だった。

週が明けても、国枝のことは脳裏から離れなかったが、できるだけ考えないようにして学校に行った。

自分には関係がないことだと言い聞かせているうちに普段の生活が戻ってきた。沈んだ生活。勉強に励んでも就職は決まっていないし、ホステスのアルバイトにもうんざりしている。

圭子は貸しあたえられたドレスを着るのが本当は嫌だった。胸の谷間を強調したドレス。金になっても、人身御供《ひとみごくう》にされているような思いしか抱かなかった。

同伴もなく、控え室でコンビニで買ったおにぎりを食べていると、先輩の結花《ゆいか》が入ってきた。

「ねえ、聞いた？」結花の声が興奮していた。

「何をです？」

「恵利子《えりこ》、逮捕されたんだって」

恵利子というホステスは、ＡＶにも出ている女で、かなり柄が悪かった。

「何で？」

「恐喝してたんだって！」

「恐喝？」圭子は目を白黒させて訊き返した。

「彼女のお客で、金融をやってる背の高い人がいたでしょう？」

「いましたね。でも、席についたことはないです」

「その人がね、覚醒剤で捕まったんだけど、それを知ってた恵利子が彼を脅迫して、百万、取ったそうよ。たった百万で捕まるなんて馬鹿よね」

人を恐喝する。考えたこともなかった圭子は、ただただ驚くばかりだった。

その夜、フロアーを歩いて奥の席に向かう客を見てはっとした。

国枝が久しぶりに現れたのだ。いつものように美濃部《みのべ》という男と一緒だった。

これまでの圭子だったら、国枝の席につきたいと思ったろうが、嵐の中、背中を丸め、足を引きずって去ってゆく国枝の後ろ姿が脳裏をよぎると、気が重くて、席につく気にはなれなかった。しかし、呼ばれるに決まっている。

十五分ほど経った時だった。

「彩奈さん」スタッフに声をかけられた。

ついていた客たちに、挨拶をしてから彩奈は席を立った。

果たして、圭子は国枝の席に呼ばれた。

「こんばんは。失礼します」

圭子は国枝の隣に腰を下ろした。

「元気にやってましたか？」国枝が落ち着いた声で訊いてきた。

「はい。お水割りでよろしいですか？」

「うん」

圭子はグラスに氷を入れ、ウイスキーを注いだ。

「君も飲んで」

「いただきます」

自分のためにも酒を作った。

国枝が煙草《たばこ》をくわえた。圭子が火をつける。客とホステスの間で行われるごく普通のことなのに、ライターを握っている手に、いつになく力が入っていた。

国枝は紺色のスーツに白いシャツを着ていた。ネクタイは締めていない。髪は七・三に分けられている。こめかみの辺りがうっすらとだが白い。整った顔立ちだが、これといった特徴はなく目立たない人物で、色気はないが清潔な感じのする男である。

国枝は人材派遣会社を営んでいる。派遣会社といっても、ちょっと特殊で、エンジニアしか派遣しないのだという。情報システム、エレクトロニクス、メカトロニクスなどのスペシャリストを社員として雇い、必要な人間を企業に送り込むのだそうだ。

話を聞いていても、圭子はよく呑《の》み込めなかったが、いい加減な派遣会社ではないと、国枝が言いたいのだということは分かった。

国枝が店に来る時は、いつも美濃部と一緒である。決して、ひとりで来たり、他の人間を連れてくることはなかった。美濃部は、国枝が通っている歯科医の院長だった。ゴルフ仲間になったのが縁で、時々、飲むようになったのだという。

「僕は、こういう場所は不慣れなんだよ」

初めてきた時、国枝はそう言っていた。

美濃部の方はクラブが好きらしく、他の店の常連でもある。そんな美濃部が誘わなかったら国枝は店にはきていなかっただろう。

圭子は、こういう場所にしょっちゅう出入りしている男は好きにはなれなかった。将来、結婚することがあっても、クラブなどが苦手な男がいいと思っていた。

「就職の方はどうなった？」国枝が圭子に訊いてきた。

そう言えば、国枝が最後にきたのは七夕《たなばた》祭りの頃だった。圭子の就職が駄目だと分かったのは八月に入ってからである。

「聞かないでください」圭子は笑って答えた。「全部、駄目でした」

「そうか。余計なこと聞いちゃったね」

「いいんです。現実は厳しいって思いました」

「出版社が希望だったたね。僕は畑違いだから、役に立てないな」国枝は申し訳なさそうに言い、グラスを空けた。

圭子は彼のグラスを自分の手前に運び、ウイスキーのボトルの栓を抜いた。

「この間の台風の時も店、やってたんですよ。うちってすごいでしょう」

美濃部についている真美《まみ》の声が耳に入った。

「あんな大荒れの日でも、客って来るのかい？」美濃部が驚いていた。

「けっこう入ってました」真美が答えた。

国枝が圭子に目を向けた。「君も出たの？」

「はい」

「帰りが大変だったろう」

「私、杉並に住んでるってお話ししましたよね」

「うん」

「停電になって、信号も止まってしまったんですよ」

「新聞で読んだな、そう言えば」

背中に冷ややかなものを感じた。国枝が、殺人の起こったマンションから出てきた時、すでに辺りは停電になっていた。

国枝は嘘をついている。なぜ隠すのだろうか。

「台風の夜はどうなさってたんですか？」圭子はさりげなく訊いた。

「何をしてたかな」国枝は少し考えてから口を開いた。「家にいたよ。あの台風はすごかった。近所の建設現場の足場が崩れてね」

「怪我人が出たんですか？」

「崩れたのは深夜だったから、幸い近くには誰もいなかったみたいだ」

国枝は太くてすんだ声の持ち主である。どんな話をしている時でも、包み込むような優しさを感じる。

こんな人が……。圭子は脳裏をよぎったことを慌てて打ち消した。

国枝が、人を殺したなんて考えられない。愛人宅にいたから、本当のことが言えないのだろう。

しかし……。圭子はグラスに口をつけた。

改めて、あの夜のことを思いだしてみた。

マンションから出てきた国枝はタクシーを拾う様子もなく路地に消えた。あの大嵐の最中、なぜそんなことをしたのだろう。あのマンションの前からタクシーを拾おうとするのが普通ではないだろうか。

なぜ？　胸に暗い思いが拡《ひろ》がっていった。

あの島崎とかいう税理士が誘ってこなかったら、家まで送ってもらっていただろう。そうしていたら、国枝に会わずにすんだ。会ってなければ、疑念を抱かず、国枝と愉《たの》しい会話ができたのに。圭子は島崎という男に腹が立ってきた。

「感心するな、彩奈さんには」国枝が眉をゆるめて、圭子を見た。

「どうしてです?」圭子は顔を作って訊き返した。

「勉強をしながら、こういう仕事をするのって大変じゃないか」

「そんなことないですよ。昼間、仕事を持っている人の方がきついと思います」

「早く就職が決まって、この仕事から抜けられるといいね」

「私、この仕事、嫌いじゃありませんよ」圭子は笑って嘘を言った。

席でホステスの仕事の悪口は言いたくなかった。

「いい意味で、彩奈さんは素人《しろうと》くさい。長く、この商売をやる女の子には思えないけどな」

「止めてくださいよ」真美が躰を左右に動かしていた。

美濃部が後ろから手を回して、真美の乳房を触っていたのだ。

よくあることなのに、いつ見ても嫌な思いがするのだった。

国枝は絶対にそういうことはしない。つまらない冗談も言わない。いつも真面目《まじめ》な会話になる。圭子は、国枝のことをいい人だと思っている。彼だったら、ご飯を食べようと言われたら付き合うだろう。好感の持てる人間。そんな人の秘密を知ってしまった。圭子の心に翳《かげ》りが生まれた。

「杉並の方に来られることなんてあります?」圭子は思いきって訊いてみた。

「滅多に行かないな。用がないから」国枝は淡々とした調子で答えた。「何かあるの？」

「いえ。お仕事でいろんなところを回ってるんじゃないかと思って」

「社員を送り込んだ会社にはよく行くけど、杉並に顧客はいないから。杉並のどの辺に住んでるの？」

圭子は大体の場所を教えた。

「その辺って全然行かないからまったく分からないな」

国枝の嘘を聞くのが辛《つら》かった。なのに、その気持ちとは裏腹に、なぜ、台風の日に、あのマンションから出てきたのか知りたくなっている。圭子の想像を裏切るような、明るい真実が飛び出してくるといいのだが。

「彩奈ちゃん」美濃部の声が飛んできた。「ふたりでしんねりむっつり何を話してるんだい」

「別に」

「先生、こっちはこっちで愉しんでるんだから放っておいてください」国枝が冗談口調で言った。

「彩奈ちゃんは、社長のお気に入りだもんな。他の店に行こうって言っても、社長はいかないんだよ」

「僕は彩奈さんが気に入ってるよ」国枝がきっぱりと言ってのけた。

圭子は、国枝に〝さん〟づけされるのがなぜか嬉《うれ》しかった。気楽に〝ちゃん〟で呼ばれるよりも距離があるが、簡単に距離を縮められるクラブで、一線を引いているところに、国枝の品位を感じるのだった。

「ところで、足の具合はもういいのかい」美濃部が国枝に訊いた。

「ああ。骨折はしてなかったようですよ」

「どうかなさったんですか？」圭子が訊いた。

国枝の目が一瞬泳いだ。「大したことじゃないんだ。足の上に鉄アレーを落としちゃってね。打撲ですんでよかったけど、すごく痛かった」

ここでもまた国枝は嘘をついている。殺人事件の起こったマンションで、何かあって足を怪我したに決まっている。

圭子は居たたまれない気持ちになり、ついグラスを一気に空けてしまった。

「へーえ、珍しいね。彩奈さんがそんな飲み方をするのを見たのは初めてだよ」国枝が薄く微笑《ほほえ》んだ。

「社長に会ったら、気分が……」

国枝が目を瞬《しばたた》かせた。

「悪くなったのかい」

「違います」圭子は慌てて否定した。「安心して、飲みたくなったんです。他の席だと、私、けっこう緊張するんですけど、社長の席だとリラックスできるもんですから」

「ならいいけどね」

「ごめんなさい」

「いいんだよ。リラックスできるんだったらいくらでも飲んで」

真美が、二本の前歯の間が空いていることを美濃部に話した。美濃部は、うちにきたらすぐに直してあげると言った。

それからも取り留めのない会話が続いた。

その間も、圭子は、国枝の嘘のことばかりを考えていた。

「先生、そろそろ行きませんか」国枝が言った。

美濃部が腕時計に目を落とした。「もうこんな時間か」

国枝と美濃部はワリカンで飲んでいたので、領収書は二枚切った。

勘定をすませると彼らは席を立った。

席についていたホステスはエレベーターのところまで行き、見送りをする。

圭子は笑顔で、ふたりに手を振り、深々と頭を下げた。

その夜、家に戻った圭子は、化粧を落としシャワーを浴びてから、テレビをつけた。

夜にやっていたノンフィクション番組を録画しておいた。

テーマは奨学金だった。

今後のことを考えるのに参考になると思ったのだ。

小腹が空《す》いていたのでクラッカーにスライスチーズをはさんで食べた。甘い物を食べたいが、太るので我慢している。

リモコンを操作した。

奨学金を返せないで苦しんでいる人が登場した。ひとりは大学は出たが職がなく、知らない間に、借りた倍の額を返さなければならなくなっていた。もうひとりは就職浪人をしたが、望んだ仕事には就けず、結局、奨学金を返すために不本意な職についていた。取り立てが以前より厳しくなっているようで、三ヶ月以上滞納すると、ブラックリストに載せられるという。ブラックリストに載せられると、クレジットカードは持てないし、住宅ローンが組めなくなることもあるらしい。

例に挙げられていた奨学金制度は、圭子のものと同じだった。

見なければよかった。圭子は暗い気持ちで再生を止めた。

出版社に入って文芸編集者になりたければ、就職浪人をするか、契約社員として潜り込める会社を見つけ出すしかない。

希望する道を諦めて、奨学金を返すために、何でもいいから正社員になる道を選ぶ方法もあるが……。

ホステスをやっている限りは、金のことは何とかなるだろうが、不安は常につきまとっていた。

最近、同伴の回数が極端に減っているので、突然、クビを言い渡されることは十分に考えられる。クビになっても、拾ってくれる店はあるだろう。六本木の交差点でしょっちゅうスカウトに声をかけられるのだから。

しかし、それでは、何のために東京に出てきたのか分からなくなってしまう。水商売からは一刻も早く抜けだしたい、その気持ちが一層強くなった。

ちまちま貯金をして、小さく生きていることに苛立《いらだ》ってきた。

圭子はピョン太を膝に載せた。

不安と孤独が、ゆっくりと盛り上がってくる波のように襲ってきた。

バシャン。波が崩れた。空虚な気持ちが胸に拡がっていった。

ピョン太をベッドに寝かせ、パソコンを開いた。検索サイトに入る。

打ち込んだ文字は〝恐喝罪〟だった。

〝恐喝罪とは、暴力や相手の公表できない弱みを握るなどして脅迫すること等で相手を畏怖させ、金銭その他の財物を脅し取ることを内容とする犯罪。刑法２４９条に規定されている〟

ウィキペディアにはそう書かれてあった。

十年以下の懲役に処せられるらしい。

覚醒剤をやっていた客を恐喝した恵利子というホステスのことを思いだし、パソコンを開いたのだ。

〝恐喝〟という文字は陰気で禍禍《まがまが》しい。

圭子はぞっとした。しかし、パソコンから目が離せなかった。

胸の底の底に、これまで経験したことのない黒いものがたゆたっていた。

一体、これは何だろう。

怖くなった圭子はパソコンを消し、洗面所に向かった。そして歯を磨いた。流しにこびりついた水垢《みずあか》をブラシで落としているようなしつこくて長い歯磨きだった。

それでも、心のざわめきは収まらず、乳房を揺らすくらいの激しい鼓動が続いていた。

ベッドに横になった圭子は小さなピョン太を胸に押しつけた。

得体のしれないものが心の中に生まれ、それがどこかに飛び立ちそうな気がしたからだ。

圭子はすがりつくようにピョン太をさらに強く抱きしめた。

二

次の土曜日の夜、圭子は吉木功太郎《よしきこうたろう》という男のマンションにいた。そこで開かれていた集まりに参加したのである。

功太郎とは半年ほど前、クラスメートの高井弥生《たかいやよい》の家で会った。弥生は田園調布《でんえんちょうふ》の邸《やしき》に住んでいる。父親は投資コンサルタントだという。

両親が外国旅行に出かけているので、家を自由に使えるから、弥生は、自宅で女子会を開いたのだ。麻美も一緒だった。

天井まであるガラス窓の向こうは広い庭になっていて、芝生《しばふ》が敷きつめられていた。革張りのソファーは、相撲《すもう》取りが三人、ゆうゆうと座れるほど大きかった。

圧倒されるばかりで、将来はこんな家に住みたいというような思いはまるで起こらなかった。

弥生の趣味はゴルフとテニス。ベンツの小型車を乗り回している。

人間は平等だということになっている。しかし、それは建て前にすぎない。生まれついた時から、人間には差があるものだ。こんな家に生まれて、幼い時からお小遣いをたっぷりもらって、何不自由なく暮らしてきた弥生と、母子家庭で育った自分との違いは埋めようがないと圭子は思った。

圭子の抱えている悩みや苦労を弥生は理解できないだろう。僻《ひが》みがないと言ったら嘘になる。しかし、弥生のことは嫌いではなかった。性格のいい子である。そんな性格も、ゆとりのある暮らしが作りだしたもののような気がする。そういう風に考える自分はやはりひねくれ者なのかもしれない。

ゼミで一緒の男子学生で、誰が一番格好いいかという話になった。いろいろな男の子の名前が挙がった。麻美と弥生では好みが大きく違った。麻美は、髭《ひげ》が濃くて無口な男が好きだった。一方の弥生は、よくしゃべる瘦《や》せた男がタイプだという。圭子は、俎上《そじょう》に上がった男たちの誰にも興味がなかった。

ゼミの教授の噂話《うわさばなし》も出た。教授は一度離婚しているが、同じ女と復縁したそうだ。同じ相手と二度も結婚する人間の気持ちなど圭子にはまったく理解できなかった。

話が盛り上がっている時に、弥生の兄が友だちを連れて帰ってきた。彼らも飲み会に参加した。

その友だちというのが吉木功太郎だった。話しているうちに、功太郎が同郷だと分かった。さらに詳しく訊いてみると、圭子の知っている酒屋の息子で、彼の妹は、圭子のふたつ上で、同じ高校の陸上部のエースだった。

共通の知り合いもいたから、圭子は功太郎と打ち解けて話すことができた。

功太郎は圭子に名刺をくれた。大手繊維会社の社員だった。歳は二十七だという。メール交換をしませんか、と言われた時、圭子は何の躊躇《ためら》いもなく応じた。功太郎は物腰の柔らかい感じのいい男だった。

弥生の家で出会った翌日、功太郎からメールがきた。

〝同郷の後輩に会えてとても愉しかった。勉強、頑張ってください〟

それだけのあっさりとしたものだった。

〝私も愉しかったです。お仕事頑張ってください〟と打ち返した。

その後も丁寧な文章のメールが届いた。仕事でミスをしたことを面白おかしく書いてきたこともあった。

誘いのメールがきたのは、会って一ヶ月ほど経ってからだった。功太郎とならば食事をしてもいいと思ったが、仕事があるので断るしかなかった。

返信のメールで、圭子は、親からの仕送りを一切受けていないので、ホステスのアルバイトをして生計を立てていることを正直に教えた。

〝自活して学校に通っているなんてなかなかできることじゃない。圭子ちゃんはしっかりしてるんだね。愚痴りたいことも多いでしょう。他の人に話せないことがあれば、僕に言ってください。大して役には立てないだろうけれど、人に話すと気持ちがすっきりすることがあるから。土曜か日曜だったら、僕に付き合う時間が取れますか？〟

圭子は〝はい〟と答え、次の土曜日にデートをすることになった。功太郎は南青《みなみあお》山《やま》にある小洒落《こじゃれ》たトラットリアに連れていってくれた。

功太郎は聞き上手だったから、心の裡《うち》を素直に吐き出せた。

話しやすい相手には違いない。しかし、圭子は自分が功太郎を男として見ていないことに気づいた。

顔立ちは整っていて、背も高い。態度は紳士的だし、これと言って欠点のない男なのに。ひとつ気に入らないことがあるとすれば声だった。鼻にかかった甲高い声。圭子は生理的に受け付けないのだった。

心を許せる先輩。功太郎は、圭子にとってそれ以上でもそれ以下でもなかった。

その後も時々、ご飯を一緒に食べたが、それほど頻繁に会うことはなかった。

彼とのおしゃべりは大半メール。恋心をまるで抱かない男友だちは、却《かえ》って気が楽だった。

就職がうまくいかないことも、店でのちょっとした嫌なことも、クラスメートの悪口も功太郎にメールで伝えた。

その都度、功太郎からは圭子を気遣う言葉が送られてきた。

このようにして功太郎は、圭子にとってとても大切なメル友になった……。

功太郎のマンションは品川の住宅街にあった。知らない人たちの集まりに、功太郎が圭子を誘ったのには理由があった。

やってくる人間のひとりが、大手出版社の総務で働いているから、役立つ情報が得られるかもしれないというのだ。

顔を出しておいて損はないだろう。出版社に知り合いはいないし、コネもない。圭子は功太郎の親切に心から感謝した。

功太郎のマンションには圭子を含めて五人の人間が招かれていた。女は圭子の他にもうひとりいた。名前は桜井律子《さくらいりつこ》。彼女は三十代に思えた。外資系製薬会社に勤めているという。

出版社に勤務している男は田口和正《たぐちかずまさ》といった。田口は明らかに功太郎よりも年上に思えた。他のふたりの男もサラリーマンだった。

彼らには共通の趣味があった。五人ともお城が大好きで、休みの日にみんなで城巡りをしているというのだ。

功太郎が城に興味があることは聞いていたが忘れてしまっていた。

「今度はどこに行こうか」ビール会社に勤めている大屋内《おおやうち》という男が言った。

「水口城《みなくちじょう》はどう？」米島《よねじま》が提案した。米島は車メーカーの社員だという。

「行ってみたいな」そう言って田口がワイングラスを空けた。

「圭子さんも参加しません?」桜井律子が誘ってきた。

「私、お城のことはまったく分かりません」

「ピクニック気分で来ればいい」功太郎が口をはさんだ。

圭子は曖昧に微笑み、首を横に振った。

ピクニック気分になどなれるわけはない。徳川家光《とくがわいえみつ》がどうしたとか、本丸周辺の石垣がどうのこうのとか、専門的な話を夢中になってしている連中の中に入っていけるわけがないのだから。

城の話題が下火になった時、功太郎が田口に話しかけた。

「田口さん、岡野さんはね、出版社に入りたかったんだけど、残念ながら内定が取れなかったんだよ」

「うちの社も受けたの?」

「ええ。でも一次面接で落ちました」

「誰が面接官だったか覚えてる?」

面接官は四人いた。名前を思い出せたのはひとりだけだった。

「山辺《やまべ》さんという方がいました」

「文芸の山辺さんね」田口が短く笑った。「あの人はうちでアルバイトをしていて、その後契約社員になり、そこから正社員になった人でね。あの人自身はちゃんとした試験を受けて入ってないんだ。変でしょう？　裏口入学したような人が面接官を務めるなんて」

「田口さんの会社では契約社員を雇ってるんですか？」

「うん。二年契約で一回更新できるから、普通にやっていれば四年は働けるよ。ボーナスも出る」

「私、契約社員でもいいですから、出版社に就職したいんですけど」

口利きをしてほしいと喉まで出かかったが、口にはしなかった。初対面の相手に、そんな頼み事をすると、却って、印象が悪くなると思ったのだ。

「田口さん、何とかしてあげることはできませんか」功太郎が言った。

田口は困った顔をして、髪を撫で上げた。「今は取らないみたいなんだよ。空きがないから。誰かが辞めないと無理だな」

「アルバイトの方はどうなんです？」圭子が訊いた。

「そっちも同じ。この間ふたり入れたから」

「ひとりぐらい何とかなるでしょう。彼女の人間性は保証しますよ。それに面接までいったんだから、契約社員になるぐらいの資格はあるんじゃないんですか？」

「作家の紹介とかがあるとね、簡単に入れちゃうんだけどな。でも、訊いてはみるよ」

「お願いします」圭子は頭を下げた。

「メルアド教えてくれる？　連絡するから」

「はい」

田口ととりとめもない雑談を交わしているうちに時間がすぎていった。

そのうちにまた話題は城や武将に移っていった。

午後十時すぎ、圭子はそろそろ引き揚げることにした。

「みんな城フェチだから、話についていけなかったろう。ごめんね」功太郎が謝った。

「あまり期待しないで待ってて」田口が圭子をじっと見つめてそう言った。

「お話が聞けただけでもよかったです。それじゃ、お休みなさい」

圭子は先に功太郎の家を後にした。

住宅街には人の気配もなく、車も通っていなかった。

田口の口振りだと、契約社員として雇われることも難しそうな気がした。アルバイトでも出版の仕事に携わりたいが、そちらも無理かもしれない。

深い溜息《ためいき》をつき、暗い空を見上げながら、品川駅を目指した。

作家のコネがあると簡単か。やはり、或る程度家庭がよくないと出版社に入るのは難しいのかもしれない。母子家庭で奨学金で学費等々を賄っている自分は〝圏外〟なのではなかろうか。今は、差別にならないように、面接で親のことを絶対に訊いたりしない。しかし、それでも……。

　やっぱり自分は僻んでいる。嫌だ、嫌だ。

　圭子は路上に映った自分の影を見つめた。ひとりぼっち。にわかに寂しさが沸々と湧いてきた。

　ヘッドライトの灯りが見え、エンジン音がした。前方にタクシーが一台現れた。狭い道だったので、圭子は脇に寄った。

　通りすぎようとしたタクシーが停まり、後部座席の窓が開いた。

「彩奈さんじゃないか」

　圭子を見て微笑んでいるのは国枝だった。

　どきりとして、すぐには声が出なかった。

「僕だよ。国枝だよ」

「こんばんは」圭子は慌てて顔を作った。

「こんなところで何をしてるの？」

「その先に知り合いが住んでいて、そこで飲み会があったんです。国枝さん、この近くにお住まいなんですね」

「うん。もうちょっと先だけど。今から家に帰るの？」

「ええ」

「それじゃ気をつけて。また店に寄るよ」

「お待ちしています」

窓が閉まり、タクシーが去っていった。

圭子は立ち止まったまま、タクシーのテールランプを見つめていた。

例の殺人事件のことが、あれからもずっと脳裏に引っかかっていた。テレビのニュースを視ても、新聞を読んでも、あの事件の続報を探してしまうのだった。

今のところ、続報はないようだった。

国枝が犯人に違いない。それを知っているのは、おそらく自分だけだろう。

抑え込んでいた得体のしれない黒い気持ちが、再びむくむくと圭子の胸の底に立ち上がった。

いけない。そんな大それたことを考えるなんてどうかしている。圭子はぶるっと首を振った。

品川駅から山手線《やまのて》に乗った。そして、新宿で丸ノ内線に乗り換えた。

南阿佐ケ谷の駅で降りたのは午後十一時頃だった。

殺人現場となったマンションの前を通った。台風の最中、マンションから飛び出してきた国枝の姿が甦《よみがえ》った。

圭子は急ぎ足でマンションの前を通りすぎた。

首筋から汗が滲《にじ》み出たのは、家に戻ってすぐのことだった。バッグに入れておいたはずのスマホが見つからない。

電車の中でなくしたとは考えられない。

田口とメールアドレスの交換をやった時、テーブルの上に置いた。テーブルの上はグラスや食器で一杯だった。

田口の話は、圭子をがっかりさせたし、意気消沈した圭子の耳に聞こえてきたのは、まるで関心の持てない城の話だった。圭子は帰るきっかけばかりを探して、注意力が散漫になっていたらしい。

取りに戻らなければ。圭子はすぐにまた家を出た。そして、まず大通りに出て、公衆電話を探した。だがなかなか見つからない。圭子は焦っていた。焦ってもしかたがないことなのに。

やっと見つけた公衆電話ボックスに駆け込むと、自分のスマホを鳴らした。

すぐに誰かが出た。

「連絡が来ると思ってたよ」

功太郎の声は嫌いだけれど、その時は気持ちのいいものに聞こえた。

「ああ、よかった。今から取りに行ってもいいですか?」

「今どこにいるの？」

「家の近くです」

「品川まで来るのは大変だろう？　そうだな、僕が新宿まで届けてあげよう」

「そんなご迷惑はかけられません」

「いいんだよ。新宿の紀伊國屋《きのくにや》の前で待ち合わせをしよう」

「まだ皆さん、いるんでしょう？」

「いや、もうとっくに帰ったよ。圭子ちゃんの方が先に着くだろうから待ってて」

「分かりました」

　圭子は再び電車に乗った。紀伊國屋書店の前に着いたのは午後十一時五十分頃だった。駅に向かう人たちの姿が見えた。しかし、紀伊國屋の前は通行人はまばらで、昼間の賑《にぎ》わいが嘘のように静かだった。終電で家に戻ることはできないだろう。タクシー代だって馬鹿にならない。自分が抜かっていたことに腹が立ってきた。

　十五分ほど経った時、目の前にタクシーが停まった。功太郎が降りてきた。小袋を手にしていた。

「だいぶ待った？」

「いいえ」

「この中にスマホが入ってる」

小袋を受け取った圭子は、功太郎に礼を言った。

「まっすぐに帰る？」功太郎に訊かれた。

すぐに家に戻りたかったが、新宿までスマホを届けてくれた功太郎をこのまま帰すのは失礼だと思った。

「お茶しませんか。もうお酒は飲みたくないので」

「僕もだよ。今夜は飲みすぎたから」

圭子は功太郎について歌舞伎町《かぶきちょう》に向かった。そして、雑居ビルの二階にある喫茶店に入った。圭子も功太郎もブレンドを頼んだ。

「功太郎さんって本当にいい方なんですね」圭子はしみじみとした調子で言った。

「気にしないでいいよ」

「田口さんを紹介してくれたことも感謝してます」

功太郎の顔が曇った。「あれからも田口さんと君のことを話したよ。圭子ちゃんをがっかりさせるつもりはないけど、今はかなり難しいらしい」

圭子は薄く微笑んで、コーヒーを啜《すす》った。「何となくそんな気がしてました。やっぱりコネがないと駄目みたいですね」

「そうでもないらしいけど、田口さんに、君を押し込む力はないみたい。ごめんね。こんな話になっちゃって」

圭子は大きく首を横に振った。「いいんです。功太郎さんが私のためにしてくれたことは一生忘れません」

「おいおい、ちょっと大袈裟《おおげさ》だよ」功太郎が短く笑った。

「出版社は諦めて、正社員で雇ってくれるところを探すしかないですね」

「まだ希望は捨てない方がいいよ。夜の仕事をしてる限りは、それほど金には困らないだろう？」

「でも、前にも言いましたけど、夜の仕事から早く足を洗いたいんです」

「彼らには、君がホステスをやってることは言ってない。僕は、話してもかまわないと思ったけど、圭子ちゃんが嫌がってるから」

「やっぱり、夜の仕事をしてたと分かったら、どんな会社でも二の足を踏むでしょうね」

「黙ってれば分からないよ。夜のバイトをしてる女子大生なんて五万といるからね」

「功太郎さんみたいに理解してくれる人ばかりだといいんだけど」

「話は変わるけど」功太郎が意味深な笑みを口許に浮かべた。「田口さん、君のことを可愛いって言ってたよ。かなり気にいったみたい」

「そうですか」

間抜けな答えだと思ったが、そうとしか言えなかった。

「あの分だと口説かれるかも」

「私、そういう目で田口さんを見てませんから」

功太郎の頬に含み笑いが浮かんだ。「あの人、結構、強気だよ」

田口にも何の興味もなかった。付き合ったところで、彼の会社に入れるわけはない。鬱陶しいことがひとつ増えるだけだと思うと気持ちが滅入った。

圭子はコーヒーを飲み干すと、腕時計に目を落とした。「私、そろそろ帰ります」

「うん。分かった」

「コーヒー代ぐらい私に払わせてください」

「いいよ。ひとりで頑張ってる君におごってもらうわけにはいかないよ」

「でも……」

功太郎はにっと笑って伝票を手にとった。

喫茶店を出た圭子は功太郎と共に靖国《やすくに》通りに向かった。

途中で、功太郎が財布から一万円を取りだした。「これで帰って」

圭子は立ち止まり、強硬に断った。

「就職の件も思ったようにはいかないようだし、僕たちの城の話に付き合わされて、うんざりしたはずだ。その詫《わ》びのしるしってわけじゃないけど、ともかく、取っておいて」

功太郎は圭子の手を取り、一万円札を握らせた。

「お釣り、今度会った時にお返しします」

功太郎が肩を揺すって笑い出した。「そんなものもらえないよ」

「何から何までお世話になってしまって、すみません」圭子はまた頭を下げた。

通りを渡ったところで、圭子はタクシーに乗った。

「また連絡するよ」

「私も」

圭子は小さく手を振って、功太郎と別れた。

功太郎は心から信頼の持てる男である。しかし、不思議に思えることもある。これだけ親しくなったのに、功太郎は自分を口説く様子はまるで見せない。

それは圭子にとってしごくありがたいことなのだが、自分には魅力がないのだろうか、とふと思った。それでもかまわないのだけれど、何だかなあという気持ちになった。

功太郎からもらった一万円札を握ったままだった。

施しを受けているという気分がした。たった一万円だし、相手は年上の男。彼の言う通り、気にせずにいればいいのだが、圭子の心は翳った。

金がないことにちょっと苛立った。

金さえあれば、夜の仕事を辞められるし、じっくりと就職先を選べる。

一体、自分は今、いくら持っていると安心できるだろうか。百万では当然足りない。やはり、最低でも一千万はほしい。

圭子は四つ折りになっていた一万円を開き、財布に収めた。

そして小袋からスマホを取りだした。

着信のアイコンが表示されていた。

国枝からだった。

〝君とあんなところで会えるなんて。なぜだか分からないけど、嬉しかったよ。それを伝えたくてメールしました。またいつかゆっくり。お休みなさい〟

返信するのは憚《はばか》られた。家庭を持っている人間には、平日にしかメールしないことにしているのだ。

国枝さんかあ。

ぼんやりと外を見ながら、圭子は心の中でつぶやいた。

三

　翌日の午後、宅配便が届いた。母からだった。段ボール箱の中には米とリンゴが入っていた。リンゴの量がやたらと多かった。手紙は入っていなかった。

　圭子は福井《ふくい》県の出身である。福井市から車で三十分ほど離れた町で生まれ育った。送られてきたものを片付けてから母に電話をした。

「荷物、届いたよ。ありがとう」

「リンゴは長野《ながの》の叔父《おじ》さんから送ってきたもんや」

「嬉しいけど、あんなたくさんひとりじゃ食べきれないよ」

「日持ちするから大丈夫やろ」

「まあね。で、そっちは変わりない？」

「何とかやってる。あんたがびっくりすることがあったんや。村越《むらこし》さんとこに空き巣が入ったんやけど、犯人はあんたも知ってるカメラ屋の息子やった」

「ええー！」

　圭子はカメラ屋の息子と中学の時に同じクラスだった。勉強はまるでできなかったが、剣道部で活躍していた。

あの大人しい子が窃盗を働くなんて。

「カメラ屋、休んどるわ。お父さんやお母さん、町の人と顔を合わせたくないんやろう。あんたも戸締まりはちゃんとしておかんとあかんよ」

「うん」

ほんのわずか沈黙が流れた。

「それで、あんた、これからどうするつもりや」

「今は卒論を書いてるよ」

「学校の方はちゃんと出られるんやろけど、就職はどこもあかんかったんやろ」

「何とかするよ」

「何とかするって、あんた、当てあるの？」

「いろいろな人に頼んでる」

「東京で仕事が見つからんかったら、こっちに戻ってこんか。母さん、三津田《みつだ》商事の副社長を知ってるから、それとなくあんたのことを話してみた。大学さえ出てれば、中途からでも入社できると思う」

三津田商事は、地元では大きな会社である。

「お母さん、私、田舎に戻る気はないよ。契約社員だったら実公《じっこう》出版に入れるかもしれない」

圭子は嘘をついて、母を安心させようとした。

「契約とか派遣はやめた方がええ。お母さんを見てれば分かるやろう」

母は、今は大手の紳士服のチェーン店で正社員として働いているが、それまで何度も仕事を変えている。女手ひとつで娘を育ててきたが、家計は火の車だった。圭子は高校の時もアルバイトをしながら学校に通っていた。

父に女ができたことで離婚したが、養育費を払う約束が守られたのは最初の数ヶ月だけだった。

「ね、あんた、こっちに戻ってくることも考えて」

「そんな気にはなれないって言ってるやろ」

母とこういう話をするのは鬱陶しい。

「母さん、あんたに何か言える立場やないことは分かってる。あんたは全部自分でやってきたもんな。そやけど、母さん、心配で。コンビニのアルバイトじゃ、いくらにもならんやろが」

母には、ホステスをやっていることは言ってない。

話が湿っぽくなってきた。

「せっかく、ここまで頑張ってきたんやから、口出さないでよ」圭子の声が尖《とが》った。

「分かっとるけど、でも……」

「今から出かけなきゃならんからもう切るわ」

「たまにはこうやって声を聞かせて」

「また電話する。躰に気をつけて」

「あんたも」

電話を切った圭子は、スマホを握ったまま深い溜息をついた。

希望通りに事が進まなくても、東京を離れる気にはなれなかった。

上京してから何とか自分ひとりでやってきた。卒業した後も、それを続けるつもりだ。

田舎に戻っても、母の住まいは、二DKの賃貸マンションである。地元の企業に就職し、母と同居して、家賃の半分を払って、つまらない日々を送るなんてまっぴらだ。

母も五十二歳になった。将来は母に楽させてやりたいとは思うが、今は自分のことで精一杯だった。

功太郎にお礼のメールを送った。〝気にしないで〟という短い返信が届いた。

勉強をしようと思っていたが、やる気になれなかった。

新宿に出かけることにした。何か目的があったわけではない。デパートを回った。

コートを新しくしたかったが、気に入ったものは高くて手が出なかった。

買い物をしてウサを晴らす。それもできない自分が情けなかった。

食事は外ですませることにした。裏通りにあるカフェレストランでパスタセットを頼んだ。ガラス張りの店で、道行く人たちの姿がよく見えた。

電化製品の量販店の袋を両手に提《さ》げている若い男、ブランドのバッグを肩にかけ、男と手をつないで歩いている女……。

みんな、休みを愉しんでいる。いや、そんなことはない。明るい顔をしていても、悩みを抱えている者もいるはずだ。

そんなことを考えながら、圭子はパスタを口に運んだ。

小さな贅沢がしたくなった。イチゴのヨーグルトをデザートに頼んだ。甘酸っぱい味が口の中に拡がると、少し幸せな気分になった。

家に戻った圭子は、読んでなかった新聞を開いた。ネットに流れるニュースだけで用は足りるが、圭子は東京に来てからずっと新聞を定期購読しているのだ。

例の殺人事件の記事を探している自分に気づいた。事件の記事は載ってなかった。

気になる記事があった。

〝東京都千代田《ちよだ》区に本社のある山田屋《やまだや》パンに脅迫文を送りつけ、金を脅し取ろうとしたとして警視庁捜査一課と麹町《こうじまち》署は、東京都墨田《すみだ》区に住む自営業者、照山信夫《てるやまのぶお》容疑者（45）を恐喝未遂の疑いで逮捕した。毒物を製品に混入するという内容の脅迫文を郵送し、三千万円を脅し取ろうとしたと警察はみている〟

恐喝という文字だけが大きくなって、目に迫ってきた。

心臓が高鳴った。

山田屋パンに脅迫状を送りつけた男は、どのようにして三千万を手にしようとしたのだろうか。

指定した場所にのこのこ姿を現したら、捕まるに決まっているではないか。大体、企業を脅すなんてことが馬鹿げている。脅された企業が警察に通報しないわけはないのだから。

掌《てのひら》が汗ばんできた。

脅迫する相手が殺人を犯していたら、警察に知らせるはずは絶対にない。

国枝に脅迫状を送ったら、すんなり金を払うに違いない。

新聞を持っていた手がかすかに震え出した。上半身が痛がゆいような症状に襲われた。

何てことを考えてるの。そんな恐ろしいことができると思ってるの。馬鹿ね。

新聞をテーブルに置くと、台所に行き、リンゴをひとつ手に取って戻った。そして、ベッドの端に腰を下ろし、リンゴにかぶりついた。

気もそぞろでリンゴを食べた。おいしいともまずいとも思わなかった。

知らない間に丸ごと食べてしまった。

芯があらわになったリンゴを見つめた。

母から大量に送られてきたリンゴを毎日のようにかじるのだろうか。

恐喝で捕まった恵利子というホステスのことが脳裏をよぎった。脅迫相手が捕まらなければ、恵利子の犯行もばれなかっただろう。

もしも国枝を脅し、金を得たとしても、国枝が捕まったら、恐喝されたことを警察に話すに決まっている。そうなったら、自分も逮捕されてしまう。逮捕されれば、自分の人生は台なしになる。それに、知り合いである国枝を面と向かって脅迫するなんてとてもできない。

手にしていたリンゴの芯を台所にあるゴミ箱に捨てた。そして手を洗った。

恐喝することを怖がっているくせに、圭子の頭から、そのことが離れなくなっている。

圭子は自分を決していい人間だとは思っていない。

カメラ屋の息子みたいに窃盗を働くなんて気持ちはまるでないが、世の中に対して恨みのような暗い思いを抱いていた。

小学校の同級生に、お金持ちの娘がいた。彼女は綺麗《きれい》で勉強もできた。その子が交通事故で大怪我をした。圭子は同情しているような顔をしていたが、心のどこかで、そうなったことを愉快に思っていた。弥生が不幸になったと聞いたら、きっと、同じような思いを抱く気がした。

自分の心は黒い。幼い頃からそう思っていた。

その黒い心が違った形で姿を現そうとしている。

国枝の資産がどれぐらいあるのかは分からないが、或る程度の金額だったら払うだろう。

相手が誰だか分からないようにして、脅すことは可能だろうか。

山田屋パンを脅した人間のように脅迫文を匿名で送るのだったら、ばれずにすむ。

しかし、金はどうやって受け取ったらいいのだ。

「ああ！」

圭子は思わず声を上げた。

黒い心から逃れたい。

テレビを点《つ》けて気を紛らわそうとしたが、うまくいかなかった。

化粧を落とし、寝る仕度を整えてからワインを飲んだ。

パジャマの肩の辺りに穴が空いているのに気づいた。何年も洗っては着、着ては洗っているうちに生地が傷んだのだろう。

穴の空いたパジャマを着ている自分が惨めに思えた。

就職のことさえ思い通りに運んでいれば、恐喝なんてことを考えなかったろう。人間は恐ろしい。圭子は自分の心の中を覗《のぞ》き見てそう思った。剣道部で活躍していた大人しいカメラ屋の息子が、窃盗をするなんて想像だにできなかった。

自分も同じだ。恐喝をすることを真面目に考えているのだから。

殺人を犯していたら国枝はいくらだって払うだろう。しかし、一億なんて大金は、たとえ手にすることができたとしても、重荷になるだろう。一億という現金は、どれぐらいの大きさの鞄《かばん》に収まるものかは分からないが、どんな形で受け取るにせよ、ボリュームがありすぎる。

一千万だったら……。借りている奨学金は五百万近くある。もっと要求しないと意味がない。

圭子はパソコンを開いた。そして、一万円札の大きさ、重さを調べた。

縦が七・六センチ、横が十六センチ。一枚約一・〇二グラム。一千万で約一キロ。厚さは十センチになるそうだ。

財布から一万円札を取り出した。何枚か並べてみたかったが、財布には一枚しか入っていなかった。

一万円札の両端を持ち、目の前に翳《かざ》してみた。そして鼻をつけた。かすかに札のニオイがした。

圭子の頬がゆるんだ。

数が増えれば増えるほど、ニオイはきつくなるだろう。

国枝を脅迫して金を取ろう。いや、やっぱりそんな大それたことができるはずはない。しかし、お札のニオイが鼻から離れない。

計画だけでも立ててみよう。

問題は受け取る方法だ。

国枝に会わずに金を受け取るとしたら、どんなやり方が一番リスクが少ないだろうか。

コインロッカーを利用するか。この場合はキーを置く場所を指定しなければならない。安全にキーを手に入れることができるとしたらどんなところだろう。公衆電話ボックスとか公園のベンチに置かせる。喫茶店で、忘れ物として店員に預けさせる……。何となくピンとこない。駅などに設置されているコインロッカーを使うのは危険だ。大概、コインロッカーの近くには防犯カメラがあって、睨《にら》みをきかせている。もしもの場合を考えたら、避けるべきだろう。

それだったら、図書館のコインロッカーの方が安全だろう。落とし物として金を入れたロッカーのキーを国枝に届けさせ、頃合いを見計らって引き取ればいい。しかし、国枝がどこかで様子を窺《うかが》っているかもしれない。相手だって脅迫者が誰なのか知ろうとするだろうから。

圭子はパソコンに〝私書箱〟と打ち込んだ。

ざっと読んでみた圭子は、首を横に振った。私書箱は使えない。私設私書箱でも本人確認が義務づけられているのだから。

パソコンを閉じた圭子は、洗面をすませ、ベッドに潜り込んだ。

なかなか寝付けなかった。圭子はピョン太を抱きしめた。

金を受け取る方法が見つからなければ、事は先に進まない。やはり、この計画は断念しなければならないのか。

「あんたが私の代わりにお金を取りにいければいいのにね」

圭子はピョン太にそう囁《ささや》いた。

胸苦しい。何度も寝返りを打った。

明け方、目が覚めた。圭子は夢を見ていた。

ヨーロッパのどこだか分からないが、古城が湖に映る静かな場所にいた。ひとりではなかった。一緒にいたのは国枝だった。

国枝の案内で古城巡りをしていたが、ふたりの間に男と女の関係はなく、国枝はただの案内人だった。

功太郎とその仲間が城の話をしていたことが、夢に何らかの作用を及ぼしたらしい。

圭子はヨーロッパが好きだった。旅行するのだったらフランスやイタリアを巡ってみたかった。

夢の中の圭子はお金の苦労はしていなかった。運転手付きの白い車にピョン太と共に乗っていたのだから。

月曜日の夕方、国枝にメールを打った。

〝メールありがとうございます。土曜日はびっくりしました。あの辺はいいところですね。お時間がありましたら、また店に寄ってください〟

メールを打ち終わった圭子はしばしぼんやりとしていた。

国枝を脅迫しようと計画を立てているから、こんなに普通のメールを打つだけでも、緊張していたのだ。

火曜日の深夜は、ママに付き合って、客ふたりと六本木の裏通りにあるカラオケ・スナックに行った。

客のひとりは尾崎豊《おざきゆたか》の曲が十八番《おはこ》らしく、熱唱していた。圭子は松《まつ》たか子《こ》の『レット・イット・ゴー～ありのままで～』を控え目に歌った。

客とバーに行くよりもカラオケの方が気が楽だった。酒をあまり飲まずにすむし、歌うと酔いが覚めるからである。それにつまらない会話をせずにすむ。ひとりで悦に入っている歌を聴いているのは退屈だが、これも仕事だと割り切って、歌い終わった相手に大きな拍手を送った。

「ママ、お久しぶりです」

カップルで入ってきた女の方がママに挨拶をした。

水商売にどっぷりとはまった同級生の亜紀子だった。

亜紀子が圭子に目を向けた。「元気にやってる？」

「うん。亜紀子、変わったね。一瞬、誰だか分からなかったよ」

圭子の知っている亜紀子の髪はボブだった。しかし、目の前にいる彼女のヘアスタイルはウェーブのかかったロングである。髪の色も明るくなっていた。それに化粧のしかたも変えたらしい。以前よりさらに濃くなっていた。

「これ、ウィッグよ。こういう髪が好きだっていうお客さんがいるから、時々、つけてるの。今度、ご飯しようよ」

「そうね」

亜紀子はママに会釈をして、客の待つボックスに去っていった。

自分が女なのに、女はいくらでも見かけを変えられると改めて驚いた。

はっとした。どんな形で金を手にするにしろ変装は必要だろう。ウィッグを用意し、思い切り化粧や服装を変える。亜紀子のおかげで、ヒントを得たと思った。

しかし、いくら変装しても、国枝と顔を合わせたらバレてしまう。やはり金はどこかに送らせるのがいいのだけれど……。

「彩奈ちゃん」

ママに声をかけられて、我に返った。

その夜、家に戻ってもすぐには眠れなかった。

金を送らせるにしても、どこに？

私書箱が使えないとなると、送り先が指定できない。

何か方法があるはずだ。アイデアをしぼり出そうとするも、頭は堂々巡りをするだけだった。

翌日の午後、功太郎からメールが入った。

〝今、仕事で広島にある工場に来てる。僕は枕が変わると寝られないタチで、ホテルでは全然眠れなかった。圭子ちゃんはどうしてる？　昨日は遅かったの？　寝られないからメールしようと思ったけど、寝てたら悪いと思って遠慮したよ。その後、田口さんから連絡はあった？　またゆっくり会いましょう〟

〃お仕事、ご苦労様です。昨夜は客とカラオケに行ったから帰りは遅かったです。アフターにはうんざりです〃

返信し終わった時、圭子の目つきが変わった。首を二度、三度と左右に動かした。ホテルを利用するという手はどうだろうか。ホテルだったら偽名を使って泊まれる。金はホテルに送らせればいい。

悪くない。ホテルに部屋を取るが、部屋に終始いる必要はない。届いた荷物はフロントが預かってくれるだろう。ホテルには変装していく。

問題はホテルを取るタイミングだ。

名刺をもらっているので、国枝の会社の住所は分かる。脅迫状はそこに送ることになるが、金を送る期日を指定しても、国枝がそれを守るかどうかは分からない。ホテルを一泊押さえるだけではすまないかもしれない。

ふとしたことで考えついた恐喝が現実味を帯びてくると、圭子は底知れぬ不安を感じるようになった。

もしも国枝が犯人ではなかったら、脅迫状を受け取った後、彼はどうするだろうか。当然、警察に届け出るだろう。

やはり、止めた方がいいかもしれない。

圭子は顔を上げ、目を閉じた。そして、あの台風の夜のことを思い返してみた。

国枝の行動は不自然極まりなかった。タクシーも拾わないで、路地に消えるなんて、後ろ暗いことをしていなければ、あんな行動は取らないはずだ。足を引きずっていたのも争ったからに違いない。

やはり、決行しよう。

強請《ゆす》り取る金額をいくらにするか迷った。

すぐに用意できる金額でなければならないし、目立たずに持ち運びできる量でなければならない。

この間、ノートした一万円札の大きさにレポート用紙を切り、並べてみた。

国枝は三千万だったらすぐに用意できるだろうか。いくら会社の社長とは言え、現金をいくら持っているかは分からない。

二千万円だったら？　靴箱に詰め込めるぐらいの量である。国枝の銀行口座にはそれぐらいの金は入っていそうな気がした。

要求金額は二千万円に決めた。

ウィッグは通販でいくらでも買えるが、自宅に送られてくることを避けたかった。

新宿に服飾手芸材料の専門店がある。そこにはウィッグも売っている。

脅迫文はどうするか。自分のパソコンで打つつもりはなかった。新聞を使うことにした。念のために指紋が残らないようにしなければならない。使い捨ての手袋を購入することにした。

翌日、圭子は学校を休んだ。そして、新宿に出かけた。いろいろなホテルを回ってみた。

結局、新宿区役所に近いところに建つホテルに決めた。ロビーが狭いのが決め手となった。それだと人の動きをチェックしやすいと思ったのだ。もしも警察に通報された場合を考えたのである。

それからウィッグや化粧品、つけ睫《まつげ》やサングラスを揃《そろ》えた。服も変える必要がある。千鳥柄のワンピースドレスに白いジャケットにした。それからドン・キホーテに行き、使い捨ての手袋、糊《のり》、封筒を買った。

キオスクでスポーツ紙を数紙買い、家に戻った。

そして、さっそく変装の予行演習をやった。

普段は大人しめのメイクをしているので派手にするしか変化をつけられなかった。目の化粧を濃くし、口紅の色もベージュ系からレッド系に変えた。圭子の睫は長くない。ビューラーで上げて、マスカラをつけてみる。つけ睫を試してみた。そして、長い髪を後ろでまとめ、ボブカット風のウィッグを被った。サングラスをかけてみる。

自分でも驚くほど、顔が違ってみえた。

典型的なキャバクラ・メイクである。

新宿にはキャバ嬢に憧れた田舎娘が集まってくる。

圭子は、そんな田舎娘に扮《ふん》したのだった。

だから、新宿にあるホテルを選んだのだ。

ホテルの空き状態をネットで調べた。目をつけたホテルは今のところ満室ではなかった。

仕事に出かける気持ちも失《う》せた。体調が悪いと言って、店も休むことにした。

変装によって別人になれた圭子は大胆になった。

絶対に、この計画は成功させてみせる。

変装したままの格好で、コピー用紙に脅迫文の試し書きをした。文面が決まるまでにかなりの時間がかかった。

手袋を嵌《は》め、新たなコピー用紙を一枚用意した。それから、キオスクで買ったスポーツ紙から、必要な活字を切り取り、コピー用紙に貼っていった。

封筒の宛名は、国枝の会社のホームページをプリントアウトし、それを切って貼り付けた。多少、不自然だが致し方ないだろう。

脅迫文を作り終えた圭子は鏡を見た。

自分とは別人が薄く微笑んでいた。

四

脅迫文を投函《とうかん》するのは十四日、水曜日にした。

金は二十日の午前中に届くように指定したのだから、その間、六日ある。六日間のインターバルを取ったのには明確な理由はなかった。もしも国枝の手許に二千万円がなかったら、用意をする時間が必要だろう。二、三日前に脅迫文を送ったのでは余裕がなさすぎる気がした。だが、一週間以上空けるのは、間延びしているように思えた。

金を受け取る舞台となるホテル・ボーテの予約はすませてあった。一泊にするか二泊にするか随分迷ったが、結局一晩しか取らなかった。もしも予定通りに届かなかった場合は、再度、脅迫文を送りつけることにした。

ホテルの予約は、脅迫文に書いた横田良子《よこたよしこ》という名前を使った。住所は広島県広島市佐伯《さえき》区×× 横田第一広告となっている。ネットに出てきた会社名を利用したのである。なぜ広島を選んだのか。功太郎が、広島に出張していると書いてきたのが頭にあったからである。

ホテル側は、よほどの不測の事態が発生しない限り、予約者に電話をすることは

国枝悟郎さん、あなたは人殺し。
こころ当たりがあるはずだ。これま
で通りの平おんなくらしを続け
たければ、2000万ようい し、箱に
入れ、以下のところに、20日の
午前中までに宅配便で送れ。
新宿区歌舞伎町××ホテルボーテ、
横田良子あて。届かなかった場合は、
必ず警察に通報する。

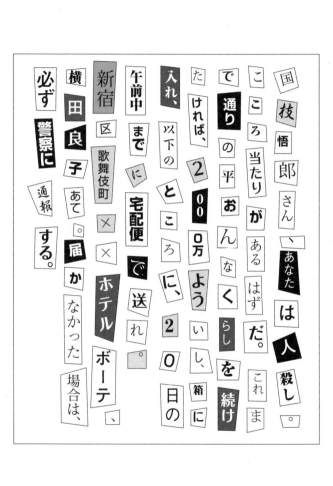

ないはずだ。そう見越して、電話番号は架空のものにした。

次から次へと細かなことが出てきて、頭を悩ませた。

どこの郵便ポストを使ったらいいだろう。国枝が警察に届けない限りは、ポストの場所など問題にはならない。しかし、念には念を入れておきたかった。家の近所のポストを利用するわけにはいかない。利用者の多いターミナル駅近くのポストが適しているだろう。

封筒に指紋がつかないように、手袋を嵌めて、バッグに入れることにした。投函する際はどうするか。冬でもないのに手袋を嵌めているのはおかしい。ハンカチで摑《つか》んで、ポストの口に押し入れよう。ハンカチは真っ白なものにする。色つきだと目立つからである。

十四日の朝は、いつもよりも早く目が覚めてしまった。

カーテンの隙間から外を見た。細かな雨がひっきりなしに降っていた。

朝食はコーンフレークにした。コーンフレークも圭子にとっては、いささか値の張るものだから、滅多に食べないのだが、昨日、思いきって買った。

国枝から二千万円をせしめる。そう思ったことから、コーンフレークに手が伸びたのだろうか。

二千万円とコーンフレークの値段には開きがありすぎるではないか。それだけの金が入ると思っているのだったら、もっともっと金を使ってもいいのに。貧乏に慣れきった自分のショボさを圭子は笑いたくなった。

メイクが終わった後、鏡に映る自分を見、口を丸くして、大きく息を吐いた。デニムを穿《は》き、黒いセーターに灰色のカーディガンを羽織った。

雨は降り続いていた。

自分にとって恵みの雨だと圭子は思った。

傘をさして、郵便ポストに問題の手紙を投函できるではないか。顔も手許も人に見られずにすむということだ。脅迫文をバッグに入れる必要はない。レインコートのポケットに忍ばせておく方が、時間がかからずにポストに投げ入れることができる。

用意が整うと、圭子はピョン太に頰ずりした。そして、ピョン太のぴんと立った耳に唇をつけた。

「うまくいくよね」と囁くような声で言う。それからピョン太の頭を後ろから何度も軽く押した。

ピョン太のうなずきを見ながら、圭子はまた唇を丸くして、息を吐いた。

帽子を被り、マスクをして家を後にした。

世の中の七十パーセント以上の人が普段でもマスクをしているそうだ。マスク女子という言葉もある。

マスク女子というのは何なのだろう。コンプレックスを隠したいのか、表情を見せたくないのか、ミステリアスな雰囲気を作りたいのか。圭子にはよく分からなかった。

友だちの知り合いのアメリカ人が東京に来て、マスクをしている人があまりにも多いので、伝染病が流行《はや》っているのではと疑ったそうである。

マスクは鬱陶しいので圭子は嫌いだった。しかし、その日は、多くの人がマスクをしている国でよかったと思った。

マスク女子、万歳！　である。

透明なビニール傘は使わなかった。黒い大きな傘をさした。男物の傘を圭子が持っていたのには訳がある。その傘は、突然の雨が降った際、来店していた客に、店側が帰り際に渡すものである。ホステスも困った時は使えるのだった。

新宿駅で降りた。駅周辺のポストを使うつもりである。

東口ロータリーのところのポストを目指した。ポストの前には人が立っていた。傘を肩にかけたジャンパー姿の男が、束になった郵便物を投函中だった。

待っていればいいのに、圭子は落ち着かず、その場を離れた。

南口に行ってみた。駅を出たところにポストがあった。ポストのすぐ近くにタクシーが並んでいた。運転手に見られたくない。圭子はポストの前を通りすぎた。ルミネの前にもポストがあった。人がかなり行き交っている。全員が自分の行動を見ているような恐怖心に囚《とら》われた。

神経質になりすぎている。そう思ったが、ルミネの前のポストも避けた。西口に回った。階段の脇にポストを見つけた。ポストの上にコーヒーの空き缶が載っていた。

雨の当たらない場所に設置されたポスト。傘をさしているとおかしい。

結局、圭子は最初に向かった東口ロータリーのところにあるポストに戻った。

雨は先ほどよりも強くなっていた。

ハンカチで脅迫文の入った封筒を握った。そして、周りに鋭い視線を馳《は》せた。人通りは絶えていた。今だ。

レインコートのポケットから封筒を取りだし、ポストの口に運んだ。かすかに手が震えていた。

軽く押してやると、脅迫文は銀色のポストの口に呑み込まれ、見えなくなった。

圭子は逃げるようにして、その場を去った。

午前九時半を少し回った時刻だった。

圭子は新宿通りに出ると、ただただ歩いた。伊勢丹《いせたん》を越えても歩みを止めなかった。

放心状態。こんなことをして本当に大丈夫なのだろうか。弱気の虫が胸に拡がっていく。

「イッツ　トゥー　レイト、イッツ　トゥー　レイト」

圭子は口の中で二度そうつぶやいた。なぜ英語が出てきたのかは分からなかった。

その日、頑張って学校にも出たし、店も休まなかった。

しかし、何をやっていても気もそぞろで、店では自分の飲み物の入ったグラスを倒し、客のズボンを汚してしまった。

重石《おもし》でもついたかのように、時間の進みが遅かった。

翌日はさらにそわそわしていた。国枝の会社に脅迫文が届いているはずである。出張でいなかったら……。メールを打てば確かめることは可能だろうが止めにした。

国枝が脅迫文を読んでいる姿が目に浮かんだ。そして、二千万を箱に詰めているところも。

その夜、田口和正からメールがきたが、接客中だったので、すぐには読めなかった。

客が帰って、他の席に呼ばれない間に、メールを開いた。

〝元気にやってますか？　君に頼まれたこと、人事担当の役員に話してみたけど、やっぱり、今は無理みたい。他の社に知り合いがいるから訊いてみようと思ってる。一度会いたいな。よかったら連絡ください〟

〝明日の午後連絡します〟

そう打ち返したところで、声がかかった。

功太郎の話だと、圭子は田口に気に入られたようだ。連絡を取れば、誘われるだろう。

他の社の人間に話してもらえるのは嬉しいが、二十日をすぎるまでは、よく知らない田口に会う気にはなれなかった。

それでも翌日の午後、約束通り、田口にメールを打った。

〝見ず知らずの私のことを気にかけてくださり、感謝しています。他の社のことよろしくお願いします〟

三十分も経たないうちに、田口から返信が届いた。

〝来週の二十日の夜、ご飯でも食べない？　その時、知り合いのことも話すよ〟

圭子はスマホを握ったまま溜息をついた。

二十日の夜……。働いていなくても、その夜は、誰にも会う気にはなれないだろう。

何てタイミングの悪い男なのだ。田口のせいではないのに、彼に腹が立ってきた。

〝残念ですが、夜、お会いするのは難しいと思います。今はばたばたしていますので、二十一日以降の昼間、どこかでお話を伺いたいです。すみません、せっかく誘っていただいたのに〟

〝了解。また改めて連絡するね〟

あっさりとしたメールに、圭子はほっとした。

それから一時間も経たないうちに、今度は功太郎からメールがきた。

〝明日の夜、暇があったら会わない？〟

功太郎のことなど忘れてしまっていた。

明日は土曜日。圭子はどうしようか考えた。

自分にとって、これまでで一番長い土日になりそうな気がした。

圭子は功太郎の誘いを受けた。

翌日は秋晴れの気持ちのいい日だった。

デニム地のチュニックに、丈がやや短い白いパンツを穿いた。三年前に買って何度も着てきた安物である。

二千万円が入ったら、服ぐらい新調しようと思った。

圭子の気持ちは乱気流の中を飛ぶセスナのように不安定だった。

或る時は、恐喝が失敗したらと弱気になる。しかし、手にするであろう金のことを考えると、買い物や旅行にと夢が膨らむのだった。

そんな乱気流も、功太郎と会っていると解消されそうな気がした。

待ち合わせの場所は数寄屋橋《すきやばし》交差点の交番の辺りだった。

功太郎の姿はなかった。圭子の方が約束の時間よりも早く着いてしまったのだ。

スクランブル交差点を渡っている人波を見るともなしに見ていた。

国枝はすでに金を用意しただろうか。したに決まっている。華道教室の講師を殺害したのは国枝なのだから。

三日後には人生が変わる。圭子は二十日の行動を頭の中で何度もおさらいした。

突然、後ろから圭子の顔を覗き込む者がいた。

圭子は肩を縮めて、身震いをした。

「どうしたんだい？　ぼんやりして。さっきから声をかけてたのに」功太郎が眉をゆるめて、微笑んだ。

「突然、顔を覗き込まれたからびっくりしちゃって」

圭子は笑みを返した。しかし、頰が引きつっているのが自分でも感じ取れた。

功太郎に案内された店は、小洒落た造りをした焼き鳥屋だった。ワインセラーが通路の横に置かれていた。功太郎が予約したのはカウンターではなくボックス席だった。

「嫌いなものはない？」功太郎に訊かれた。

「ありません」

「じゃ、料理は店に任せよう。お腹《なか》が一杯になったら言って」

「はい」

「酒は白ワインでいい？　白ワイン、焼き鳥に合うんだよ」

圭子に異存はなかった。

功太郎はシャブリを注文した。

圭子は、改めてスマホを新宿まで届けてくれ、タクシー代まで出してくれた礼を言った。

功太郎は首を軽く横に振り、にっと笑った。

ワインがくると、軽くグラスを合わせた。

「銀座には滅多にこない？」

「来ませんね」

「やっぱり、新宿が多いの？」

「ええ」

焼き鳥が運ばれてきた。最初はツクネだった。

「この店、おいしいですね」

「まずかったら連れてこないよ」

　圭子は、いつものようにリラックスできるかと思ったが、これまでとはどこかが違っていた。功太郎の耳障りな声が、普段にもまして気になった。

「そう言えば、二、三日前だったかな、圭子ちゃん、朝の九時頃に新宿駅にいなかった？」

　思わず絶句した。焼き鳥の串を手にしたまま、圭子は目を瞬《しばたた》かせた。鼓動が激しく打ち始めた。

「私を見たんですか？」気を取り直して訊き返した。

「この間、うちにきてた米島さんを覚えてるだろう？」

「車のメーカーに勤めてるっていう人ですね」

　米島は、あの夜集まっていた人間の中で一番大人しい人だったので、あまり印象に残っていなかった。

「彼がね、新宿駅で君を見たって言ってたんだ」

　人違いです。喉まで出かかったが、圭子は黙ってしまった。

　功太郎の頬から笑みが消えた。「顔色が悪いよ」

「そうですか？」圭子は笑って誤魔化し、焼き鳥を口に運んだ。

通っている大学は御茶ノ水《おちゃのみず》にある。丸ノ内線で南阿佐ケ谷から乗り換えなしで行ける。

午前九時頃に、新宿で途中下車する理由はない。しかし、何かもっともらしい話をしなければならない。

「電車の中で知り合いに会ったんです。久しぶりだったから、新宿駅で一緒に降りて、構内にある喫茶店でお茶しました」

「そうだったの」そう言った功太郎が圭子から目を離さない。

その目が怖くてしかたがなかった。功太郎が疑っているはずもないのに、そう見えたのだ。原因は怯《おび》え。あのことは誰も知らないのだから、堂々としていればいい。圭子は自分に何度も言い聞かせた。

グラスを空けた。功太郎がボトルを手に取り、ワインを注いでくれた。

「田口さんから連絡がありました」圭子は話題を変えた。

「就職の件で？」

「田口さんの会社はやっぱりだめだったけれど、他の出版社に知り合いがいるから訊いてみてくれるって言ってました」

功太郎がぐいと顔を前に突きだし、目を細めて笑った。「誘われなかった？」

圭子は、田口のメールの内容を素直に教えた。

「やっぱりね」

「でも、断りました」

「夜は仕事だもんな」

「それもありますけど、別に、彼とデートがしたいわけじゃありませんから」

「前にも言ったけど、彼は簡単には引かないと思うよ。僕から、夜、仕事をしてることを教えておこうか」

「いいです。会った時に自分で話しますから」

功太郎が大きくうなずいた。「そうだね。こういうことは他人が話すことじゃないよな」

圭子は砂肝を口に運んだ。

「やっぱり、今日の圭子ちゃんは変だよ。何かあったの？」

「別に何もありません。ちょっと疲れてるだけです」

「卒論、進んでる？」

「ここんとこちょっとサボってるかな。大学を出ても、就職先がないでしょう。だから、気が抜けたみたい」

圭子は母親と電話で話したことも功太郎に教えた。

「三津田商事か。高校の時の同級生がひとり勤めてるな。あそこ給料、安いらしいよ」

「私、田舎に帰るつもりは全然ありません。就職浪人をしても東京にいます」

「僕も田舎に戻って何かやろうとは思わないな」

「でも、功太郎さん、長男だから親がうるさいんじゃないんですか？」

「まあね。でも、僕は酒屋を継ぐ気はないよ」

どんなことを話題にしていても、恐喝のことが頭から離れなかった。しかし、酒と無駄話が気持ちを楽にしてくれた。

「時々、向こうに戻るんですか？」圭子が訊いた。

「たまにね。今年の正月は、友だちと沖縄に行ったから帰らなかったけど」

「沖縄でも城巡りを？　有名なお城がありますよね。首里城《しゅりじょう》だっけ」

功太郎が白い歯を見せて笑った。「城巡りばかりしてるわけじゃないよ」

圭子は上目遣いに功太郎を見た。「友だちって女の人ですか？」

「違うよ。君の友だちの弥生ちゃんも一緒だったよ。兄さんが連れてきた」

そう言えば、弥生から沖縄に行った話を聞いた覚えがあった。

「高井の趣味、知ってる？」

弥生の兄の趣味など知るはずもないので、圭子は首を横に振った。

「当ててみて」

「そう言われても……」

「笑えるから」

「女装？」

功太郎が噴き出した。「いきなり、そこにきますか。でも、違うね」

「人形とか縫いぐるみを集めてる？」

「そんなんじゃないんだ。ヒントはお金」

「お金ですか」圭子は首を傾《かし》げた。「分かりません。教えてください」

「趣味は宝くじ。必ず買ってるんだ」

圭子は唖然として、功太郎を見つめた。「あんなにお金持ちなのに、まだお金がほしいなんて信じられない」

「いや、そうじゃないみたい。或る時、ビンゴをやって、賞品として宝くじを十枚もらったんだって。そのうちの一枚が当たって百万を手に入れた。それがきっかけで、宝くじを買って運試しをするようになったって言ってたよ。大きな金額じゃないけど、あいつ結構、よく当たるんだよ」

「不公平ね。お金がなくて、一攫千金《いっかくせんきん》を夢見て売場に並ぶ人が大勢いて、そのうちのほとんどは三百円しか当たらないのに」

「余裕をもって買いにいってる人間に神様は微笑むってことらしい」

弥生の兄の車は確かポルシェである。ポルシェに乗って、宝くじを買いにいっているとしたら嫌味だ。圭子は、手にしていた串をぽんと専用の瓶の中に投げ込んだ。

「圭子ちゃん、宝くじは買う？」

「買ったことはありますけど、最近は全然」

「僕は高井に勧められて、よく買うようになったよ」

「当たります？」

「まったく駄目だな。籤運《くじうん》が悪いみたい。ビンゴも外れてばかりだし。でも、圭子ちゃんは地道だね。一攫千金なんか狙わずに真面目に学校に行って、真面目に働いてるんだから」

圭子の胸が翳った。急に黒雲が空を被うように。

「貧乏慣れしちゃったみたいです。功太郎さんは一攫千金を夢見ます？」

「宝くじを買うようになってから、一等が当たったらどうしようか考えるようになったよ。金は使いだしたら、すぐになくなるけど、使うには想像力がいるもんなんだよ。たとえばだけど、三億を一日で使えと言われたら、ちょっと困るでしょう？」

圭子は遠くを見つめるような目をした。「一日で三億ね。私では使い切れないと思います」

「競馬に三億円、注ぎ込むような馬鹿なことをしない限りは、結構、使うのは難しい」

「そうですね」

圭子は上の空だった。

二千万を手に入れたら、自分はどうするのだろうか。無駄使いは絶対にしないつもりだが、気持ちが甘くなってついつい浪費してしまうかもしれない。

「圭子ちゃん」

気づくと功太郎が圭子をじっと見つめていた。

はっとして我に返った圭子は、小さく微笑んでグラスを空けた。

功太郎は三億円という夢物語を話題にしていた。しかし、自分は二千万という黒い金のことを考えている。

功太郎の明るい顔が眩《まぶ》しく思えた。

食事が終わると、功太郎が近くのバーに圭子を誘った。

圭子はもう一軒だけ付き合って帰ることにした。

銀座の裏道を歩いた。ブランドショップの灯りは消えていて、ウイークデイは賑わっているはずのクラブ街も閑散としていた。

功太郎は雑居ビルの地下に通じる階段を降りていった。

静かなジャズが流れているバーだった。カウンターでふたりの女が飲んでいた。両方とも四十代に見えた。買い物帰りに食事をし、バーに寄ったという感じである。カウンターの端の席に圭子たちは座った。

功太郎は水割りを頼んだ。

圭子はウイスキーは飲みたくなかった。仕事で毎晩のように飲まされている酒である。見るのも嫌だった。

カクテルにしようと思ったが、何にしたらいいのかなかなか決まらなかった。マティーニは好きではなかった。結局、ソルティ・ドッグを頼んだ。

酒が用意されると、再び乾杯した。

「最近は触ってくるような嫌な客はいない？」

「いないですね。上品なお客ばかりについてます」

「客を好きになったことはないの？」

「ありませんよ」圭子は言下に否定した。

「変なこと訊いてごめん。でも、人間同士だから、客をホステスが好きになることもあると思って」

「気に入ってるお客とそうじゃないお客はいますよ。私、嫌いなお客は、どんなにお金になると分かってても近づきません。私、好き嫌いがすぐに顔に出ちゃうんです」

圭子の脳裏を国枝の顔がよぎった。

国枝を脅しているのに、圭子は国枝は嫌いではなかった。店に来る客で一番好きかもしれない。むろん、恋愛感情はないが、かなり好感を持っている。

そんな相手に脅迫状を送りつけた。心が痛んだ。

しかし、もしも国枝が嫌な男だったら、今度の計画を立てていなかった気がする。国枝の人の良さが、圭子を安心させた結果、恐喝をしようと考えたのだ。根底には国枝に対する甘えがあった。その甘えがハードルを低くしたのである。

「同伴ノルマ、厳しいの？」

「ええ。私、あまりしないから、お給料が減っちゃいます。営業も苦手で、お客にメールもほとんどしないんです。だから、いつかクビになるかもしれません」

「大丈夫だよ、圭子ちゃん、可愛いし、人に好かれる性格だから」

圭子は曖昧に微笑んで、グラスを手に取った。

「一回、店に遊びにいってみるかな」功太郎がさりげない調子でつぶやくように言った。

「止めてください。うちの店、六本木でもかなり高い方ですから、もったいないです。それに、こうやって普通に会ってる人の前で、演技してるところを見られるのはちょっと……」

「圭子ちゃんが嫌がるんだったら、止めておくかな。でも、宝くじが大当たりしたら行くよ」

「来てもいいですけど……」

「何かあるの？」

「功太郎さんが、一晩で百万円、使ってくれても、私の収入が増えるわけじゃないんですよ。だから、無駄です」

「へーえ、そうなの」

圭子は簡単に働いている店のシステムを教えた。

何も知らないらしい功太郎は興味津々だった。

バーに入って一時間ほど経った。その間、功太郎はお代わりをしたが、圭子は一杯だけですませておいた。

店を出たのは十時半すぎだった。銀座から丸ノ内線に乗れば、乗り換えずに家に戻れる。

地下鉄の入口に向かって歩いた。

「今夜もまたご馳走《ちそう》になってしまってすみません」

「気にしないで」功太郎が夜空を見上げた。「僕は、君を放っておけないんだ」

「どういう意味です？」

「何もできないけど、圭子ちゃんを見守っていたいんだよ」

「私が、すごく頼りなく見えるんですね」

「うん。正直に言ってそうなんだ」

圭子は黙ってしまった。ふたりの足音が重なりあったり離れたりしていた。

「怒った？」

「いえ、全然。前にも言ったかもしれませんが、功太郎さんと話してると気持ちが前向きになります」

「それは嬉しいな」

地下鉄の入口に着いた。

「それじゃ、私はこれで」

「また会おう」

功太郎が手を差し出してきた。圭子は功太郎と握手を交わした。功太郎の手は湿っていた。

手を離すと、階段を降りていった。途中で振り返ると、功太郎はまだ同じ場所に立っていた。

圭子は笑みを作って、手を振った。

電車は空いていた。マナーモードにしておいたスマホをバッグから取りだし、チェックした。どこからも連絡は入っていなかった。

〝圭子ちゃんを見守っていたいんだよ〟

その言葉が気になった。どういうつもりであんなことを言ったのか、今ひとつ理解できなかった。

功太郎は本当は女が苦手なのかもしれない。言い寄って失敗すると、もう会えなくなる場合もある。今のように付かず離れずで付き合っていれば長続きする。そのように考えているように思えてならなかった。

ちょっと鬱陶しいが、彼と話すのは愉しい。信頼もしている。だから現状のままの付き合いを続けていればいいだろう。

しかし、自分が米島という男に見られていたとは。

そのことを思いだすと、背筋が寒くなった。

五

二十日の朝がやってきた。

前の晩は、アフターで遅くなり、家に帰ってきたのは午前三時を回っていた。

深酒をしたせいで眠りは浅かった。

狭くて急な階段を上がっていく夢を見た。周りは暗く、圭子は恐怖に怯えていた。ステップを一段ずつ、重い足取りで上がっていくのだが、長い階段は続くばかりで、どこにもいきつかない。

はっとして目が覚めた。首筋にじわりと汗をかいていた。

喉が渇いていたので、水をがぶ飲みしてから、またベッドに入った。

うつらうつらとしているうちに、午前八時になった。もっと寝ていたかったが、神経が高ぶっていて、もう眠れなかった。

行動を開始するのは午後になってからである。それまでの時間をどうすごすか。何も考えが浮かばなかった。

ジーンズを穿き、ジャージーを羽織り、マンションを出た。

薄い雲が空に拡がっていた。弱い陽射しが路上を照らしている。

圭子は表通りに出て、荻窪方面に歩いた。目的地などなかった。落ち着かないのでぶらぶらしていたかっただけである。

荻窪に着くとファミレスに入り、パンケーキを食べた。

食事をしながら、今日の計画を何度も繰り返し、頭に描いた。

家に戻ると、シャワーを浴びた。

大学を受験した時も、こんなには緊張しなかった。

〝成功する。やり遂げられる〟

圭子は心の中で念ずるようにつぶやいた。

変装用のメイクに取りかかったのは午後一時すぎだった。

居間のテーブルにおいてあったスマホが鳴りだした。ラインが届いたらしい。洗面所にいた圭子は放っておいた。

赤い口紅、つけ睫……。圭子はどんどん変わってゆく。ウィッグを被ってから、自分を鏡で見た。岡野圭子ではなかった。

化粧をすませると、居間に戻り、スマホをチェックした。弥生からのラインだった。土曜日に飲み会をやろうという誘いである。

〝土曜日は用があるから無理。ごめんね〟

今日のことが終わらないと何も考えられなかった。スマホをマナーモードにした。これ以上、気を散らされたくはなかったのだ。

キャリーケースを用意した。ホテルを取ったが、泊まるつもりはない。必要と思えるものをケースに詰めたが、量は大したことなかった。

普段使っているバッグの中身を、新しいバッグの中に移した。小振りのハンドバッグを一昨日買った。女子高生が使ってもおかしくないような可愛いものを選んだ。

サングラスをかけると、もう一度洗面所に行き、自分の姿を見た。

完璧である。

「行ってくるからね」

圭子はピョン太をぎゅっと抱きしめてから、深呼吸をし、キャリーケースを手に取った。

マンションの住人に変装している姿を見られたくなかった。エレベーターは使わず非常階段で一階に向かった。

一階に着くと、ドアの隙間からエントランスの様子を見た。

誰もいなかった。圭子は足早に外に出た。

変装をして外を歩くのは初めてのことである。どこかが変ではないかと気になり、擦れ違う人々を目の端で見た。

誰も圭子に視線を向けたり、振り返ったりする者はいなかった。

地下鉄に乗る前、トイレに行き、自分の顔をもう一度チェックした。

自分でも驚くくらいに人相が変わっていることが確認できると、少し気持ちが落ち着いた。

新宿に着くと靖国通りに出た。目指すは新宿区役所からほど近いところにある公衆電話ボックスだった。

ボックスに入っている人間がいた。外国人の女だった。フィリピン人のようである。

女は長電話だった。別に急いではいないのに、圭子は苛立った。

やっと女がボックスから出てきた。むっとする香水の匂いが残っていた。

受話器を耳に当てた。掌が濡れている。

「はい、ホテル・ボーテ、塩崎《しおざき》でございます」

「今日から一泊、予約しています、横田良子ですが、私宛の荷物は届いているでしょうか？」

「ちょっとお待ちください」

圭子は受話器を握りしめ、固唾《かたず》を呑んだ。塩崎と名乗った従業員は、なかなか電話口に戻ってこない。胸苦しくなってきた。口の中が乾ききっていた。

「お待たせいたしました。お荷物がひとつ届いております」

「……」

「横田様……」

すぐに反応できなかった圭子を、相手は怪訝《けげん》に思ったらしい。

「あ、すみません。チェックインは三時ですね」圭子は口早に言った。

「はい」

「もう少ししたら行きます」

「お待ちしております」

受話器を置いた圭子は電話ボックスの中で立ち尽くしていた。

これでまず第一関門は突破した。しかし、まだまだやることがある。

電話ボックスを出ると、区役所通りに入り、ホテル・ボーテに近づいた。周りに鋭い視線を馳せた。宅配業者のトラックが停まっていて、荷を下ろしていた。他にも数台の車が路上駐車している。

人通りは少なかった。若いホスト風の男がくわえ煙草で歩いている。スーツを着た男の姿も目に入った。

国枝が金を送ってきたと決めつけるのはまだ早い。国枝があの事件と関係なかったら、警察に知らせたはずだ。警察は捜査員をホテル・ボーテに向かわせ、国枝に要求した金を取りに来る人物がいるかどうか見張るだろう。ホテルの出入口を監視している刑事がいる可能性もある。

ホテル・ボーテの前に着いた。ゆっくりとホテルを通りすぎながら、ガラス張りの自動ドアの向こうに目を向けた。

ホテル・ボーテのロビーは狭い。革張りのソファーと、肘掛け椅子が三脚おいてあるだけだ。

しかし、ロビーは小暗《おぐら》くて、ドア越しだとよく見えなかった。

圭子はホテルを通りすぎ、風林会館のある四つ辻《つじ》まで進んだ。そこからもう一度通りの様子を窺った。

警察に張り込まれていることが一番怖いのだが、それだけが不安材料ではなかった。

国枝が犯人だったら、恐喝者が誰なのか知りたいに決まっている。相手が分からないほど怖いことはないし、強請りが一度ですむとは限らないのだから、自らが出向いて正体を暴こうとするかもしれない。いや、それ以上のことを考えていることもあり得る。

国枝はひとり殺している。恐喝者を見つけたら、機会を見つけて亡き者にする。そこまで決断して、仕事を休み、横田良子と名乗った人物を見つけようとするかもしれない。

国枝に見られたら、いくら変装していても、正体はばれてしまう。それだけは絶対に避けたかった。

恐喝は一度限り。国枝に顔を見られないようにして金を手に入れる。

それだけは死守したかった。

背の低い街路樹が風に揺れていた。

ホテルの近くに立っている人間がいるかどうか、目を凝らして調べた。ガードレールに寄りかかっている人間もいないし、建物の陰でじっとしている者もいなかった。

圭子はバッグからスマホを取りだした。その瞬間、縦縞《たてじま》のスーツを着、書類鞄を持った中年男が、圭子の前に立った。色黒の目の大きな男だった。

圭子は呆然《ぼうぜん》として口がきけなかった。

「さっきから見てたけど、道に迷ったの？」

「いえ」

「どこにいくの？」

圭子は答えず、キャリーケースを引き、男から離れた。

男がついてきた。「暇だったら、お茶でもしない？」

圭子は無視して、元来た道を足早に戻っていった。

圭子は後ろを振り返りながら、靖国通りまで引き返した。

男の姿はもうなかった。

ケバい化粧をし、キャリーケースをもって、歌舞伎町のど真ん中をうろうろしている。相手はお上りさんだと間違えたのだろう。

しかし、なぜ、こんな大事な時に。

「クソ」圭子は口の中で吐き捨てるように言った。

近くに喫茶店があった。圭子はそこに入り、コーヒーを頼んだ。

路上でスマホを使うのは止めにしたのだ。

コーヒーがくると、それで喉を潤してから、スマホを手に取った。

そして、国枝悟郎《ごろう》の携帯にかけた。メールではなく電話をしたのである。

「もしもし」国枝はすぐに出た。

「あれっ……。彩奈ですけど、国枝さん？」

「そうだよ」

「すみません。私、番号を間違えてしまいました。国田《くはた》という友だちにかけたつもりでした」

国枝が短く笑った。「そそっかしいんだね」

「お仕事中だったんでしょう？」

「今、会議が終わったところなんだ」

電話が鳴っている音がした。雰囲気からすると事務所にいるのは間違いないようである。

圭子はもう一度詫びの言葉を口にした。

「こんな間違い電話なら、いつだって歓迎だよ。学校は？」

「今日はお休みです」

「君の声を聞くと、何だかほっとするな」国枝が力なく言った。

「そう言っていただけると嬉しいです。お暇ができたら、また遊びにきてください」

「うん、そうするよ」

電話を切った圭子は、呼吸を整えた。

国枝は会社にいると考えていいだろう。恐喝者を自分で見つけようとしていないということだ。

しかし、国枝は落ち着いていた。恐喝された人間とはとても思えなかった。

もっとも人は、どんな犯罪を犯していても、冷静に振る舞えるところはある。自分で殺しておいて、何食わぬ顔で、殺した相手の葬式に参列する人間だっているのだから。自分だって、こんな大それたことをしているのに、周りの人間には普段通りの応対をしているではないか。

三時を少し回っていた。

圭子はホテル・ボーテに向かった。

国枝の冷静さがまた気になり始めた。

無関係なことで恐喝されたものだから、警察に通報した。後は警察に任せているので、彼は平常心を保つことができたのかもしれない。

疑心暗鬼は募るばかりだった。だが、ここまできた以上は後には引けない。

再びホテルの前に着いた。スマホを取りだし、耳に当てた。しゃべっている振りをしたのだった。そうやって、ホテルを出入りする人間を待った。

三人の女の子がホテルに入っていった。三人とも両手に持てないほどの袋を提げている。買い物をしまくったようだ。

声が聞こえてきた。三人は中国人のようだ。

自動ドアが開くと、圭子はロビーを見た。

ソファーにも椅子にも誰も座っていなかった。

圭子も、中国人に続いてロビーに入った。

注意深く辺りを見回した。

椅子に中年の女が腰掛けた。警察官とは思えなかった。

柱の陰にも目をやった。人の姿はなかった。

先ほどの中国人がエレベーターが降りてくるのを待っていた。

もう一度辺りを見回してからフロントまで歩を進めた。

緊張が頂点に達した。

「いらっしゃいませ」

挨拶をしてきたフロント係の胸のネームプレートを見た。先ほど、電話に出た塩崎という男だった。

「予約しました横田良子ですけど」

塩崎はパソコンでチェックした。

圭子は肩越しに後ろを見た。ふたりの男が真っ直《ます》ぐにフロントに向かってきた。

もしも刑事だったら……。

圭子は失神しそうなくらいに動転していた。

「横田様、ここにご記入を」

男たちが圭子の横に立った。背の高い方の男がじろりと圭子を見た。

その視線で頰が焼けそうなくらいに熱くなった。

男たちは番号札をフロント係に渡した。

ほっとした。預けていた荷物を引き取りにきた客らしい。

圭子は暗記した広島の住所を書いた。かすかに手が震えていたが、何とか書ききった。

「部屋は八〇一号室です。ご朝食はなしということで」

「はい」

料金は前払いだった。

「届いているお荷物は、今、お持ちいたします。おかけになってお待ちください」

カードキーを手にした圭子はキャリーケースを引き、ソファーに近づいたが、座りはしなかった。

ほどなく塩崎が、大きな袋を携え、圭子のところにやってきた。

誰でも知っている電化製品の量販店の袋だった。袋の口はガムテープでしっかりと止められていた。

袋を受け取った圭子は「ありがとうございます」と礼を言った。

言った後、顔から火が出る思いがした。圭子の言い方は異様に馬鹿丁寧だったのである。

エレベーターに向かった。

警察が張っていることもなく、国枝の姿もなかった。

エレベーターに乗ると、「ああ」とつい声を出してしまった。

しばらく待ってもエレベーターは動かなかった。それもそのはず。圭子はボタンを押すのを忘れていたのだ。用心深い圭子は十階のボタンを押し、階段を使って八階に降りた。

圭子は部屋に入っても、袋を開けようともしなかった。荷物をドアの近くにおいたまま、ベッドに向かい、仰向《あおむ》けに倒れこんだ。

虚脱状態。今年の緊張を全部使い果たしてしまったような気分だった。

十分、二十分……。時は流れていったが、どれぐらい経ったかは圭子には分からなかった。

腰を上げると冷蔵庫を開けた。何も入っていなかった。

エレベーターの横に自販機があったのを思いだした。

圭子は財布を持って部屋を出、ミネラル・ウォーターを買った。そして、ベッドに腰掛けて、一気に飲んだ。口許から水が溢《あふ》れでるほどの勢いだった。

その部屋の窓は細長くて小さかった。

見えるのは、飲食店の入ったビルと、穏やかな秋の空だった。

圭子はカーテンを閉めた。それからキャリーケースをベッドの上に置き、開けた。中に入れておいた何枚ものビニール袋を取りだした。そして、量販店の袋を手に取った。伝票の依頼主の欄には同上と書かれてあった。男文字であることは明らかだった。ガムテープを外した。

中には靴箱ぐらいの箱が入っていた。それもベッドの上に載せた。箱の蓋もガムテープでしっかりと止められていた。

ガムテープを捲《めく》り取り、蓋を開けた。

一万円札が束になって入っていた。帯封がついている。銀行から引きだした金をそのまま箱に詰めたようだ。

圭子の頬がゆるんだ。勝利の笑みである。

札の枚数を数える必要はないだろう。

札束をビニール袋に小分けにして入れた。そして、用意してきた白い紙袋に詰めた。

国枝が送ってきた量販店の袋を使ってもよかったのだが、新しいものに詰め替える方が安心だった。

白い紙袋を持ってみた。そんなに重くはなかったし、嵩張《かさば》ってもいない。とても自然である。

空箱は潰して平たくし、量販店の袋と一緒にキャリーケースに入れた。

時計を見ると、四時五分すぎだった。

キャリーバッグを洋服掛けのところに仕舞い、ベッドで寝たような形跡を細工した。

部屋を出る前、スマホを見た。着信があった。

どきりとした。国枝からのものだったのだ。

〝間違いだったとしても、君としゃべれて愉しかったよ〟

こんなメールを送ってくる人間を、自分は騙《だま》している。胸がまたちくりと痛んだ。

〝私もお声が聞けて嬉しかったです〟

自分は何と悪い女なのだろう。国枝は、働いて学校に通っている自分を、とてもいい人だと思っている。そんな気持ちを踏みにじって、彼から金を取った。圭子はちょっと自分に嫌気がさしてきた。だが、もうやってしまったことである。これからも国枝の前では普段通りに接していく外ないだろう。

圭子は洗面所で顔を見た。ウィッグの具合も不自然ではなかった。

白い紙袋を持つと、部屋を出た。

もう心配はいらないのに、ロビーの端々までに目を配ってしまった。

二千万もの金を持って、電車に乗る気にはなれなかった。

通りに出るとすぐに空車がやってきた。

圭子はそれに乗って家に戻った。マンションに入る時も、住人に会うのではと心配になったが、運良く、誰とも顔を合わせることはなかった。

部屋に入るとカーテンを閉め、電気を点けた。ウィッグを外し、メイクを落とし、普段の自分に戻った。

金をどこに隠しておくかはいろいろ考えた。トイレのタンクは狙われやすいとテレビで言っていたので止めにした。ベッドの下も危険である。

二日前、化粧を落としている際に思いついたことがあった。

昨日、箱の高さが九センチほどのティッシュを買った。三箱が一緒にビニールで包まれているものをふたつ用意した。ビニールを上の方から丁寧に外し、箱をひとつずつ取りだした。そして、六箱のうちの四個の箱の底を一万円札よりもやや大きめにカッターで切り、中に入っているティッシュを適当に取りだした。そこに札を詰めておくことにしたのだ。

札束をテーブルの上に置き、数束、手に取って匂いを嗅いだ。

ピョン太の鼻にも札束を持っていき、匂いを嗅がせた。

「ピョン太、うまくいった。あんたが見守っていてくれたからよ。ありがとう」

ピョン太の耳許でそう囁いてから、作業に戻った。

帯封を切り、札を詰めてゆく。五百万円で約五センチ。使用したティッシュ箱は四個である。

金を詰めると、切り取った部分をセロハンテープで底に貼り付けた。それから、底を切っていない箱を上にして、ビニールで包み直した。ビニールの上部を元に戻すことはできないので、そのままにした。しかし、不自然ではなかった。

それらを洗面台の下の戸棚に入れた。

引きだしたティッシュは、袋に詰めて、流しの下に放り込んだ。

なぜか躰を動かしたくなった圭子は部屋に掃除機をかけた。くまなく掃除をした。

するとほどよい汗をかいた。

シャワーを浴びるとやっと落ち着きが戻ってきた。

その夜、圭子はちゃんと店に出、普段通りに客の相手をした。だが時々、隠した金が盗まれるのではと不安になった。金を持つと、思ってもいなかった気苦労が生まれることを思い知った。

翌日も朝早く起きた。もうひとつやることがある。変装をし直し、ホテルに向かった。その時もタクシーを使った。

午前九時すぎにホテルに着いた。フロントの人間がちらりと圭子を見ていた。朝帰りしたと誤解しているようだった。

部屋に入ると、シャワーを使ったように見せかけ、備え付けのガウンもくしゃくしゃにした。

一時間半を部屋で何もせずにすごした。

そして、キャリーケースを引いて、エレベーターに乗った。

カードキーを返し、ホテルを出た。帰りもタクシーを使った。

エントランスで住人の男と擦れ違った。

「こんにちは」

圭子の方から声をかけた。男も挨拶してきた。

相手が、四階に住む女だと気づいたかどうかは分からなかった。たとえ気づかれても何の問題もない。何事もなく金を受け取った後なのだから。

部屋に入ると、すぐにウィッグを取り、キャバクラ・メイクを落とした。そして、着ていた服も脱いだ。

変装用の道具はすべて、段ボール箱に詰め、押入に隠した。外のゴミ箱に捨てる必要はないだろう。自分の犯した恐喝事件は、発覚することもなく終わったのだから。

広島から来た横田良子は、これでこの世から完全に消えた。

急にお腹が空いてきた。圭子は母から送られてきたリンゴに、前歯を立ててがぶりと噛《か》みついた。

六

毎日、金を隠したティッシュ箱がなくなっていないか点検したが、一切金には手をつけていない。

気に入った服が目に入っても、すぐに買いたいとは思わなかった。いつでも買える、という余裕が、却って購買意欲を減少させたようだ。

金持ちはケチだ、とよく言われるが、これまで、圭子はその言葉がピンとこなかった。しかし、大金を手にした今は、実感を持って受け止めることができた。たかだか二千万で金持ち気分になっている自分が小さい人間に思えたが、恥じ入る気持ちにはならなかった。

〝私、金持ち、金持ち〟

心の中で何度も嬉々《きき》として叫んだ。

学校に行き、家で勉強し、店に出る。これまで通りの生活を続けていたが、犯行を犯す前の自分には戻れなかった。何をやっていても集中力を欠いていた。自分のやったことがばれる心配はないと分かっているのに、やはり、胸の底には不安がたゆたっていた。

仕事に身が入らなかった。生活費を稼ぐためにやっていたことだから無理もなかった。

しつこく触ってくる客は論外だが、他にも面倒な客がたくさんいる。自慢話ばかりする客、虫の居所が悪いと、ホステスの受け答えにいちいち難癖をつけてくる客……。このような客たちにいい顔をすることに、以前よりもさらに嫌気がさしていた。

これまで滅多に休まなかったのに、二日続けて風邪を口実に店に出なかった。

しかし、当分は店を辞める気はなかった。就職先が決まっていれば、店を辞め、ティッシュ箱の中に眠るお札に手をつけてもいいが、これから先の当てがまるで立っていない今は、我慢して働き続けるしかないと思った。

田口和正と会ったのは、金を手にいれて十日ほど後のことだった。

彼の勤めている出版社の前で昼休みに待ち合わせをすることになった。

自分が落ちた会社のビルを見上げた。この建物に来年の春から通うことができていたら、恐喝なんて大それたことはやっていなかったろう。そんな思いが心をよぎった。

田口は約束の時間よりも少し遅れて姿を現した。彼は近くの鮨屋《すしや》に圭子を連れていった。

握りの上を二人前頼んだ田口がじっと圭子を見つめた。「少し痩せた?」

「そうですか?　自分じゃ感じてませんけど」

体重を計っていないので分からないが、しばらく続いた緊張状態が、躰に変化をもたらしたのかもしれない。

「この間は意外だったな」田口が遠くを見つめるような目をして言った。

「この間って?」

「吉木のところで会った時のことだよ。功太郎が、編集者志望の学生を呼んだとは聞いてたけど、君のような可愛い子が来るとは思ってなかった」

田口の眼差《まなざ》しに〝男〟を感じた。答えようがない。圭子は黙って目を伏せた。

田口が自分に興味を持っているのは間違いないようだ。就職の世話をするというのは、自分と会う口実にすぎないのかもしれない。

鮨が運ばれてくる前に、田口に言われて用意した履歴書をバッグから取りだし、彼に渡した。

知られて困る情報が書かれているわけではないが、ゆっくりと読んでいる田口を見ていると、自分のことを探られているような気分になった。

鮨が運ばれてきた。

田口が目を上げた。「上弦社《じょうげんしゃ》って出版社を知ってる?」

「いいえ」

「小さな会社だけど、クオリティーの高い翻訳書を出してるとこなんだ。そこの社長を知ってるから君のことを話してみようと思ってる。社員が十人もいない会社だから、おそらく給料はめちゃ安いし、正直に言っていつ潰れるかも分からない。それでも良ければ……。どうだい、興味ある?」

「潰れそうな会社は困ります」圭子は短く笑った。

「それはそうだけど、そういう会社って潰れそうで潰れないところもあるんだ。まあ食べてよ」

「はい」

圭子はニギリに箸をつけた。

「君が文芸編集者に拘《こだわ》るんだったら、うちみたいな大きなところよりも、専門でやってる会社の方がいいかも。うちは異動が激しいから、希望した部署にずっといられるわけじゃないからね」

「その会社のことをネットで調べていいですか？」

「どうぞ」

圭子はスマホを開き、上弦社のホームページを開いた。

小説、戯曲、哲学論文などの翻訳書を出版している会社だった。ノーベル賞作家の本も出していた。五千円もする本も珍しくなかった。刷り部数を抑え、本当に欲しがっている読者だけを対象にして商売をやっている出版社らしい。日本人作家の小説は出していないようである。

圭子は日本人作家を相手する編集者になるのが望みなので、自分には合わない気がした。しかし、そのことを、この場で田口に伝えるのは憚られた。

「田口さんの言った通り、いい本を出してる会社のようですね」

「紹介していい？」

「よろしくお願いします」

「じゃさっそく、社長に連絡を取ってみる」

「田口さん、生意気なことを言うようですが、お給料とかが合わなかったら、お断りするかもしれません。それでいいですか？」

田口は口をもぐもぐさせながらうなずいた。「それはかまわないよ。僕の紹介だからって気にしないで。圭子ちゃんの一生に関わることなんだから」

〝圭子ちゃん〟と馴《な》れ馴《な》れしく呼ばれても、さらりとした言い方だったので気にはならなかった。

「ところで、功太郎とはよく会ってるの？」

「時々、食事をご馳走になってます」

田口がぐいと躰を前に倒し、覗き込むようにして圭子を見た。「功太郎と付き合ってるの？」

食べかけの鮨を喉に詰まらせそうになった圭子は慌てて茶を飲んだ。

「田口さん、変なこと言わないでください。吉木さんは、郷里が一緒だということもあって私にとっては話しやすい先輩。ただそれだけです」

「多分、そうだろうとは思ったけど、功太郎が女の子を俺たちに会わせたのは初めてのことだったから、ちょっと興味が湧いてね」

「吉木さん、彼女はいないみたいですけど、これまではどうだったんです?」

「気になる?」

「優しくてよく人の話を聞いてくれるいい方だから、彼女がいないのが不思議で」

「あいつとはここ二、三年の付き合いだけど女の影すらないな。だから、圭子ちゃんがマンションに現れた時、驚いたんだよ。圭子ちゃんがあいつに興味がなくても、向こうはありそうだな」

「そんなこと一度も感じたことないです」

「だったらいいんだ」田口が含み笑いを浮かべた。

「何がいいんですか?」

「圭子ちゃん、近いうちに、夜の時間を空けてほしいな。ゆっくり飯でも食おう」

自分と功太郎の間に、友だち以上の関係がないと分かった田口は本性を現した。

「田口さん、おいくつですか?」

「三十四だよ」

「結婚なさってます?」

田口が口を半開きにして、圭子を見つめた。「ご飯を食べるかどうか決めるのに、歳とか結婚が関係あるの?」

「そんなことはないですけど、知りたくなったんです」

田口の口許に皮肉めいた笑みが浮かんだ。「子供は？　って訊かないの？」

「いるんですか？」

「三歳になる息子がね。で、どうなの？　妻子ありの三十四の男とご飯を食べる気はある？」

圭子は茶をすすってから目を伏せた。「田口さんにひとつお教えしておかないといけないことがあるんです」

「そうか。付き合ってる人がいるんだね」

「そんな人はいませんよ」

「じゃ何？」

圭子は、生活のためにホステスのアルバイトをやっていることを話した。

「新宿で？」

「六本木でです」

田口は店の名前も知りたがった。隠すのも変だから教えた。

「ああ、あそこね。結構、高い店だよね」

「行ったことあるんですね」

「週刊誌の部署にいた頃に何回か行ったな」

「そういうわけで、夜は会えないんです」

「土日しか空けられないか」田口がつぶやくように言った。

妻帯者である田口は、そう簡単にはウイークエンドの夜を自由に使えないのだろう。

「功太郎はそのことを知ってるの？」

「話してあります」

田口は少し間をおき、こう言った。「再来週の土曜日はどう？」

「再来週の土曜日ですか……」圭子は天井を見上げ、考える振りをした。

予定などなかったが、あると嘘をつき、田口の誘いを断った。

田口のスマホが鳴った。

画面を見て、田口が目を丸くした。「噂をすれば何とやら、功太郎からだよ。僕が君と一緒にいること、あいつ、知ってるの？」

「いいえ」

田口がスマホを耳に当てた。「おう。どうした？ ……いや、まだ決めてないよ。どのみち桜井は参加できないって言ってたよ」

功太郎は城巡りのことで田口に電話をしたらしい。

「……そのことは今夜中に返事する。それよりもお前がびっくりすることがあるんだ……。今ね、岡野圭子さんとお鮨を食べてるんだよ……。そう、そういうこと。

……まだ、そんな段階まで話は進んでない。彼女の履歴書を預かったばかりだから……。分かってる、頑張るよ。ちょっと代わろうか」

田口がスマホを圭子に渡した。

「こんにちは」

「圭子ちゃんが一緒だとはね。驚いたよ。いい会社紹介してもらえそう？」

「はい」

「口説かれたんじゃないの？」

功太郎は冗談めかした口調で訊いてきた。それが、却って探られているような気分を呼び、ちょっと鬱陶しかった。

「いえ、そんなことはありません」

「夜の仕事のこと話した？」

「ええ」

「また連絡するね。田口さんに代わってくれる？」

圭子はスマホを田口に返した。田口は一言二言話してすぐに電話を切った。

田口の休み時間がそろそろなくなってきた。

「向こうと連絡がついたら、君の履歴書、送っておくよ」

「ありがとうございます」

「久しぶりに六本木のクラブにでも行ってみるかな。金の使える部署の奴《やつ》を誘って」

「止めてくださいよ。働いてるところを見られるのは嫌です」

「いいじゃない。店が終わったらどこかに行こう」

田口は臆する素振りも見せず、そう言った。圭子は曖昧に笑って受け流した。

田口と別れた圭子は家に戻る前、新宿に寄り、ドンキでパジャマを買った。これで穴の空いているものは捨てられると思うとちょっと気分がすっきりした。化粧品コーナーにも足を運んだ。ほんの少し贅沢がしたくなり、これまで使ったことのないアイラインと口紅も購入した。

上弦社の給料が気になった。安かったら断るべきだろうか。それとも、とりあえず出版社に入れるのだから我慢すべきだろうか。二千万を切り崩していけば、給料が安くても、かなりの年月、持《も》ち堪《こた》えられる。そのうちに転職する機会が巡ってくるかもしれない。

金があることで、余裕をもって考えられることがありがたかった。

七

その夜、店は混んでいた。圭子は、いろいろな席につかされた。

愉しくやれる客もいれば、そうでない客もいた。しかし、いずれにせよ、圭子は腕時計に目をやってばかりいた。仕事が終わったらさっさと家に帰りたかった。

金融関係の仕事をしている客にアフターを誘われたが、すでに先約があると言って断った。

後一時間ほどで店が終わる頃、圭子はスタッフに呼ばれた。

壁際の奥の席に座っている客が目に入った。鼓動が激しくなった。

国枝が来ていたのだ。しかもひとりで。

スタッフに指示され、圭子は国枝の席につくことになった。

国枝は背もたれに躰を預け、煙草を吸っていた。

圭子は狭い通路を進んだ。どんどん国枝が近づいてくる。圧迫感が胸を締め付けた。

「いらっしゃいませ」圭子は小さく頭を下げ、国枝の前に腰を下ろした。

スタッフがやってきて、ボトルをテーブルの上に置いた。ボトルにはふたつのネーム札がかかっている。いつも一緒にくる歯医者の美濃部と国枝が共同で入れているボトルなのだ。

「今、いらっしゃったんですね。気づきませんでした」

「この店はいつ来ても混んでるね」

「そうでない日もいっぱいあります。今日はすごいですけど。お水割りでよろしいんですね」

「喉が渇いたからビールを一杯もらおうかな。彩奈さんはどうする?」

「じゃ、私もお付き合いします」

圭子はスタッフにビールを二杯頼んだ。そして、おもむろに口を開いた。

「社長が、ひとりでいらっしゃるのは初めてですね」

「そうだね」

「美濃部先生はどうなさってるんですか?」

「しばらく会ってないんだ」

ビールが運ばれてきた。

「お久しぶりです」圭子はそう言ってから国枝と乾杯した。

国枝は旨《うま》そうにビールを飲んだ。

圭子は国枝を真っ直ぐに見られなかった。しかし、俯《うつむ》いているわけにはいかない。

「お仕事、忙しいんですか？」圭子は努めて明るい声で訊いた。

「野暮用が多くて」国枝がふうと息を吐いた。

「今夜はちょっとお疲れのようですね」

「うん。彩奈さんに言うことじゃないけど、嫌なこともあって」

嫌なこと……。恐喝されたことを言っているとしか圭子には思えなかった。

国枝の立場になってみると、顔の見えない恐喝者のことが、金を払った後も悩みの種になっているはずだ。恐喝が一回こっきりですむことは稀《まれ》ではなかろうか。恐喝者は、金を使い果たすと、また要求したくなるのが普通である。

手許にある二千万円がなくなったら、自分はまた国枝を脅したくなるだろうか。

それは絶対にない。郵便ポストを選ぶだけでもあれだけ神経を使ったし、変装をし、偽名でホテルを取るなんてことは二度としたくなかった。

国枝さん、安心してください。二度とああいうことは起こらないですから。

圭子は心の中でそう言った。

元気のない国枝を見ていると、申し訳ない気分で胸が詰まりそうになった。

それを打ち消すために、あの嵐の夜の国枝の行動を思いだそうとした。

この男は殺人犯なのだ。だから金を払った。自分のやったことは卑劣だが、良心を痛める必要はない。

「今夜はなぜだか分からないけど、彩奈さんの顔が見たくなってね」

国枝の太くてすんだ声が耳朶《じだ》をゆすった。

「そう言っていただけるだけで嬉しいです」

「この間の間違い電話……」国枝の目尻がゆるんだ。

どきりとした。あの日の話は避けたい。しかし、そういうわけにはいかなかった。

「ごめんなさい。私、慌て者で、よくああいう間違いをやってしまうんです」

「メールでも言ったけど、僕にとっては愉しい間違いだった。あの電話で君の声を聞いたことがきっかけで、君に会いたいと思ったんだろうな」国枝は自分で自分の言っていることを確認するような調子でつぶやいた。

圭子は上目遣いに国枝を見た。「あの時、社長は会社にいらっしゃったんですよね」

確認するまでもないことなのに、つい訊いてしまった。

「そうだけど、それがどうかしたの？」

「商談中か何かだと思って、私の方は顔から火が出る思いがしました」

よくまあ、そんな嘘がいけしゃあしゃあとつけるものだ。もうひとりの自分が、圭子にそう言っていた。

国枝のビールグラスが空いたので、ウイスキーの水割りを作った。勧められるまま、圭子も飲むことにした。

「彩奈さんはゴルフはやらないの？」

「やりません。私、スポーツが苦手なんです。子供の頃、運動会で駆けっこをすると、自慢じゃないですけど、ほとんどビリでした。社長はスポーツが得意なんですか？」

「得意ってほどではないけど、好きだね。高校の時はサッカー部だったんだ」

「中学の時、同じクラスにサッカー部で活躍してる子がいて、私、彼のことが好きでした」

「その子とは付き合ってたの？」

「いいえ。片想《かたおも》いですよ。その子、女の子にすごく人気があって、体操部の子と仲良しだったんです」

「その子、今はどうしてるの？」

「家が左官屋だから、お父さんと一緒に仕事をしてます。帰省した時、偶然、会ったんですけど、昔の格好良さは消えてましたね。すごく太っちゃって」

こんな他愛もない話をしていても、緊張感は消えなかった。

あっと言う間に閉店の時間が近づいてきた。

「彩奈さん、これから何か予定ある？」

　圭子は一瞬黙ってしまった。

「予定がなかったら、ふたりで一杯飲みたいと思ったんだけど」

「ありません。お付き合いします」

「本当に大丈夫？」

「ええ」

　午前一時ちょっとすぎに、国枝は会計を頼んだ。圭子は席を離れ、スタッフに、送りの車のキャンセルを頼み、私服に着替えた。

　圭子の気持ちは混乱していた。

　突然、現れた国枝に動揺した圭子だから、アフターまで付き合うのはきつい。しかし、あっさりと断る気にはならなかった。罪滅ぼしという思いもあったが、もっと言葉にならない精神の動きが、国枝の誘いを断らせなかったようだ。犯人が犯行現場に立ち戻りたくなるような気分に似た心理状態が働いていたのだ。

　会計をすませた国枝と一緒に店を出た。

「お腹は空いてない？」国枝に訊かれた。

「いいえ」

「君を誘っておいてこんなことを言うのも失礼な話だけど、僕はアフターで行ける店をまるで知らないんだ。六本木にも滅多にこないし。彩奈さんが行きたいところを教えて」

「社長、カラオケ、やりたいですか？」

「いや、カラオケはちょっと。静かなところがいいね」

「じゃ、普通のバーでいいですか？」

「うん」

圭子はバーを何軒か知っていた。客に連れて行かれたところは避け、スタッフと飲んだことのある店にした。

そのバーは六本木墓苑《ぼえん》という名の墓場の近くにあった。ふたりいるバーテンはいずれも五十を越えていそうな店で、静かなジャズが流れている。国枝は気に入るだろうと思った。

圭子が先に地下に通じる階段を降りていった。

比較的広い店だが、カウンターは一杯だった。バーテンのひとりが圭子の方を見た。

圭子は後ろに立っていた国枝に目を向けた。「ボックスでいいですか？」

国枝は目を細め、カウンターの方を見つめていた。顔が強《こわ》ばっている。

「この店はちょっと。他のところにしてくれないか」

国枝は口早に言い、店を出ていった。

「すみません、また来ます」目の合ったバーテンに謝り、国枝の後を追った。

墓場の前に立っていた国枝が笑みを作った。嘘くさい笑みに思えた。「ごめん」

「どうかしたんですか?」

「取引先の人間がカウンターで飲んでたんだ。酒癖のあまりよくない男でね」

「だったら止めてよかったですね」

「他に知ってる店ある?」

「ええ」

圭子は六本木通りに面したところにあるバーを目指した。

その間、国枝は口を開かなかった。先ほどのバーで見たという取引先の人間のことを考えているのだろうか。

逃げるようにしてバーを出ていった国枝のことを思いだすと、あの夜、路地に消えていった彼の姿と重なった。

その店は空いていた。カウンターの端の席に腰を下ろした。

圭子はウイスキーはもう飲みたくなかったので白ワインをグラスで頼んだ。国枝は酒棚をしばし眺めてからカルバドスを注文した。

酒がくると、再びグラスを合わせた。

その後、就職がどうなったか国枝に訊かれた。圭子は田口の話をし、連絡を待っていることを教えた。

「本が売れなくなっているって聞いてるから、そういうクオリティーの高い会社だと給料は安いかもしれないね」

「そのことを心配してるんです」

「奨学金、いくらぐらい借りてるの？」

「四百万を超えてます」

「それは大変だ。出版社に拘ってはいられないんじゃないの」

「そうなんですけど、ここが踏ん張りどころだと思ってます。違う仕事に就いたら、きっともう出版社には入れない気がして」

「こんなことを訊くのは失礼だけど、貯金はあるの？」

「ホステスをやってるおかげで、少しはあります」

胸がすっと冷えてきた。圭子は目の端で国枝を見た。

国枝はカルバドスを味わいながら飲んでいた。

今夜、国枝はひとりでやってきて、アフターに誘った。こんなことはこれまでなかった。そして、奨学金や貯金に触れてきた。

恐喝した人間が自分ではないかと疑っているのだろうか。いや、まさか、そんなことはあり得ない。

あれだけ用意周到に事を進めたのである。自分が恐喝者だと疑われることは絶対にない。

国枝は自分のことを心配して訊いてきたに決まっている。

いや、待てよ。

国枝は恐喝者が誰だろうと当然考えている。周りにいる人間すべてに疑いの目を向けた時、彩奈というホステスのことも頭に浮かんだのかもしれない。

犯行現場は、圭子の家の近くだった。そのことが引っかかっているのかもしれない。

殺人の起こったマンションから出てきた国枝は辺りを見回した。その時、近くを歩いていた女に気づいたのだろうか。

それはないだろう。よもや、人影を見たとしても、誰だか分かるはずはない。あの時、あの一帯は停電だった。はっきりと相手の顔が見えたとは思えない。

慌てることはない。普段通りに接していればいいのだ。圭子はそう自分に言い聞かせた。

「立ち入ったことを訊いて不愉快に思ったかもしれないけど、他意はないんだ。僕はね」そこまで言って、国枝は圭子をじっと見つめた。「君が気に入ったんだよ」

「ありがとうございます」

「お礼なんか言う必要はないよ。何の役にも立ってあげられないんだから」

「そんなことないですよ。私、社長の席についてると、自分がホステスだってことを忘れてしまいます。社長といると安心感を感じるんです」

圭子の言ったことは嘘ではなかった。国枝が自分を探っているのではと疑心暗鬼にかられているにもかかわらず、国枝といるとほっとするのだった。人殺しだという実感もまるで湧かない。

功太郎のことが脳裏をよぎった。彼は圭子にとって、とても話しやすい相手である。信用もしている。しかし、圭子は国枝の方がずっと好きである。

圭子の両親が離婚したのは、彼女が小学校六年の時だった。父は画材セットと教材を売り歩く仕事をしていたので、ほとんど家にはいなかった。よくしゃべる優しい男で、娘のこともとても可愛がってくれた。その父から、「お父さんは、お母さんとお前と別れて遠くにいく」と聞かされた時には、父にしがみついて泣きじゃくった。

父に女ができたことを知ったのはもっと後のことである。母は別れた父の悪口をよく言った。父が母に辛い思いをさせたことは分かったが、心の底から父を嫌いにはなれなかった。

圭子は自分がファザコンだと思っている。

功太郎には感じない何かを、圭子は国枝に感じているのだった。

質問ばかりされているので、圭子は国枝の私生活に触れてみることにした。

「社長はご結婚なさって長いんですか？」

「十四年経ったかな。僕は結婚が遅かったんだ。実は僕は婿養子でね。今の会社は女房の親父《おやじ》が作ったものなんだよ」

「お子さんはいらっしゃらないんでしたよね」

「女房は僕のひとつ上でね。無理すれば産めないことはなかったけど、その機会を逸してしまったんだ」

婿養子だと自由になる金が少ないのではなかろうか。二千万を作るのは大変だったのかもしれない。そんな余計なことが頭に浮かんだ。

「子供のいない夫婦って仲がいいって聞いたことがありますが、社長のところもそうですか？」

「仲がいいかどうかは分からないけど、悪くはないと思うよ」国枝が苦笑しながら答えた。

「素敵ですね」

「何が？」

「社長がです」

「僕のどこが素敵なんだい」

「奥さんの悪口を言うお客さんってけっこういるんですよ。私、奥さんのことを悪くいう男って信用しません」

「ああいう場所で、女房とのことをのろける馬鹿はいないと思うけど。大概は照れもあって悪口を言ってるだけだよ」

「そうかもしれないですけど、奥さんのことをさらりと褒める人って格好いいと思います。奥さんも女です。そして、奥さんのことを聞かされている私も女でしょう。だから、女の悪口を聞かされてる気分になるんです」

「でも、もしもだけど、君が、妻帯者のお客さんを好きになり、関係ができたら、奥さんのことを嘘でもいいから悪く言ってもらいたいんじゃないの」

「それはそうかも」圭子はにこやかに微笑み、グラスを空けた。

「まだ飲める？」

「はい」

国枝がお代わりを頼んでくれた。

「私がもしも結婚してる人と付き合うとしたら、奥さんを褒めるのが上手な男性が、その奥さん以上に自分のことを好きになってくれるのが理想かな」

国枝が肩をゆすって笑った。「贅沢な望みだな。それは」

「でも、社長、私、やっぱり不倫は嫌です。普通に結婚して普通に子供を作りたいです」

「不倫は良くないけど、人は結婚していても、他の人を好きになることは自然なことだと思うよ」

圭子は国枝を目の端で見た。「社長、そういう経験があるんですね」

国枝がくすりと笑った。「ある、と答えたいけど、残念ながら僕は浮気をしたことがないんだ」

「本当に？　私にだったら何を話してもいいいんですよ」

「ないものはないんだよ」

「信じます。社長は真面目だもの」

国枝は薄く微笑み、煙草に火をつけた。

圭子の心に影が差した。居たたまれなくなった圭子は席を立ち、トイレに向かった。

用を足しても個室からすぐには出なかった。

あのマンションで殺されたのは四十二歳の女だった。国枝は、その女と深い仲になった。国枝は、妻と離婚して君と一緒になると言ったのかもしれない。しかし、多くの既婚者同様、それはベッドの中だけで語った夢物語にすぎなかった。そのことを知った女が逆上し、妻にあらいざらいしゃべると脅した。婿養子である国枝は、そんなことをされたら仕事まで失う可能性がある。それで凶行に及んだのかもしれない。

国枝は女遊びが上手なタイプには思えない。華道教室の講師を本気で好きになったに違いない。それが仇《あだ》となり、追い詰められた。真面目だったがゆえに、犯してしまった殺人だった。圭子はそのように思えてならなかった。

警察は被害者の身辺を徹底的に洗っているはずだ。捜査線上に国枝は挙がっているのだろうか。普通に考えたら、どんなに秘密裏に付き合っていても、ふたりの関係を知っている人間がいるものだ。あの事件が起こった時、国枝は現場にいた。アリバイはない。警察は国枝をマークしていると見て間違いないだろう。国枝はアリバイ工作をしたのかもしれないが、それでも警察は、国枝を容疑者の筆頭においているに違いない。

国枝が今夜、ひとりで店にきたのは、自分を疑っているからではなく、警察の目を誤魔化すためだったのかもしれない。

参考人として任意で事情聴取を受けている国枝は、警察が尾行しているかもしれないと考え、飲みに出た。自分を誘ったのも、他の女と適当にやっているところを警察に見せたかったからとも思えた。

こういう場合、警察が重要参考人を尾行するかどうかは分からないが、想像が当たっていたら、自分のことも警察は調べるかもしれない。

考えすぎ、考えすぎ。圭子は心の中で何度もそう繰り返し、トイレを出た。

国枝はカルバドスのお代わりを頼んだところだった。

「たまには、これからもこうやって僕とゆっくりすごしてくれるかな」

「もちろんです」

「僕は立場をわきまえてる。客として店に顔を出すよ。決して無理な誘い方はしないから。同伴の回数が少なかったら遠慮なく言って。時間が作れない時は断るけど、何とかできる時は付き合うから」

「そこまで気を遣ってくれるお客さんは社長だけです」

「ちょっと待って。その社長って呼び方、止めてくれないかな」

「すみません。じゃ、国枝さんに変えます」

国枝が黙ってうなずいた。

それから三十分ほどして、店を出た。

圭子は周りにそれとなく視線を向けた。

刑事が国枝を尾行しているかもしれないという思いが頭から離れなかったからである。

二時半を回っていたが、六本木の人通りは絶えていなかった。

いくら見てみても、刑事らしい人間の見分けなどつくはずもなかった。

国枝は「これで帰って」と言い、圭子に一万円札を一枚渡した。そして、タクシーを拾ってくれた。

圭子はタクシーに乗り込むと、路上に立っている国枝に小さく頭を下げた。

たった数時間、国枝と会っていただけなのに、どっと疲れが出た。

国枝は露骨な口説き文句は一切口にしていないが、自分と親密になりたがっているのが感じられた。

もしも誘われたら、どうするか。当然、断るだろう。恐喝した相手、しかも殺人者だと分かっている男と深い関係になれるはずはない。

しかし、国枝を男として見たらどうなのだろう、と圭子はふと思った。太くてすんだ声で言い寄られたら、付き合ってしまうかもしれない。

これからも国枝と会うことになるのは間違いない。矛盾した気持ちを抱いて、国枝と接触することが辛かった……。

何事もなく月が変わった。田口からは連絡はなかった。

三十一日から学園祭が開かれていたので、文化の日に麻美や弥生と一緒にひやかしにいった。その後、飲み会になった。

「兄さんから聞いたけど、圭子、吉木さんとよく会ってるんだって」弥生が好奇心丸出しで訊いてきた。

「会ってるよ」

「吉木さんって、弥生の家で会った人?」麻美が口をはさんだ。

「で、どうよ」

「何がどうよ、なのよ」圭子はだし巻き卵を食べながら訊き返した。

「いい感じかどうかってこと」

「まったくそういうことはありません」圭子はきっぱりとした調子で言い切った。天地がひっくり返っても、功太郎と付き合うなんて考えられなかった。田口の方がいくらかマシだが、彼にも興味はなかった。

ちらりと国枝のことが頭に浮かんだ。

それからも弥生と麻美とわいわいやっていたが、恐喝を実行する前とは自分が明らかに違っていることに気づいた。どこがどう変わったかははっきりしないが、弥生や麻美がなぜかとても幼く見えた。

家に戻ると、真っ先に洗面所に向かい、金を隠したティッシュの箱がなくなっていないかどうか調べた。

なくなるはずもないのに、そうしないと安心できなかった。

シャワーを浴び、寝る準備を整えてから、ベッドの端に座り、テレビを点けた。十一時から始まったニュースが流れていた。

ミネラル・ウォーターを飲みながら視るともなしに視ていた。

『……東京杉並区で先月の二日の夜、華道教室の講師、佐山聡子さん、四十二歳が、自宅で鋭利な刃物で切り付けられて出血多量で亡くなっていた事件で……』

圭子は画面に食い入った。

『……警視庁は今日の午後、殺された佐山さんのマンションの近くに住む、会社員、福元幸司《ふくもとこうじ》容疑者を殺人の容疑で逮捕しました。被害者の爪に残っていた皮膚のDNAを鑑定した結果、福元容疑者のものと一致したことが決め手となったようです。福元容疑者は容疑を認めているということです。捜査関係者などによりますと、福元容疑者は佐山さんの勧めていた華道教室の生徒で、かねてから一方的に好意を寄せていた模様です。犯行当夜、佐山さん宅を訪れ、乱暴しようとしましたが、佐山さんに暴れられ、犯行に及んだとみられています。福元容疑者は、凶器の刃物について、善福寺川《ぜんぷくじがわ》に捨てたと供述していますが、まだ発見されていません。捜査本部はさらに詳しい事情と動機の解明を行っているところです。続きまして、明日のお天気ですが……』

圭子は慌ててチャンネルを変えた。他の局でもニュースをやっていた。だが、杉並での事件は報じられていなかった。

耳を疑うニュースに圭子は呆然として、テレビのリモコンを握ったまま身動きが取れなくなった。

躰がかすかに震え出した。

どれぐらいの時間、そうしていたか分からない。ニュースは終わり、お笑いタレントのうるさい声が聞こえてきた。

圭子はテレビを切り、ベッドに仰向けに寝転がった。

部屋は静まり返っている。その静けさが怖かった。

何かの間違いよ。福元とかいう男は、刑事の執拗《しつよう》な取り調べに耐えかねて、嘘の自白をしたに決まってる。被害者と容疑者は争ったかもしれないが、だからと言って殺したとは限らない。

争った容疑者が逃げ出した後、国枝が被害者の部屋に入り殺したのだ。

自分は国枝を脅迫した。そして、国枝は言われた通りに二千万円を用意した。犯人でなかったら、そんなことは絶対にしないはずだ。

福元という男が殺《や》ったのではない。犯人は国枝以外には考えられない。

しかし、福元は凶器を捨てた場所を供述している。自白を強要され、口から出任せを言ったのだろうか。それにしては具体的すぎる。

吐き気がしてきた。圭子はふらふら立ち上がり、トイレへ行くと、便器の前にしゃがんだ。

息が荒くなっている。胸に詰まったものを吐き出そうとしたが、うまく吐けなかった。洗面台の蛇口をひねり、手で顔を洗った。しかし、気分はちっともよくならなかった。

洗面所の床に座り込んでしまった。目の前の戸棚の扉を見つめた。その中には恐喝で得た金が隠されている。

圭子にとっては国枝が犯人でなくてはならない。しかし、冷静に考えてみると、捕まった男が殺ったのだろう。警察は、ニュースでは伝えられなかった他の証拠も手に入れた上で、逮捕に踏み切ったはずだ。

国枝が華道教室の講師を殺していなかったら……。

「ああ」圭子の口から力のない声がもれた。

恐喝を実行した時も不安と恐怖に苛《さいな》まれたが、今はそれ以上の恐ろしさが圭子を捉えて放さない。

今回の逮捕が間違いであってほしいと圭子は心から願った。国枝が犯人でなければ、自分の精神が保《も》たない。

国枝に本当のことを話し、なぜ、金を払ったのか訊きたい衝動に駆られた。それほど、犯人逮捕のニュースは圭子にショックをあたえたのだ。

スマホが鳴っている。メールだろうが電話だろうが無視するつもりだったが、圭子は洗面所を出た。

棚の上に置いてあったスマホを手に取った。功太郎からだった。

〝仕事が忙しくてなかなか連絡が取れなかった。まだ起きていたら、少し電話で話したいんだけど〟

相手が誰であろうが話なんかしたくなかった。しかし、無視はしなかった。やや間をおいて返信した。メールを打ち返すことで、冷静さを取り戻そうとしたのである。

〝今日は学園祭に行って疲れたので、もう寝ます。ごめんななさい〟

〝ごめんななさい〟と〝な〟がひとつ多かったが、圭子はそのことに気づかなかった。

圭子は顔を両手で押さえ、何度も荒い息を吐いた。

またスマホが鳴った。圭子の顔が歪《ゆが》んだ。脳天気な功太郎に意味もなく腹が立ってきた。

スマホの画面をちらりと見た。

すっと躰の熱が引き、再び震えが始まった。

今度のメールは、功太郎ではなく国枝からのものだった。

おそるおそる文面を読んだ。

〝もう寝てるかもしれないけど、メールを送りたくなりました。明後日、時間が取れます。彩奈さんさえよければ、同伴できますよ。連絡くださいね〟

このタイミングでの国枝からのメール。裏があるのではないか。裏があるとしたら、どんな裏が。何の見当もつかない。頭が割れんばかりに痛くなってきた。

同伴の誘いを断ることは簡単だが、この先、国枝と二度と会わないようにするのは難しいだろう。

国枝に接近しても、真相を摑めるはずもないが、圭子は自分を安心させるために、国枝とはこれまで以上に会おうと思った。

〝同伴していただけるなんてとても嬉しいです。明日の午後にメールします。よろしくお願いいたします〟

メールを打ち終えた圭子を襲ったのは脱力感だった。

就職も卒論も店も、すべてどうでもよくなってしまった。二千万という金ももう見たくない。

第二章　国枝悟郎の秘密

一

国枝悟郎が、南阿佐ケ谷の駅で電車を降りたのは文化の日の翌日のことだった。

その夜、結婚して会社を辞める女子社員のために、社員たちの何人かが品川駅近くの居酒屋に集まることになっていた。悟郎も顔を出すことにした。家族的な雰囲気を大事にしてきた悟郎が、そのような集まりに出席するのは初めてのことではなかった。

一次会が終わりかけた頃、悟郎は支払いをすませ、先に消えることにした。こういう席で社長の腰が重いのは野暮である。

「長い間、本当にお世話になりました。ありがとうございました」退職する社員の目が潤んでいた。

社員に慕われる経営者を目指してきた悟郎は、ついもらい泣きしそうになった。しかし、ひとりになると、退社する社員のことも会社のことも忘れてしまった。胸の奥から不安の雲が湧き立ってきた。

向かった先は文恵《ふみえ》のマンションだった。台風のせいで街全体が停電になったあの夜以来、文恵には会っていなかった。電話では何度も話していたが。

国枝悟郎の結婚する前の姓は川村《かわむら》である。しかし、本当の川村悟郎はとうの昔に死んでいる。

下岡浩平《しもおかこうへい》という本名を使わなくなってから二十五年の月日が流れていた。しかし、忘れようとしても忘れられないことがあった。

恐喝されてからは、あのおぞましい事件のことが夢にまで出てきて、悟郎を苦しめるようになった。

下岡浩平は長野県のリゾート地、軽井沢《かるいざわ》に生まれた。四人家族。ふたつ歳下の妹がいる。

家は電気屋で、中学の頃から、父親の手伝いをさせられていた。高校を出たら、電気工事会社で修業を積み、親の跡を継ぐのが長男である浩平の進む道だったのかもしれないが、勉強がすこぶるできた彼は東京の大学に進学することを希望した。

父親は店を継いでほしいらしく、ぶつくさ言っていたが、母親が浩平の味方をしてくれた。

大学時代は、家庭教師、編集プロダクションでの辞書の編纂《へんさん》、キャバレーのボーイ、中華料理屋の店員などいろいろなバイトをやった。しかし、横道に逸《そ》れることもなく、授業にはきちんと出て、単位を取得していた。

好きな女が出来たのは三年生に上がった春先のことだった。下宿を変えたことで、バスで通学するようになった。そのバスの中で、同じ大学に通う女の子と会った。頬がふっくらとし、くりっとした目を持つ可愛い子だった。

浩平は、揺れるバスに身を任せながら彼女をちらちら見てばかりいたが、声をかけることはできなかった。

話しかける機会がやってきたのは、バスで顔を見かけるようになって一ヶ月ほど経った頃だった。彼女が学食にひとりでいたのだ。浩平は思いきって彼女の前に座った。小さく頭を下げ、薄く微笑みかけると、彼女も口許をゆるめた。浩平が名乗ると、彼女も名前を口にした。

その時は当たり障りのない会話を交わしただけだったが、翌日、バスの中で会った時には中根美沙子《なかねみさこ》の横に座った。

そのようにして美沙子と親しくなった浩平は、そのうちに、彼女とお茶を飲んだり、映画を観にいったりするような仲になった。

美沙子は名古屋《なごや》の旅館の娘で、親戚の家から学校に通っていた。

パブで飲んだ帰り、浩平は美沙子の手を握った。美沙子も握り返してきた。意を強くした浩平は自分の気持ちを伝えた。美沙子も同じ想いを持っていると、小さな可愛い声で打ち明けた。美沙子と関係を持ったのは夏休みに入る直前だった。初めての経験だったので緊張したが、失敗することはなかった。浩平は気が早いと思いつつも、美沙子との結婚を漠然とだが考えることもあった。

彼女が住んでいる親戚の家まで初めて送った時、驚いた。渋谷《しぶや》の閑静な住宅街に建つ豪邸。親戚が大金持ちだからといって、美沙子の家も同じとは限らないが、老舗《しにせ》の旅館だと言っていたから裕福な家庭に育ったに違いない。小さな電気屋の息子を、美沙子の両親が受け入れないかもしれないと不安になった。

しかし、そんな不安を抱く必要などまるでなかった。

年が明けると、誘っても、美沙子は勉強が大変だとか、親戚の家で問題が起こったとか言って、会ってくれないようになったのだ。

そんな或る日、衝撃的なことが起こった。

銀座にある中華料理屋でのバイトの帰り、美沙子が、銀座通りをかなり年上の男と腕を組んで歩いているのを見てしまったのだ。

その日は眠れず、酒に溺れた。

翌日、学校で美沙子をつかまえ、話があるから授業が終わったら、下宿まできてくれと言った。

「行くわ。私も話があるから」美沙子は淡々とそう言って去っていった。

夕方、美沙子は下宿にやってきた。浩平は、昨日の夜見たことを告げた。

美沙子はすぐには口を開かなかった。

「あの男は何なんだ」浩平が問い詰めた。

「私、もうあなたとの付き合いを止めたいの」

「あの男を好きになったのか」

美沙子は目を伏せ、うなずいた。

「俺のどこが気に入らないんだ」やっと声になった。

「私にはぐんと歳の離れた人がいいみたい。あなたのせいじゃない。でも、お付き合いはもうできない」

「俺は君との結婚まで考えてた」

「そういうのが鬱陶しいのよね」

冷たくて棘《とげ》のある言い方に、浩平はかっとなった。呼吸が荒くなり、気づくと両手をぎゅっと握り締めていた。

「もう連絡してこないで」

美沙子はそう言い残して弾《はじ》かれるように立ち上がり、部屋を出ていった。

彼女がいなくなると、浩平はウイスキーの瓶を手に取った。飲んだ。嘔吐《おうと》するまで飲んだ。バイトにも出ず、学校にも行かない日々がしばらく続いた。

未練の尾が断ち切れず、電話をしたが、美沙子とは話せなかった。学校で見かけると、彼女は足早に去っていった。

浩平の精神状態を救ったのは皮肉なことに母親の突然死だった。朝になっても起きてこないので、妹が見にいったら、布団の中で死んでいたという。死因は心不全だった。

母親を失った悲しみが、傷ついた心を忘れさせてくれるなんて。浩平は何とも言えない居たたまれない気持ちになった。

それからも美沙子を校内で見かけることがあった。傷が癒えていないことをその度思い知らされた。

大学を出ると、そのまま東京に残り、大手の印刷会社に就職した。

二十九歳になる年に、今度は父親が、仕事中に屋根から転落し、首の骨を折って死亡した。

妹が店を手伝っていたが、ひとりではどうにもならない。店を閉めるかどうか妹と相談した。妹は浩平に店を継いでほしいと言った。

浩平は幼い時から妹ととても仲がよかった。妹の悲しそうな顔を見ていたら、彼女の望みを叶《かな》えてやりたくなった。

浩平が軽井沢に戻り、下岡電気を継いだのは、天皇の崩御が伝えられた一ヶ月後のことだった。

高校まで父親の手伝いをしていたから、要領は分かっていたし、簡単な修理ならできた。しかし、それだけではすまないので、父親の友人だった電気工事屋の社長に手解《てほど》きを受けた。

ゴールデンウイークは別荘客がやってくるので大忙しだった。夏休みはさらにてんてこまいさせられた。

そんな或る日、店の前に赤いパジェロが停まり、大きなサングラスをかけた女が颯爽と店に入ってきた。前髪の部分をアップにしたロングヘアー。白いノースリーブのワンピースがよく似合っていた。

妹は相手をよく知っているようで、親しげに挨拶をした。そして、一月に父親が死んだことを伝え、浩平に客を紹介した。

「こちら結城《ゆうき》さんといって、とても贔屓《ひいき》にしてくださってる方なのよ」

浩平は自己紹介した。

「居間のテレビを新しいものに替えたいんだけど、何がいいかしらね」

店には何台かテレビが置いてあった。浩平は発売されたばかりのものを勧めた。

女はサングラスを取り、テレビに目をやった。歳は四十少し前に見えた。くっきりとした二重瞼《ふたえまぶた》に守られた大きな目の女で、鼻筋が通っていて、唇は分厚い。輪郭がすっきりとしている美人だった。

浩平はふと美沙子のことを思いだした。どことなく目の辺りが似ている気がしたのだ。

女は、手に持ったサングラスを軽く回しながら浩平を見た。「これと同じものを持ってきて」

「明日の夕方にはお届けできますが」

「じゃ、五時頃、待ってます」

「分かりました」

浩平は店を出ていく女の後ろ姿を見ていた。

妹がにやりとした「お兄ちゃん、ぽっとなった?」

「馬鹿なこと言うなよ」

「感じのいい人だけど、いろいろ噂があるのよ、あの人」

「どんな?」

「こっちに家族がこない時は、こっそり若い男を連れ込んでるんだって」

「誰がそんなことを言ったんだい」

「内堀《うちぼり》さんの親戚が、彼らが別荘にきた時だけ、ご飯を作りに行ってるの。その人がね、奥さんだけが来てた時、たまたま朝早く、別荘の近くを通ったら、若い男が出てきたのを見たんですって。その男って富永《とみなが》さんの兄貴だったそうよ」

中学の同級生の富永俊二《しゅんじ》は東京に出、兄が家業の喫茶店を継いだと聞いていた。

「しかし、信じられないな。別荘に男を引っ張り込むなんて大胆すぎる。旦那にばれたら大変なことになるじゃないか」

「旦那さんって、交通事故で脊髄を駄目にして、車椅子生活を送ってるの。歳はもう六十五を超えてるみたいだし、奥さん、躰を持てあまし欲求不満なんじゃないかしら」

妹は好奇の色を目にたたえて話していたが、浩平は、自分の生活から遠く離れたところで起こっている色恋沙汰にはまるで興味が持てなかった。

「結城さんって何をやってる人なの？」

「不動産業者で、たくさんビルを持ってるそうよ」

メーカーに注文したテレビは翌日の午後に届いた。ひとりでは運べない。そんな時は、関口《せきぐち》という男に手伝いを頼む。関口は父親の友人で、彼も以前は電気屋を営んでいたが、跡を継ぐ者がいなかったので店を閉めてしまい、今は何もしていない。歳は七十。従業員を雇う余裕のない下岡電気は、暇にしている関口を重宝に使っている。関口の方も小遣い銭が入るので喜んで飛んでくる。

夕方、浩平は商品を軽トラに積み込み、関口を乗せ、店を出た。

「俺も結城さんとこに、あんたの親父《おやじ》と何度かきてる」

「うちの上客みたいだね」

「奥さんが新しいもん好きなんだな。テレビだって四、五年前に替えたばかりなんだよ。まだまだ使えるのにもったいない」

「そういう客がいてくれないとね。電球や乾電池を売ってるだけじゃ、金にならないからな」

結城家の別荘は小高い丘の一角にあった。つづら折の坂道を上がっていく。関口が道案内をしてくれた。

長い石垣に沿って進むと、『結城』と書かれた表札がかかっている門柱が目に入った。車寄せのある別荘だった。ガレージの前にはトヨタ・センチュリーと赤いパジェロが停まっていた。パジェロは長野ナンバーだった。こちらにきた時にだけ使う車のようだ。

センチュリーにワックスをかけている男がいた。おそらく運転手だろう。

平屋だがかなり大きい。玄関を中心に左右に袖《そで》を拡げたような形の家だった。ガレージの後ろに別の建物が建っていた。運転手はそこで寝泊まりしているのだろう。

母屋のインターホンを押すと、いきなりドアが開いた。

「ママ、電気屋だよ」

ドアを開けた、半ズボンに赤いポロシャツを着た少年が奥に向かって言った。手には金属バットを握っていた。

中学生に思える少年は小生意気そうな目を浩平たちに向け、外に飛び出していった。

玄関にはスロープが設けられていた。主《あるじ》が車椅子生活を強いられていることを思いだした。

奥さんが姿を現した。ジーンズに黄色いTシャツ姿だった。

浩平は関口と一緒にテレビを居間に運び入れた。

天井がえらく高い広い居間で、革張りのソファーや椅子がコの字型に置かれていた。居間の隣はダイニングで、長いテーブルが置かれている。十人以上の人間がゆったりと食事を愉しめるスペースがあった。

ベランダの向こうの空が開けていて、プリンスホテルのスキー場がよく見えた。

古いテレビにビデオデッキが繋《つな》がっている。配線を外していた時に、車椅子に乗った男が居間にやってきた。

痩せた撫で肩の男だった。額が庇《ひさし》のように出っ張っている。奥に引っ込んだ目が、鋭い光を放っていた。陰気な感じの男である。

「お邪魔してます」浩平は男に頭を下げた。

「主人です」奥さんが口をはさんだ。

「お父さん、亡くなられたそうだね」

「はい」浩平は作業をしながら答えた。

「丁寧な仕事をする人だった。知識もあったし」

「お父さんには、東京の家の家電も任せていたのよ」奥さんが言った。

「そうだったんですか」

「代替わりすると、仕事の質が落ちるもんだ。心してやってくれ」主は仏頂面のまま居間から出ていった。

「すみません。愛想の悪い人なんです」奥さんが申し訳なさそうな顔をして、小声で謝った。

奥さんは、浩平によくしゃべりかけてきた。いつこっちに戻ってきたのか、東京では何をやっていたのか、結婚しているのかとか……。出身大学まで訊かれた時はさすがにびっくりしたが、浩平は答えた。

個人的なことを根掘り葉掘り訊かれていたら、この女が富永の兄と火遊びをしたという噂を思いだした。

自分も狙われているのか。それは考えすぎだろう。しかし、何であれ、自分が客の奥さんと関係を持つなんてことはありえない。

新しいテレビのアンテナやチャンネルを合わせ、ビデオデッキを繋ぎ直し、仕事は完了した。

軽井沢では夏でもクーラーは必要ないが、その日はとても暑い日だったので汗をかいた。

浩平がタオルで首の汗を拭っていると、奥さんの視線を感じた。奥さんが口許にうっすらとした笑みを浮かべ、浩平を見つめていたのだ。

「男の汗っていいわね」奥さんが事もなげに言った。

その一言に驚いたのは浩平だけではなかった。関口も目を丸くしていた。

浩平は前のテレビとは違う点を説明し、古いテレビや段ボール箱を運び出した。

奥さんが玄関までやってきた。「ご苦労様でした。また何かあったら、お電話するわね」

「はい」

浩平は頭を下げ、関口と共に結城家を後にした。

「〝男の汗っていいわね〟か」関口が煙草に火をつけながら目尻をゆるめた。「俺のような年寄りの汗じゃなくて、浩平さんのような若い男の汗がいい。羨ましいよ、まったく」

「何が羨ましいんですか」

「あの奥さん、飢えてるね。女として熟れ盛りだからな」

浩平は長い間、女との深い付き合いを避けてきた。東京で働いていた時も、ちょっと気に入った女子社員がいても近づかなかった。美沙子に手ひどく振られた心の傷はとっくの昔に癒えていたが、あれ以来、女に臆病になってしまった。情けない話である。しかし、気持ちを切り替えるにしろ、出会いがなければ始まらない。結城の奥さんと関係を持とうなどという大それたことはまるで考えていないのに、結城の奥さんの、自分を見る目が気になった。

その後、結城家からは連絡はなかった。浩平は〝熟れ盛りの女〟のことなど忘れてしまった。

浅間山《あさまやま》の紅葉が下ってきて、辺りの木々が色づき始めた頃のことだった。

午後六時半を少し回った時刻に電話が鳴った。店はすでに終わっていた。しかし、営業時間外でも、客が困っていれば飛んでいくことにしている。

電話をしてきたのは結城の奥さんだった。居間の天井の電球が三個、いっぺんに切れてしまったという。

「……天井が高すぎて、私じゃどうにもならないんです。替えの電球はあります。ご迷惑でなければ、今夜のうちに取り替えていただきたいんですけど」

一晩ぐらい我慢できそうなものだが、と思ったが、今すぐに行ってやることにした。天井の高さは四メートルだという。

妹に店の戸締まりを任せ、高さ三メートルの脚立を軽トラに積み、結城家に向かった。

車の音を聞きつけたのだろう、奥さんがドアを開けて待っていてくれた。脚立を居間に入れた。ソファーをどかし、脚立を立てる場所を作った。

たった三個の電球を替えるだけなのに、けっこうな時間がかかった。

作業を終えた時、奥さんがコーヒーを運んできた。「飲んでいってください」

「ありがとうございます」

すでに用意されているのだから断るわけにもいかない。

「設計士は使い勝手なんか考えてくれませんから、電球を替えるだけで、こんな面倒なことになってしまったんです」奥さんが言った。

それには答えず、コーヒーに口をつけた。そして、すべて飲み干さずに腰を上げた。

「そろそろ私は……」

「下岡さん、ちょっとお話があるんですけど」

「私にですか？」

「ええ」奥さんは含み笑いを浮かべて、浩平を見つめた。「座って」

浩平は言われた通りにした。

「下岡さん、間違えてたらごめんなさいね、あなた、中根美沙子って女の人をご存じじゃないかしら」

驚きのあまり、すぐには口がきけなかった。

「やっぱり、知ってるのね」

「同じ大学に通っていた人です。結城さん、なぜ中根さんを知ってるんですか？」

「私の従姉妹《いとこ》なの」

「彼女、名古屋の人で、確か渋谷に住んでる親戚の家から学校に通っていたと記憶してますが」

奥さんは背もたれに躰を倒し、くすくすと笑いだした。「渋谷に住んでるのは、私の三番目の伯父《おじ》で、美沙子ちゃんを預かってたのよ。私も渋谷の伯父とは親しくしてるから、美沙子ちゃんにもよく会ってた。或る時、彼女から付き合ってる人のことを聞いたことがあったの。名前は言ってなかったけど、軽井沢の出身で家は電気屋さんだと愉しそうに話してた。あなたに会うまでは、そんなこと忘れてしまってたけど、歳格好が美沙子ちゃんに近いし、東京にいたって聞いたら、彼女が話してたことを思いだしてね。出身校を聞いて、これは間違いないって自信を持ったわ」

「彼女、元気にしてますか？」

「名古屋に帰って、親の勧めた人と見合い結婚したわ」

「彼女が見合い結婚したんですか。信じられないな」浩平は遠くを見つめるような目をした。

奥さんが上目遣いに浩平を見た。「私とあなた、とても縁があるみたいね」

「僕は美沙子さんにこっぴどく振られました」

「今でも、そのことを気にしてるの？」

「それはないです」

奥さんが立ち上がり、窓辺に立った。「明日の夜、うちに遊びにこない？」

「僕は出入りの電気屋、奥さんはお客さんです」

「私、あなたが気に入った。美沙子ちゃん、若かったからしかたないけど、見る目がなかったわね」

美沙子の従姉妹に誘われている。妙な気分だった。

「あなたの店の裏手に小さな公園があるわね。午後九時に、そこに来て。私がパジエロで迎えにいくから」

「……」

奥さんが急に振り返った。「私、四十よ。あなたから見たらお婆《ばあ》ちゃんよね」

「そんなことはないですよ」

「私に魅力を感じない？」

自信たっぷりの言い方だったが、嫌味はなく、清々《すがすが》しい物言いにさえ思えた。

「どうなの？　はっきり言って」

「奥さんは魅力的です。でも……」

「何をビビってるの？　夫も息子も東京よ」

「そういう問題じゃなくて」

「じゃ何が問題なの？」

ここまで積極的になられたら、後には退《ひ》けなくなった。いや、それだけではない。遠くに追いやって目を背けていた雄の部分が頭をもたげ始めたのだった。

「公園の向かい側に幼稚園があります。幼稚園の前に車を停めておいてください。あそこの方が人目につきにくいですから」

「じゃそうするわ」そこまで言って奥さんが口許をゆるめた。「お酒はどんなものがお好きなの?」

「何でも飲みます」

浩平は腰を上げ、脚立を抱え、玄関に向かった。気もそぞろだったのだろう、脚立の先を柱にぶつけてしまった。

「すみません」

奥さんが柱の傷を調べた。「ちょっと傷ついたけど、よく見ないと分からない。大丈夫よ」

浩平はもう一度謝り、「それじゃ失礼します」と頭を下げ、外に出た。

一旦、店に寄り、脚立を片付けてから家に戻った。家は店の真裏にある。

茶の間で妹が食事をしていた。「お腹空いちゃったから、先に食べ出したわよ」

浩平は黙って食卓についた。

「遅かったわね」

「ソファーや椅子を動かさないといけないから手間取ったんだよ。それに帰り道に、大学の時の友だちに偶然会ったんだ。明日の夜、そいつと飲むことにした」

「その人、別荘を持ってるの?」

「うん」

浩平はそそくさと食事を終えると、自分の部屋に引っ込んだ。

ベッドに寝転がり、煙草をふかした。

久しぶりに美沙子のことを思いだした。結婚まで考えた女の笑顔が脳裏に浮かんだ。あの女は間違いなく自分のタイプだったと改めて思った。

美沙子の顔がいつかしら結城の奥さんのものに変わっていた。どんな展開が待っているのかは想像もつかないが、なるようになるさ、と笑って、煙草の煙りを勢いよく、天井に向かって吐き出した。

翌夜、浩平は約束の時間に幼稚園に向かった。普段、飲みに出る時は自分の車で出かけ代行を呼ぶ。そうはせずに徒歩で出かけていこうとした浩平に妹が怪訝な顔を向けた。

「少し散歩したいんだ」

とってつけたようなことを言って、浩平は家を出た。

幼稚園の前に赤いパジェロが停まっていた。浩平は辺りを見回した。人影もなく車も通っていない。

パジェロの助手席に乗ると、浩平は用意してきたサングラスをかけた。

奥さんがくすりと笑った。「用心深いのね」

「小さな町ですから。奥さんだって……」

「ちょっと待って。奥さんって呼ぶのは止めて。私の名前は初子《はつこ》よ」

「初子さんだって噂になるのは嫌でしょう」

「まあね」

初子の運転はきびきびとしていた。街路灯の光に、時々彼女の横顔が浮かび上がった。はっとした。美沙子によく似ていたのである。

別荘の居間にはすでに酒の用意がしてあった。アイスペールの中にはシャンパンのボトルが入っていた。

初子がオーディオのスイッチを入れた。部屋にジャズボーカルが流れだした。

浩平と初子はグラスを合わせた。

「昨日の夜は、美沙子ちゃんのことを思いだしてたんじゃないの」

「懐かしい気分になりました。彼女、子供はいるんですか？」

「去年、男の子が生まれたわ。会ってみたい？」

「全然」

「美沙子ちゃん、昔から私に似てるって言われてたのよ。どう？」

浩平は首を傾げて見せた。「そんな感じはしませんが」

なぜ、嘘をついたのか分からなかった。だが、似ていることを認めたくなかった。

「夏に男の子を見ましたけど、初子さんのお子さんですよね」

「前の夫との間に生まれた子よ」

「おいくつですか?」

「十四歳。……あの子、輝久《てるひさ》って言うんだけど、手を焼いてるの」

「どうしてです?」

「一言でいうと不良よ。悪い仲間ができて、酒も煙草もやるし、夜遊びばかりしていて、何度か補導されてるの。私の育て方が悪かったんだけど、夫があの子に厳しすぎるの。夫と息子が全然うまくいかないから、私、困ってる」

「ご主人はだいぶ前から、車椅子生活を送っておられるんですか?」

「今年でちょうど十年経ったわ。私が彼と再婚した翌年にああなったの。昔からすぐにかっとくる気難しい人だったけど、車椅子生活になってからは、もっとひどくなった」

「でも、奥さん、いや、初子さんはちゃんとお世話してきたんでしょう」

「ええ。やることはきちんとやってるわよ。でも、遊ぶ時は遊ぶの。そうしないと保たないでしょう」初子が流し目を送ってきた。

浩平は黙ってうなずき、グラスを空けた。

「シャンパンっておいしいけど、飽きるわね。ウイスキーにしない?」

「お任せします」

初子は水割りを作った後、浩平の隣に席を移した。かすかに香水の香りが漂ってきた。

「私、あなたの名前、聞いてなかったわね」

「浩平です」

「浩平さん、緊張しないで」初子がぐっと躰を寄せてきた。

浩平はウイスキーで喉を潤してから、初子を抱き寄せた。

初子は少し顔を上げた。無防備な厚ぼったい唇が浩平の目に飛び込んできた。その唇に唇を落とした。

舌が絡んだ。ふたりでひとつのソフトクリームをなめ合うような激しいキスが続いた。

初子の躰が崩れるようにソファーに仰向けになった。スカートが捲れ上がり、黒いTバックがちらちらと見えている。

浩平の理性は、いとも簡単に霧散した。初子は自らセーターを脱ぎ捨て、ブラジャーも外した。形のいい弾力のある乳房に浩平は吸い付いた。

「私をお姫様だっこして、私の部屋まで連れてって」

初子の甘い声が耳朶をくすぐった。

浩平は初子を抱き上げ、廊下に出た。初子の部屋は居間から見たら廊下の左手にあった。一番奥の右のドアを開けろと言われた。

ベッドの上に初子を寝かせると、浩平は、急ぐ必要もないのに、慌てて裸になった。初子はゆっくりとスカートを脱いだ。

性体験の乏しい浩平は、初子の躰にむしゃぶりついた。

「もっとこっちの方」

初子は彼女の感じるところに浩平の指を誘った。

愛撫《あいぶ》を続けていると、初子はさらに淫らになった。初子の中に入った。やがて高《たか》浪《なみ》が襲ってきて、浩平をさらっていった。

初子を抱き寄せると、彼女は浩平の腕の中で小さくなった。

「私を抱いてる時、美沙子ちゃんのことを思いだした？」

「まさか」

「正直に言っていいのよ」

浩平は目の端で初子を見た。「二十歳の小娘を思いだすわけないでしょう」

「そうか。そうかもね」初子はつぶやくように言ってから、居間から酒を持ってきてと頼んできた。

浩平は裸のまま寝室を出た。客の妻とこんな関係になるなんて、あってはならないことである。しかし、浩平は気にならなかった。躰の不自由な機嫌の悪い夫と、言うことをきかない息子を持つ初子の一時の慰めに利用されているのは分かっているが、さして愉しみもなく働いてばかりいる浩平にとっても、この情事は彼を解放してくれる願ってもないものだった。

もう一度、初子を抱いた後、困ったことに気づいた。

帰りの足がない。酒を飲んだ初子に送らせるわけにいかない。タクシーを呼べば、運転手に秘密の行動がばれてしまう。

浩平はそのことを初子に話した。

「泊まっていけばいいでしょう?」

「そうはいかないよ」

ふたりで相談し、別荘地を抜けたところまで彼女に送ってもらうことにした。別荘地の中だったら、事故を起こさない限り飲酒運転が発覚することはないだろう。通りに出たらタクシーを呼べばいい。顔見知りの運転手だったら、人気のない深夜の道で何をしていたのか訝《いぶか》るだろうが致し方ない。

「私、明後日には東京に戻る。明日、また会わない?」

「いいけど……」

「車の問題ね」

「うん」

浩平は自分の車でくることにした。車はガレージに入れておけば、誰にも見られない。酒を飲まず、深夜を回る前に帰宅すれば、妹にも変に思われずにすむだろう。

翌日、浩平は計画通りの行動を取り、また初子と激しくベッドで絡み合った。

情事の余韻がまだ消えていない時に浩平が初子に訊いた。

「次はいつ軽井沢に来るの？」

「クリスマスには来るけど、家族が一緒よ」

「春までひとりではこないってこと？」

「年が明けたら来るわ。私、冬の軽井沢が大好きなの」

年明けまで会えないと思うと、浩平の胸が翳った。

「僕が上京したら会ってくれる？」

「あなたとの関係はここでだけにしておきたいけど……」

「分かった。我慢する。どうせ僕は日曜日しか時間が取れないし」

「来年まで待ってて」初子が浩平の頬にキスをしてきた。

たった二日の関係だったが、浩平は初子の虜《とりこ》になってしまった。

初子がいない秋の軽井沢は寂しいものとなった。請求書の送り先は東京の自宅となっていたので、住所も電話番号も分かっていた。しかし、連絡を取る勇気はなかった。

浩平にとっても初子との関係は遊びにすぎなかった。にもかかわらず、初子のことばかり考えていた。

初子の不在が、却って、浩平の想いに拍車をかけた。

軽井沢に風花《かざはな》が舞った寒い日のことだった。知らない男から手紙が届いた。封書を開けてみた。初子が偽名で書いたものだった。

軽井沢でしか会わないようなことを言っていたのに翌々週の日曜日、東京で会いたいと書かれてあった。新宿にあるデパートの正面玄関で午後一時に待ち合わせをしたい。都合が悪い場合は、そのデパートの顧客係、石川《いしかわ》の名前を使って電話をしてほしい。

時候の挨拶も何もないそっけない文面だったが、浩平は小躍りするような気持ちで手紙を読んだ。むろん、断る気など起こるはずもなかった。

約束の日、学生時代の友だちに会うと妹に言って家を出た。

指定された場所には、浩平の方が先に着いた。冷たい風が吹いていたが、すでに気温がマイナスを記録している軽井沢に比べれば温かかった。

初子がやってきた。フード付きのキャメルのコートを着、臙脂《えんじ》色のスカーフを首に巻いていた。

「お久しぶり」浩平は初子に笑いかけた。

「よく来てくれたわね」

「あんな手紙をもらえるなんて思ってもいなかったよ」

「私、どうかしちゃったみたい」初子が短く笑った。

「これからどうする？」

「野暮なことを訊くのね」冷たくそう言い放って初子は歩きだした。

行き先は建て替え中の大久保《おおくぼ》病院近くにある小洒落たホテルだった。ラブホテルではないが、訳ありのカップルが泊まるのに向いていそうに思えた。

コートを脱いだ初子を浩平は後ろから抱きしめた。「会いたかったよ」

「私も」

浩平はキスをしたまま、初子をベッドに押し倒した。

事が終わった後、初子が言った。「私、六時までに家に戻らなければならないの。ごめんね、慌ただしくて」

「いいよ。僕も泊まることはできないんだから」

「私、本当のことを言って、夫を裏切るのは初めてじゃないのよ」

「噂で聞いたことあるよ」

「でもね、東京にまで呼んだのは浩平が初めて」

「呼ばれたらいつだって飛んでくるよ。ほんの短い間でも会えればいい。映画を観たり食事をしたりするだけでも僕は満足だよ」

「映画ね。久しく観てないわね」

「今度は何か面白い映画を観にいこう」

「浩平って可愛いね」

「やっぱり、映画を観るだけじゃ物足りないか」

「そうよ。なかなか会えないんだから、映画を観てる時間がもったいない」

「僕はセックスだけが目的じゃないよ」

「それは私も同じよ。あなたを好きにならなかったら、東京まで呼んでないわ。でも、私たちの関係は、目的地のない旅みたいなもの。ともかくふたりでそんな旅を続けるしかないの。きっとあなたが誰かと結婚するまでは、この旅は続く気がする」

「僕は結婚なんて考えたことないよ。妹とふたりで店をやっているのが気楽だから」

「妹さんも結婚する気ないの」

「今のところはないみたい。恥ずかしい話だけど、美沙子に振られた時の傷が原因で、ちょっと女が怖くなってね。ずっと深い付き合いを避けてきたんだ」

「私が年上の既婚者だから安心できたのね」

「そうなんだけど、大して付き合ってないのに気持ちが動いちゃった」

「私の中に美沙子ちゃんを見てるのかもね」

「前にも言ったけど、それはない」

「あなた自身が気づいてないだけかもしれないわよ」

「そんなことないって」浩平は笑い飛ばし、初子を抱きすくめた。

初子に東京に呼ばれたことがきっかけとなり、彼女との目的地のない旅は、その後も続いた。二週間後の日曜日にも上京し、同じホテルで情事に耽《ふけ》った。

クリスマスイブの前日、初子の夫から店に電話があった。加湿器が壊れたので取り替えてほしいという。カタログをお持ちしましょうかと提案すると、とりあえず店にあるものを届けてくれと言われた。

軽井沢は除湿器が必要なところが多いが、初子の別荘の辺りは乾ききっているのだ。

早速、別荘に向かった。一週間ほど前に降った雪が路肩に残っていた。

パジェロはなかった。初子は出かけているようだ。

ドアを開けてくれたのは息子だった。ガムをくちゃくちゃ嚙《か》みながら、「入って」と言った。

廊下の左手の奥にあるドアが開き、初子の夫が顔を出した。

「こっちだ」

浩平は廊下を進み、部屋に入った。そこは夫の書斎だった。初子の部屋は真反対にあるのでかなり離れている。

梱包《こんぽう》を解き、新しい加湿器の説明をした。初子の夫は黙って聞いていた。眼光鋭い目に見つめられると、落ちつかない気分になった。

古い加湿器の蓋を開けてみた。石灰がこびりついている。

「軽井沢の水は石灰が多いので、こうなってしまうんです」浩平は中身を見せながら言った。

「そんなことは私も知ってる」

「失礼しました」

何て感じの悪い男だ。こんな男と結婚した初子の気持ちが理解できなかった。

年が明けてから、初子から連絡があった。別荘での密会が再び始まり、浩平は日曜日に日帰りで東京に行く回数が増えた。

「お兄ちゃん、東京にいい人でもいるの?」妹に訊かれた。

「いるわけないだろう。東京に出るのは俺の息抜きなんだ」

妹がにやりとした。「風俗ね」

「違うよ」

「行っても別にいいよ。男なんだから」

春休みに入った。初子が家族と軽井沢に来ていることは知っていた。近くにいるのに会えない。寂しさが募った。

初子の夫から店に電話が入ったのは三月ももうじき終わりかけようとしていた頃だった。書斎のビデオデッキの調子が悪いから見てほしいという依頼だった。

初子の夫とは会いたくなかったが断るわけにはいかない。浩平は出かけていった。パジェロもセンチュリーもなかった。息子がいるかどうかは分からないが、別荘は静まり返っていた。

「再生ボタンを押しても作動しないんだ」

浩平は胡座《あぐら》をかき、電源を入れた。

ややあって初子の夫が浩平の真後ろに移動したのが気配で分かった。

「テープは入ってる。やってみてくれ」

浩平はテレビを点け、ビデオの電源も入れて、再生ボタンを押した。

画面に映像が映し出された。

問題なく動いている。

浩平の目は画面に釘付《くぎづ》けになった。どこかで見たことのあるシーンだった。

浩平は口をあんぐりと開け、画面に見入っていた。事の重大さが分かってくると、鼓動が激しく打ち始めた。

テレビ画面にはホテルの外観が映っていた。初子との密会に使っている新宿のホテル。

浩平は口をきくこともできず、後ろを振り向く勇気もなかった。

場面が変わった。自分と初子がそのホテルに入っていく姿が映し出されていた。

「お前が許せん」初子の夫が低く呻《うめ》くような声で言った。

言い訳の言葉など頭に浮かばず、うなだれた。

その瞬間、右肩に衝撃が走った。浩平は肩を押さえて、その場に倒れた。

金属バットを両手で握った初子の夫の姿が目に入った。金属バットなど部屋に入った時見なかった。どこかに隠していたようだ。

金属バットが今度は浩平の背中を目がけて振り下ろされた。

浩平はうめき声を上げながら、這《は》うようにしてその場を離れた。

「死ね。死んで償いをしろ」

「初子さんは……」やっと声になった。

「あいつにも死んでもらう」

初子の夫と目が合った。奥まった眼が飛び出したかのように大きくなっていた。

車椅子を器用に動かし、初子の夫が浩平に近づいてきた。

浩平は何とか立ち上がった。金属バットが空を切った。

パニックを起こした浩平は何も考えられなかった。浩平の右側に調度品が飾られた棚があった。女のブロンズ像が目に入った。

浩平はそれを手にすると、迫ってきた初子の夫の頭を無我夢中で殴りつけた。

初子の夫は呻き声も上げず、車椅子ごと横に倒れた。

浩平はブロンズ像を握ったまま、その場に立ち尽くしていた。

冷静さが戻ってきた。自分はとんでもないことをしてしまった。躰が震えだした。

初子の夫はぐったりとなったまま動かない。死んだのか。初子の夫に近づき、様子を見ようとした時だった。

書斎のドアが開いた。初子の息子がこちらをじっと見つめていた。

激しい動揺に襲われた浩平は、その場にブロンズ像を捨て、ドアに向かった。

初子の息子が、浩平を睨みつけてから、部屋に入っていった。

浩平はふらふらと廊下を歩き、玄関に向かった。殴られた肩と背中に痛みが走っていた。肩を押さえながら、軽トラに乗ると別荘から逃げ出した。

あの状態だと初子の夫は死んだとみていいだろう。襲ってきたのは向こうの方だ。自分は身を守ろうとしただけだ。しかし、現場を見ていた者はいない。しかも、相手は車椅子に乗った人間である。過剰な反撃だと見なされるに決まっている。これからどうしたらいいのだろうか。

表通りに出た浩平は、激しいクラクションの音で我に返った。交差点で信号無視をし、危うくトラックとぶつかりそうになったのだ。

家に戻った浩平は、店にいる妹を電話で呼び出した。

ほどなく妹がやってきて、頭を抱えて泣いている浩平の前に立った。「どうしたの、お兄ちゃん」

「人を……」

「人を?」

「殺してしまった」

「……」

「俺は結城さんの奥さんとずっと前から出来てた。それを知った旦那が、俺に金属バットで襲いかかってきたんだ。俺は訳も分からず、その辺にあった置物で、旦那の頭を殴った。そしたら死んでしまった。女房も殺すと言ってたから、俺はついかっとなったのかもしれない。逃げるところを息子に見られてる。自首するしかないよ」

「本当に死んだの?」

「確かめる暇はなかったけど、死んでるよ」

「逃げて。今すぐ逃げて」妹が口早に言った。

浩平は顔を上げ、まじまじと妹を見つめた。

「お兄ちゃんに刑務所になんか入ってもらいたくない」

「逃げ果《おお》せるわけないよ」

「やってみなきゃ分からないでしょう。駄目元で逃げて」

「……」

「早くしないと警察がくる。手許にあるお金全部持っていっていいから」

電話が鳴った。妹が出た。

「……兄ですか？　仕事に出てますが。……え？　そんな……。確かに亡くなられたんですか？　……兄がそんなことするはずはありません。何かの間違いです」妹はきっぱりと言い切って受話器を置いた。

「奥さんからだったんだな」

「そう。息子が、電気屋が父親を殴って逃げたって言ったそうよ。旦那さんが死んだのは間違いないわ」

妹が箪笥《たんす》に隠してあった現金をテーブルに置いた。「車を使って行けるところまで行って」

「分かった、そうする」

「私とは必ず連絡を取ってよ。お金が必要なことがあったら、何とかして隠れてるところに送るから」妹が浩平に抱きついてきた。「生きのびて」

浩平はまた泣いた。

「しっかりしてよ」妹が微笑んだ。無理に作った笑みだということは一目瞭然だった。

リュックにとりあえず必要なものを詰め込み、家を出た。

すでに傍《そば》まで警察が来ているかもしれない。車に乗り込むと、裏道を目指した。痛みは続いていたが、怪我の具合を調べる気にもならなかった。

別荘地の中を抜け、小諸《こもろ》方面に車を走らせた。小諸から特急に乗り、長野に向かった。長野から松本《まつもと》に出て、中央線で名古屋まで辿《たど》りついた。そして数日後、博多《はかた》まで逃げ、飯場暮らしを始めた。坊主頭にし、髭を生やし、度の入っていない眼鏡《めがね》をかけるようになった。運良く、殴られた箇所は打ち身ですんだようだ。

新聞は一切読まなかった。自分の犯した事件から目を逸らしていたかったのだ。

妹に連絡を取ったのは博多に移ってからである。夜遅く小銭を一杯用意して、公衆電話からかけた。

「お兄ちゃん、連絡待ってた」

妹の声を聞くとほっとした。

「店はどうなってる」

「開けてるわよ。関口の小父《おじ》さんが毎日手伝ってくれるようになったの」

「客は減ったろう？」

「ほんの少しね」

「俺は全国に指名手配されるんだろうな」

「そうよ。私のことも警察は見張ってるみたい。結城さんね、末期ガンだったたって聞いたわ。余命がいくらもないから、嫉妬に狂い、お兄ちゃんを襲い、奥さんも殺そうとしたのかもしれないわね。で、今、どうしてるの？」

　浩平は簡単にどんな暮らしをしているのか教えた。

　妹と話した一週間後、浩平は職場を変えた。それからも九州を転々とし、一気に北海道まで飛んだ。同じ場所に長く留《とど》まらない生活が三年ばかり続いた。名前もいろいろ使った。妹に費用を用意させ、整形することも考えたが、却って、正体がばれてしまう危険がありそうなので止めた。ここまで逃げ果せたのは特徴の少ない顔のおかげ。下手な動きはしない方がいいだろう。

　しかし、いつか捕まるのではないかと怯えながら生きるのは過酷だった。建築作業員同士の諍《いさか》いに巻き込まれ、嫌な思いをしたこともあったし、風邪を引いても医者に行けないのも辛かった。自首した方がずっと楽だと何度も思った。しかし、逃亡してしまったのだから、それを続けるしかないと自分に言い聞かせた。心の支えとなっていたのは妹だった。妹と話すと、かじかんだ手のような心が解《ほぐ》れるのだった。

大阪のあいりん地区で暮らすようになったのは三十三歳の時である。そこで或るホームレスと知り合った。その男が車に轢《ひ》かれそうになったところを浩平が助けたのだ。

酒浸りの顔色の悪い男だった。

その男が或る時、浩平に酔眼を向けて言った。「あんた、何かやったよな」

「え?」

「追われてるね。サツが通る度に、あんたは落ち着かなくなるもんな」

「何もやってないよ」浩平は笑って誤魔化した。

「俺の戸籍、お前に譲ってやってもいいぜ」

「え?」

「もう俺は長くはない。どうせ近いうちに死ぬに決まってる。あんたは俺を助けてくれた。どうせ死ぬんだから車に轢かれてても同じようなものだったけど、あんたの気持ちはありがたく思ってる」そう言いながら、ズダ袋の中から戸籍謄本、住民票、健康保険証を取りだした。

男の名前は川村悟郎。本籍地は秋田《あきた》で、歳は浩平と同じだった。

「俺は死んでも家族の許には戻りたくない。身元不明で無縁仏として葬られたいんだ。身元を保証するものは全部、お前にやる。好きに使ってくれ。俺の家族は俺を探したりはしないから」

浩平は、川村が差し出したものを受け取った。しかし、すぐには使わなかった。

それから十日ほど経った時、川村が路上で死んだことを知った。

住民票によると、川村は四年前まで東京《とうきょう》の中野《なかの》に住んでいたようだ。健康保険は長い間、未払いのままだろう。

いろいろ面倒なことはあるだろうが、浩平は川村悟郎に成りすますことにした。

妹に電話をし、そのことを経緯を含めて詳しく話した。

「お兄ちゃん、その名前でアパートを借りたら？　お金は私が何とかするから」

「俺もそうしたい」

「大阪《おおさか》じゃ遠い。住まいは東京にして」

「俺もそのつもりだよ」

「私、お兄ちゃんに会いたい。来週、東京で会わない？　その時、お金も渡すから」

「……」

「もう大丈夫よ。私に尾行なんかついてないから」

一週間後、浩平は上野《うえの》の喫茶店で妹に会った。浩平の顔を見た途端、妹の目が潤み始めた。

「お兄ちゃん、変わったね」

「お前は昔のままだ。泣くな。目立つから」

「百万用意してきた」

「そんなに」

「軽井沢じゃお金を使うとこないもの」そこまで言って、妹は周りに目をやった。「あの人の別荘、売りに出されたわよ。ああいうことがあった上にバブルが弾けたから破産したみたい」

「彼女、どうしてるんだろうな」

「今でもあの人のことを想ってるの？」

「そんなことはないよ」

浩平は妹が用意してくれた金で、羽田《はねだ》にある小さなアパートを借りた。保証人については適当に書いておいたが、すんなり通った。

それから職探しを始めた。新聞募集で、文京《ぶんきょう》区にある大学の用務員の仕事を見つけた。除票となっていた住民票を新たに取り直した。そして、働きながら自動車学校に通い、免許証を取得した。

大学の用務員を二年やってから転職した。

転職先が、妻の父親の経営する会社だったのである。

仕事熱心な〝川村悟郎〟は社長に認められ、国枝家の婿養子になった。浩平が四十一になった時のことである。妻の佐知子《さちこ》は初婚だった。見てくれは悪くないのに、四十二になるまで一度も結婚しなかった。彼女が十六歳の時に母親が死んだ。その後、佐知子が父親の面倒をみてきた。佐知子の理想の男性像は父親だったようである。これは後で聞いた話だが、何度も自宅を訪れていた〝川村悟郎〟を、そんな佐知子が見初めたのだという。悟郎は佐知子に恋などしていなかった。川村から国枝に姓が変わることで、より安全に生きられると思い、婿養子に入ることを承知したのだ。しかし、一緒に暮らしだしてから、じょじょにだが、佐知子に対する情愛が育まれていった。

四十五歳になった年に時効が成立した。本当の安らぎが訪れることはなかったが、気分は随分楽になった。

このようにして殺人犯として指名手配されていた下岡浩平は生きのび、今に至っているのである……。

国枝悟郎が秘密裏に会っている文恵という女は、愛人でも何でもない。下岡文恵。浩平の妹である。

二

下岡文恵が東京に引っ越してきたのは八年前、兄の時効が成立した二年後のことだった。

店を切り盛りしていた兄がいなくなった後、関口が本格的に店を手伝ってくれた。彼のツテでバイトをしてくれる人間も見つかり、人手不足も解消できた。

或る時、関口がこんなことを言った。

「俺も歳だから、いつまで躰が動くか分からん。文ちゃん、お婿さんを取る気はないのか」

「兄さんがあんなことをして逃亡してるのよ。私は殺人犯の妹。そんな女と結婚してくれる人なんかいないわよ」

「諦めるのは早すぎる。文ちゃん、綺麗だから一緒になりたいって思う男は必ずいる」

文恵は曖昧に笑って、伝票の整理を始めた。

結婚。考えたことはなかった。嫁に行こうが、家に人を入れようが、兄が電話をしてきた時にゆっくりと話せないし、下手《へた》をしたら、連絡を取り合っているのがバレてしまうかもしれない。

兄に逃亡を勧めたのは自分である。なぜ、あの時、躊躇いもなく「逃げて」と言ったのか。冷静になって振り返ってみると、よく分からなくなった。だがともかく、兄には自由でいてほしかった。逃げ回ることがどれだけ過酷なものかを知ったのは、逃亡中の兄の話を聞いてからである。しかし、後悔はしていなかった。どんな形であれ、兄を助けていく。文恵は固く心に誓った。

事件が起こって六年の月日が流れた冬に、関口が脳出血で他界した。店にとって大事な働き手を失った文恵はバイトを雇い、仕事を教え、何とか店を維持した。その間に嫌なこともあった。横浜《よこはま》から流れてきた男を雇ったのだが、二年ばかり経った時、売り上げを持って姿を消した。その青年が働き者だっただけに、文恵の精神的ダメージは大きかった。

兄と連絡を取りつつ、頑張ってきた文恵が恋に落ちたのは四十歳になってすぐのことである。友だちと隣町の居酒屋で飲んでいた時、電気工事会社の社長と知り合った。彼は軽井沢でもよく仕事をしているので、共通の客がいた。話が盛り上がり、携帯番号の交換をした。

相手には妻子がいたが、文恵はその男のことが忘れられなくなった。

男が食事に誘ってきた時は、久しぶりに入念に化粧をし、数年前にできたアウトレットで新しい服を買った。

関係ができるまでに、それほど時間はかからなかった。噂になるのが怖いので、近場のラブホテルは避けた。温泉旅行にも何度かでかけた。

兄には、すべてを打ち明けた。

「……私、兄さんと同じことをしてるね」

「でも、幸せそうだよ。お前の明るい声を聞いたのは久しぶりだ」

「ごめん。兄さんがきつい生き方をしてるのに」

「俺のことは気にするな。生き生きしてるお前としゃべるのは、俺も嬉しいよ」

「だけど、いつかは終わる。終わらせなきゃとも思ってる」

「奪い取っちゃえよ」

「そんなことできるわけないでしょう」そう言った時も文恵の声は弾んでいた。

その男とは四年続いた。破局が訪れたのは、町で噂になり、そのことが相手の妻に知れたからだ。細心の注意を払って秘密裏に会っていたのだが、やはり、狭い町である。誰かに見られていたようだ。

男の妻が家に怒鳴り込んできた。

「事もあろうに、殺人犯の妹が、うちの亭主をたぶらかすなんて。図々しいにも程がある」

文恵はそう言われてかっとなり、妻を睨みつけた。

「その目、何？　私を殺したいの。あんたならできるかも。兄さんと同じ悪魔の血が流れてるんだから」

「これからは一切、ご主人にはお会いしませんから、ご安心を」

「生意気なことを言う女ね。今度会ったら訴えますからね」

妻はそう言い残して、家を出ていった。

張本人の彼からは手紙がきた。妻の非礼を謝り、別れるしかない、と書かれてあった。

文恵は文句を言う気にはならず、来るものがきたと諦め、連絡を取ることもしなかった。

ひとりになった時、なぜかふと兄のことを思いだした。

男との別れがやってきたのは、兄が逃亡して十七年目の年だった。

自分の秘密の関係はたった四年で、他人が知ることになった。兄はよく十六年もの間、素性を隠し通せているものだ、と改めて驚いた。

電気工事屋の社長と別れた文恵は仕事に身が入らなくなり、生まれ育った軽井沢にいるのも嫌になった。

兄から連絡があった時、何があったかを教え、自分の気持ちを伝えた。

「思いきって、すべてを処分して東京に出てこないか。今の俺は、お前の面倒ぐらい見られるようになってる。安心して出てこい」

兄の一言が後押しとなり、店も家も売り払い、東京に出たのである。

店も家も立地条件のいい場所にあったので、すぐに処分でき、文恵にはまとまった金が入った。

東京に出た文恵は、兄の世話にはならず、マンションを借り、仕事を探した。四十五歳になっていた文恵は、なかなかいい仕事にありつけず、最初についた仕事はビルの掃除婦だった。掃除婦を一年ほどやった後、ネットの求人欄で見つけたアパレル専門の検品会社の仕事についた。真面目に働いていた文恵は上司の受けがよく、一年前に主任に抜擢《ばってき》された。その直後、誰がどこから聞いてきたのかは分からないが、文恵が殺人犯の妹だということが職場の連中に知られ、それまでよく一緒に飲みに行ったりしていた同僚も、彼女から遠ざかっていった。文恵は気にせず働いていたが、今年に入ってから会社が経営難に陥り、九月に入ってリストラされ、今は無職だ。

軽井沢の店と家を売った金はほとんど手つかずだったので、生活に困ることはなかった。それでも、兄は心配し、家賃の面倒を見ると言い出した。断ったが、次の仕事が見つかるまでと笑って言って、会うと金を渡してくれた。

兄は月に一度はマンションにやってきた。兄が本当の意味で緊張を解きほぐせるのは、自分といる時だけらしい。ビールを一缶飲んだだけで、ソファーで居眠りを始めたこともあった。文恵は心ゆくまで兄を休ませてやろうと、隣の部屋に消え、何時になろうが起こさなかった。

予期せぬ出来事が起こったのは、九月の下旬のことだった。

昼食を摂った後、コンビニに行った。その帰り、マンションに入ろうとした時、背後から男が近づいてきた。

振り返ると男が笑っていた。「やっぱり文ちゃんだ」

文恵の表情が強ばった。だが、それは一瞬のこと。顔を作り、口許に笑みを溜《た》めた。

「ひょっとして富永さん？」

富永俊二は兄の中学の時の同級生。兄の運命を変えることになった結城の奥さんと関係があったと噂されていた男の弟である。

「何年ぶりかな」俊二が懐かしそうな顔をした。「三十年近く会ってないよな」

「よく私だって分かりましたね」

「コンビニで見た時、どっかで見た顔だと思ったんだよ。文ちゃんだって思いだすのにそんなに時間はかからなかった。だから、慌てて、後を追ってきたんだ」そこまで言って、俊二は、文恵のマンションに目を向けた。「ここに住んでるのかい」

「ええ」

「店も家も売り払って東京に出たって話は聞いてたよ。文ちゃん、お茶でも飲もうよ」

文恵は、兄の過去を知っている人間とはできたら親しくしたくなかった。しかし、断るのも変である。

文恵は俊二に誘われるまま、通り沿いにあるファミレスに入った。

俊二は喫煙席に腰を下ろした。そして、すぐさま煙草に火をつけた。

俊二の体型は若い頃とほとんど変わらず、痩せていた。猫っ毛の髪も同じだが、かなり禿《は》げている。細い目も胡座をかいた鼻も昔のままだが、皮膚の色が黒ずみ、皮が垂れている。着ている灰色スーツはよれよれだった。中学の時から柄は悪かったが、やさぐれに拍車がかかったように見えた。

「この近くに住んでるんですか?」コーヒーを頼んだ後、文恵が訊いた。

「荻窪にいるけど、いろいろあって、今は知り合いの家に居候してるんだ。不動産関係の仕事をしてたんだけど、しくじっちゃってね。その知り合いの仕事を手伝って、何とか食いつないでるよ」

俊二が注文したのはビールだった。

「文ちゃん、結婚してるの？」

「独身です」

「仕事は？」

「働いてた会社が経営難に陥り、リストラされたから、今は何もしてません。しばらくはゆっくりしようと思ってます」

「店も家もいい値段で売れたって聞いてる。悠々自適ってことかな」

探るような目で見られた。嫌な感じである。

「きっといい人いるんだな。図星だろう？」

「いるわけないでしょう」

「まあそういうことにしておきましょう」にっと笑い、グラスを半分ほど空けた俊二がぐいと躰を前に倒した。そして、意味ありげな目で文恵を見た。「浩平、今頃、どうしてるんだろうな」

文恵は黙って首を横に振った。

「俺の兄貴も、あの女と付き合ってたんだよ。旦那には気づかれなかったみたいだけど。浩平は運が悪かったんだ」

「……」

「あの事件、とっくに時効になってるはずだよな」

「富永さん、兄さんの話は止めて。私、死んだと思うようにしてるんだから」

「あいつは死んじゃいないよ。必ず生きてるさ。頭のいい奴だから、今頃、名前や姿を変え、堂々と暮らしてるかもな。文ちゃんに連絡ないの？」

「ないですよ。私にとっても辛い事件だった。だから思いださせるようなことは言わないで」

「悪かった。もう言わないけど、面白いことがあってね」

文恵の鼓動が激しくなった。「兄さんに関係してること？」

「うん」

「どこかで兄さんを見たの？」

「見てたら、文ちゃんにすぐに教えてるよ」

文恵は胸を撫で下ろした。

「ひょんなことで、輝久と知り合ったんだよ」

「輝久って誰？」

「文ちゃんは会ってないのか。輝久ってのは、結城初子の息子だよ」

「そう言えば、あの人には息子がいたわね。顔を見たことはあるけど、名前までは知らなかった。彼、今、いくつ？」

「いくつだっけな？」俊二がちょっと考えた。「確か四十だと思う。この間まで銀座のクラブの黒服をやってたんだけど、今は俺と同じプー太郎だ」

嫌なものが胸の底を流れてゆく。兄が犯行後、別荘から逃げ出すのを目撃した人間の話などこれ以上聞きたくなかった。

「私、そろそろ」

「もう行くのかい」

「ちょっと用があるから」

俊二が携帯の番号を交換しようと言った。断れるはずもないので、素直に応じた。

俊二と会った翌夜のことである。携帯が鳴った。登録されていない番号からだった。

「下岡文恵さんですか？」

「そうですけど」

「結城輝久です。富永さんから聞いたと思いますが」

結城輝久はだらりとしゃべる男だった。

「はい。それで何か？」

「一度お会いしたいんですが」

「私に？　なぜ？」

「別に大した用はないですよ。最近、軽井沢に別荘があった頃が懐かしくて。俺はあなたのこともよく覚えてますよ」

「私はほとんど記憶にありません」

「それでも、俺とあなたは或る意味で深い関係にある」

「どういう意味でしょうか？」

「単刀直入に言います。俺、ちょっと金に困ってるんです。五、六万でいいですから、用立ててもらえないかと思って。義父とは言え、親父が殺され、家は破産した。その後の俺の人生にはいろいろあった。波瀾万丈《はらんばんじょう》ってやつですよ。親父を殺したのは、あんたの兄さん。五、六万の金を融通してくれてもいいんじゃないかと思って」

「お断りします。私も仕事をしてませんので、お金に余裕はないし、あったとしても、あなたにお貸しする義理はありません」

「冷たいな。兄貴が見つかったら民事で金を取れるかもしれないけど、行方不明じゃね」

「失礼します」

文恵は一方的に電話を切った。スマホを握っていた手に汗が滲んでいた。

またすぐにかけてくるかと思ったが、スマホは鳴らなかった。

さっそく、兄に連絡を取り、会うことにした。

約束した日は台風だったが、兄はマンションにやってきた。

「何て奴なんだ！」話を聞いた兄が憤慨した。「例のことで、お前から金をせびろうなんて」

「また電話してきたらどうしよう」

「放っておけばいい」

「あいつ、私が兄さんと会ってることを知ってるかもしれない」

「まさか。そうだったら、お前じゃなくて、俺に連絡をしてきているはずだ」

「そうね」

「でも、気をつけなきゃな」

台風は時間を追うごとに激しくなったが、そんな中、兄は帰っていった。

翌日の朝、文恵のところに刑事がふたりやってきた。文恵は目の前が真っ暗になった。兄のことで何かあったに違いない。時効になってしまった事件とは言え、警察は〝殺人犯〟を見たという証言を得れば、調べるに決まっている。このマンションに出入りしている兄を見た者がいて、二十五年前、軽井沢で起こった撲殺事件の犯人だと気づき、警察に通報したのかもしれない。

緊張した面持ちで、ドアを開けた文恵だったが、刑事たちの話を聞いて、動揺は収まった。

同じマンションの下の階の三〇四号室に住む女が殺されたのだという。昨夜の十一時四十分頃に悲鳴のような声を聞かなかったか、と質問されたが、聞いていないので、その通りに答えた。

殺された女と付き合いがあったかどうかも訊かれた。佐山聡子という名前はおろか、三〇四号の住人が女であることすら文恵は知らなかった。

刑事たちはすぐに退散した。

マンション内が騒がしかった。ベランダから外を見ると、警察車両が何台も路肩に停まっていた。

兄のことではなかったので、文恵はほっとしたが、すぐにまた不安が襲ってきた。兄がマンションを出ていったのは、午前零時少し前だった。悲鳴が聞こえた時間に犯行が行われたとすると、防犯カメラに映っている兄に疑いの目が向けられるかもしれない。

いや、待てよ。兄が部屋を出る直前、停電になった。電気がくるまでしばらく待っていたが、復旧しないので、兄は暗い階段を下りていった。停電中、防犯カメラは作動していなかったはずだ。

そのことが確認できたのは、その日の午後のことだ。買い物に出た時、エントランスで住人の女が三人、事件について話していた。住人との付き合いのない文恵だが、その時は、彼女たちのおしゃべりの輪に加わった。それとなく防犯カメラのことを口にしたら、或る女が言った。

「刑事さんが言ってたけど、停電の間、防犯カメラは動いてなかったんですって」

買い物から戻った文恵は、兄に電話をし、何が起こったかを伝えた。そして、当分、マンションには近づかないようにと言った。

事件が解決するまでは、刑事たちが何度もマンションに足を運んでくるに違いない。警察は住人についても密かに調べるだろう。下岡文恵が、殺人犯、下岡浩平の妹だと知れば、マークされる可能性がある。

兄は承知し、連絡は電話のみで行うことを再度確認した。これまでも兄とはメールは使っていなかった。メールだとまどろっこしいところがあるし、証拠として残る可能性があるからだ。

三

品川の居酒屋を後にした悟郎が文恵の部屋に着いたのは、午後十時少し前だった。

文恵には来るなと言われたのだが、悟郎は、その場に立ち会わないと気がすまなかった。

その夜の十一時に、結城輝久が文恵を訪ねてくることになっていたのだ。

しばらく連絡がなかった輝久が文恵に電話をしてきたのは一昨日のことだった。悟郎は、輝久を妹の家に呼び、自分は隣の部屋に隠れ、何を言い出すか盗み聞きしたいと考えた。危険すぎると妹には反対されたが、妹にだけ任せてはおけなかった。

脅迫状が届いたのは十月十五日。文恵が富永に会い、輝久の電話を受けてから二週間ほどすぎた頃だった。

あの恐喝に輝久が関係しているのか。輝久だけではなく富永も一枚嚙んでいるのか。

分からないが、突然、あの事件の関係者である輝久が連絡をしてきた後に、二千万円要求された。

どのようにして、人材派遣会社の社長、国枝悟郎が下岡浩平だと知ったかは、見当もつかないが、脅してくるとしたら昔の知り合いではなかろうか。

大停電のあった夜、真っ暗な階段を下りていた時、足を踏み外した。右足をしたたかに打ち付けた悟郎は、足を引きずりながら表に出た。信号機も消えていた。風が激しく傘がうまく開けなかった。タクシーを拾おうと辺りを見回した。空車がやってくる様子はない。

右の方から人が歩いてくるのが見えた。女のようだった。台風の日にずぶ濡れになって立っている自分を、女は不審に思うかもしれない。長い間、人目を忍んで逃亡してきた悟郎は、咄嗟《とっさ》に女に背を向け、路地に入った。

しばらくしてから再び表通りに出た。荻窪駅でやっとタクシーに乗れた。

文恵の話では、富永俊二は荻窪に住んでいる知り合い宅に居候しているという。タクシーにすぐに乗れたわけではなかった。行列ができていた。近くを通る通行人もひとりやふたりではなかった。

辺りは暗かったが、ひょっとすると俊二が自分を見て、後をつけてきたのかもしれない。自宅が分かれば、国枝悟郎について調べることはそう難しいことではないだろう。

いや、自分を発見したのは俊二ではなく、輝久だったとも考えられる。タクシーの行列の中に、俊二に会いにきていた輝久がいた可能性もある。

彩奈と店が終わった後に入ったバーで、大学で用務員をやっていた頃に顔見知りになった男に似た人物が目に入った。素性を知られているわけではないが、その男だったら面倒だと思い、バーを出た。彩奈には適当な嘘をついて。

いつどこで誰に会うか、誰に見られているかは、いくら気をつけていても分からない。

脅してきたのが俊二或《ある》いは輝久だと決めつけることはできないし、恐喝者を見つけたところで、何ができるわけではない。それでも敵が見えないという不安と緊張は取り除きたかった。

しかし、指定されたホテルに金を送って二週間は、何事もなかった。恐喝者が輝久か俊二だったとしても、新たな要求をしてこない限りは、それで良しとするしかないと思っていた。

ところが、輝久が再び妹に会いたいと言ってきた。

あの恐喝と無関係かもしれないが、ともかく、輝久が何を言うか、自分の耳で聞きたかった。

妹の部屋に入る時、悟郎は脱いだ靴を手に取った。そして、寝室に通じる襖《ふすま》を開けた。靴はゴミ箱の横に置いた。

居間に戻ると、妹が茶を淹《い》れてくれた。

「あいつが来る前に写真を見せて」

「うん。でも正面からは撮れなかった」

文恵がスマホを開き、悟郎に渡した。

脅迫状が届いてすぐに、悟郎は文恵に電話をし、すべてを話した。

「裏で糸を引いてるのは輝久よ」文恵はきっぱりと言ってのけた。

「だったら、本人が直接、俺を脅しにきてもいいじゃないか」

「お兄ちゃんの事件は時効になってる。お兄ちゃんが警察に出頭したら、捕まるのは輝久よ。それを避けるために、自分の女を仲間に引きずり込んだんじゃないかしら。いや、そうじゃなくて、彼自身が女装して現れる気かもしれない」

「女装しても声は変えられない。すぐにバレてしまうよ」

「バレてもいいのよ。ホテル側は女装して女の名前を使ってるからと言って、泊めるのを拒むことはないでしょう。それに拒まれても、送られてきた荷物は引き取れる」

「ともかく、俺は金を払うつもりだ」

「一回だけですむかしら」

「その後のことを今、考えても始まらない」

「私、そのホテルに行ってみる。おそらく、その女、輝久の仲間よ。輝久が同じホテルに泊まっていて、ホテル内で、荷物を受け取るのよ。私、女の写真を隠し撮りする。お兄ちゃんの知ってる女かもしれないから」

　文恵は、二十日の午前中、ホテル・ボーテに向かった。ずっとロビーにいるわけにはいかないので、適当に出入りし、外でもホテルに入る女をスマホで撮っていたという。

電化製品の量販店の袋をフロント係から受け取った女を見つけたのは、午後三時すぎ。文恵がロビーの椅子に座っていた時である。

悟郎が今、見ているのは、問題の女の写真だった。写真を悟郎のスマホに転送することもできたが、メールをやらないことにしていたので、文恵は送ってこなかった。早く女の写真を見たいと思ったが、悟郎は我慢した。

左斜めから撮られた写真をまず見た。

髪はボブカット風で大きなサングラスをかけているようだ。千鳥格子のワンピースドレスに白いジャケットを羽織っていた。バッグは赤い小振りのものだった。キャバ嬢のように見える若い女である。

「口紅は赤でね、かなり化粧は濃かったね。知ってる女?」文恵が訊いてきた。

「この写真じゃよく分からないけど、知らない女だよ」

「次の写真、女がエレベーターに乗って、しばらくぼんやりとしてたものなんだけど、シャッターを切った時、前を男が通ったから、顔が撮れなかった。一番のシャッターチャンスだったんだけどね。女は十階で降りたみたいだから、私も上がってみた。だけど何も分からなかった」

「距離のあるところからスマホで撮った写真だから参考にはならないな」そう言いながらも、悟郎は、写真を大きくして何度も見た。そして、顔を上げるとつぶやくようにこう言った。「何となく誰かに似てる気はするけど……」

「誰よ」

「それが分かれば世話ないよ。こんな感じの女なんて、いくらでもいるからな。やっぱり、知らない女だろうな」

「私、電話でも言ったけど、失敗した。しばらくしてから女がロビーに下りてきたんだけど、その時後を尾《つ》けるべきだった。私、女の仲間が金の入った袋を持って出てくるって勘をつけ、それから一時間もロビーにいたの。でも、そんな人間は見なかった」

「輝久が関係してるって思い込んだのが間違いだったんだよ」

「でも、今でも、私、彼が絡んでいると思ってる。電話では言わなかったけど、朝からロビーをうろうろして写真なんか撮ってたから、ホテルの人間に目をつけられちゃってね。何をしてるのかと訊かれた。だから、それ以上、ホテルにはいられなかったの。ずっと見張っていられたら、女の仲間を絶対に突き止められた気がする」

　悟郎は腕時計に目を落とした。後十五分ほどで十一時である。

　文恵は湯飲みを片付け、悟郎は寝室に隠れた。襖に僅かな隙間を作った。そこから覗いてみるとソファーの真ん中辺りがよく見えた。

輝久がそこに座ってくれれば、様子も窺える。

準備を整えた悟郎はベッドに寝転がった。

輝久が女を使って自分を恐喝したとしたら、なぜ、その二週間後に、妹を訪ねてこなければならなかったのか。さっぱり分からない。

恐喝者は他にいて、輝久は関係ないのかもしれない。だとしても腑《ふ》に落ちない訪問である。

インターホンが鳴ったのは、十一時三分前だった。

悟郎の躰に緊張が走った。襖のところまで行き、胡座をかいて隙間に右目を運んだ。

「どうぞ」

輝久は何も言わず居間に入ってきた。文恵がソファーを勧めると、輝久はそこに腰を下ろした。襖の隙間から輝久の顔がよく見えた。

輝久とは子供の頃に二、三度会っただけである。だから、ほとんど顔は覚えていない。

四十歳になったという輝久の、くりっとした目が母親の初子に似ている気がした。細面。軽くしゃくれた顎に髭を蓄えている。厚ぼったい唇から、前歯が二本顔を覗かせていた。髪は短く立っていた。デッキブラシを思わせる髪である。

落ち着いたブルーのジャケットに黒いパンツ姿だった。髑髏《どくろ》を象《かたど》ったペンダントを下げている。

輝久は部屋を見回した。態度が不貞不貞《ふてぶてぶ》しい。少年だった頃の小生意気そうな目を悟郎は思いだした。

文恵は輝久の正面に座っているが、悟郎の視線の邪魔にはなっていない。

「このマンションで、この間殺人事件が起こったんですよね」

「ええ。犯人が捕まったから、ほっとしてます。でも、よくそんなことが分かりましたね」

「富永さんから聞いたんです」

沈黙が流れた。

輝久が上着のポケットから煙草を取りだした。文恵は台所から灰皿を持ってきて、輝久の前に置いた。

輝久は煙草に火をつけると、ソファーに躰を預けた。

「お金のことだったら、お断りです」

「俺のお袋は、あなたのお兄さんと深い仲になった。親父は探偵を使って、お袋の行動を調べ、ふたりが使っていたホテルを突き止めた。親父は、探偵に撮らせたビデオをお兄さんに見せた。それが言い争いの原因になったかどうかは分かりませんが、あんなことが起こってしまった。あなたは、お兄さんがお袋と関係を持ってたことを知ってました？」

「全然、知りませんでした」

輝久が上目遣いに文恵を見た。「本当かな？　俺が聞いたところによれば、ふたりはとても仲のいい兄妹だった。お兄さん、あなたにだけは何でも話した気がするんですけどね」

「用件はお金でしょう？」

「まあ、そうだけど、あなたの顔を見たら、これまで以上に昔を思いだしてきました」輝久はそう言って、含み笑いを浮かべた。

「お金の他に何か目的があるんじゃないんですか？」

「他の目的？　たとえば、どんなことです？」

「分かりませんが、あなたは兄を探してるんじゃないんですか？」

「そう訊かれると、却って話しやすくなりますね。その通りです。俺はお兄さんを見つけ出したい」

「何のために？」

「親父を殺した男がのうのうと生きてる。俺にとっては許せないことですよ」

文恵は黙りこくってしまった。

輝久が上着の懐から長財布を取りだし、そこに入っていた封筒を文恵に渡した。

「何なんです、これ」

「見てくださいよ」

文恵は封筒から中身を引きだした。新聞の切り抜きのようだった。

「これは……」文恵は緊張した声でつぶやき、すぐに封筒に戻した。

「事件のことが書いてある当時の新聞記事ですよ。お兄さんの顔写真も載ってる。俺はずっとこれを持ち歩いてるんです」

「どうして私に見せるんです？」

「俺の気持ちが分かってもらえるかと思って」

「兄が大変なことをしてしまい、あなたに辛い思いをさせたことは事実ですが、私に言われても」

「あなたはお兄さんの居場所を知ってる」輝久はきっぱりとした調子で言った。

「知るわけないでしょう。知ってるという証拠でもあるんですか？」

「俺の勘です。あなたとお兄さんがずっと連絡を取っていたかどうかは分かりませんが、少なくとも時効が成立した後、唯一の家族であるあなたには電話ぐらいはしてきた気がしますがね」

「兄は、私が軽井沢の店を畳んで東京に出てきたことすら知らないはずです。だから、連絡が取りたくても取れないですよ」

「逃亡中、ずっとあなたに連絡していたら話は別ですよね」輝久がねっとりした調子で言った。

輝久は、下岡浩平が国枝悟郎だとは本当に知らないのだろうか。それとも知っているにもかかわらず、妹に会いにきたのだろうか。

ともかく、輝久の態度が読めない。

「結城さん、私に付きまとっても無駄ですよ。私、兄に会ってないし、どこにいるのかも知らないんですから」

輝久がゆっくりと煙草を消した。「お袋は最近僕に会うと、軽井沢の話をよくするんです。お兄さんに会いたいとも言ってました」

「お母さん、おいくつになられたんです？」

「六十六です。心筋梗塞をやってからすっかり元気がなくなりましてね」

「ご結婚は？」

「してません。親父が殺され、家も財産も失いましたが、実家が裕福ですから、細々とですが、何もせずに生きてます」

「お母さんに頼めば、お金、何とかなるんじゃないんですか？」

「俺には一銭も出しませんよ」投げやりな調子で言ってから、輝久は封筒を財布にしまうと、今度はメモのようなものを取りだし、テーブルの上においた。「お袋は、今、そこに住んでます」

「なぜ、こんなものを私に？」

「お兄さんから連絡があったら、教えてあげてください。あんなことになった原因は自分にあるとお袋は言ってました。お兄さんに会って謝りたいともね。お袋が、お兄さんのことを誰かに話すことは絶対にない。俺も同じですけど」

「結城さん、あなたはどこにお住まいなの」

「ペンをお借りしますね」

輝久はペン立てから筆記用具を取りだし、テーブルに置いてあったメモの裏に何か書き始めた。

メモを手に取った文恵が言った。「あなた、品川にお住まいなのね」

「ええ。お袋の住まいからもそんなに離れてないところに住んでます」

結城親子は品川に住んでいる。悟郎の眉根が険しくなった。

「富永さんから聞いたんですけど、銀座のクラブで働いてたそうですね」

「或るクラブの常務をやってたんですが、社長と喧嘩《けんか》して止めちゃいました。スカウトみたいなことは、今もやってますけど。文恵さん、五、六万でいいんですよ。何とかなるでしょう。金ができたら必ずお返ししますから。お兄さんのやったことを申し訳なく思ってるんだったら、それぐらいの金は用意してくれてもいいんじゃないですか」

「私、あなたに強請られる覚えはないんですけど」

輝久が声にして笑った。「俺は強請りなんかやっちゃいない。お金を貸してほしいとお願いしてるだけです。お兄さんがこのことを知れば、きっとそれぐらいの金、どんなことをしてでも用意してくれるはずです」

輝久の言い方は確信に満ちていた。ハッタリなのかそうでないのか。よく分からない。

「あなたの勘は外れてます。繰り返しになりますが、私は、兄とは、あの事件が起こった日から一度も会ってません」

「あの日、お兄さんが逃亡する前、会ったんでしょう?」

「兄は私にも一言も告げずにいなくなりました」

輝久は鼻で笑い、また煙草に火をつけた。

「お兄さん、今、どんな暮らしをしてるんでしょうね。別人に成りすまし、案外、金持ちになってるかもしれない」

「……」

「いや、やっぱり、そんなことはないだろうな。日雇いのような仕事をして食い繋いでるんでしょうね」

「これ以上、あなたとお話しすることはありません。お帰りになって」

「お金、駄目ですか」

文恵が首を横に振った。

輝久は吸いかけの煙草を消し、ゆっくりと腰を上げた。

「もしもですよ、お兄さんと連絡がついたら、金のこと相談してみてください。お袋のことも教えてあげた方がいいな。ほんの短い間だったけど、あのふたりは本気で恋をしてたようですから。それじゃ俺はこれで」

輝久の姿が見えなくなった。ほどなくドアが開け閉めされる音がした。

文恵が立ち上がり、ドアの鍵を閉めにいった。

悟郎は、用心してすぐには寝室を出なかった。文恵は戻ってこない。インターホンのモニターで廊下の様子を見ているのだろう。

ややあって文恵が寝室の襖を開けた。「もう大丈夫よ」

悟郎は胡座をかいたまま、うなだれていた。

「どうしたの、兄さん」

「頭が混乱してる」

「私、ビールを飲むけど、兄さんは？」

「俺も飲みたい」

居間に戻った悟郎は、輝久が座っていた場所に腰を下ろした。

「彼の顔、よく見えた?」缶ビールをグラスに注ぎながら、文恵が訊いてきた。

「うん。あいつは一体、何を企《たくら》んでるんだろう」悟郎はつぶやくように言いながら、グラスに口をつけた。

「話を聞いていて思ったんだけど、あいつ、兄さんを恨んでるのよ」

「そうかな。輝久は、親父を嫌ってた。殺されても平気だったとは言わないけど、恨みは持たないだろうよ」

「父親を失ったことで、会社は倒産に追い込まれた。結果、家まで失い、贅沢な暮らしができなくなった。その原因を作った人間に恨みを晴らしたいんじゃないかしら」

「会社が倒産したのはバブルが弾けたことも関係してた。親父が死んだことだけが原因じゃない」

「実際はそうなんだけど、あの子にとってはバブルは関係ない。父親が死んだことしか頭にないんじゃないかしら」

「いずれにせよ、輝久は恐喝者じゃない。あいつの話を聞いていて確信を持ったよ」

「普通に考えれば、そうだけど、あの男、得体が知れない。恐喝したら、簡単に二千万円が手に入った。次はもっととんでもないことを考えて、私に近づいてきたのかもしれない」

「とんでもないことってどんなことだい？」

「兄さんの会社そのものを乗っ取るとか、兄さんを破産に追い込むとか」

「そうだとしても、お前に会いにくる必要はないだろうが」

「だから、恨みがそうさせたのよ。妹の私に嫌な思いをさせることも、あいつの狙いのひとつなのよ。そうやってじわじわと兄さんに迫っていく。恐喝した時は、まだ国枝悟郎が下岡浩平だという確証はなかったのかもしれないわね。でも、金が支払われたことで確かなものになった。恐喝を繰り返すよりも、私を使って兄さんを揺さぶり、ここぞというタイミングを見計らって、兄さんに接触し、兄さんを破滅させる。恨みがあれば、それぐらいのことをやってもおかしくない」そこまで言った文恵の目つきが変わった。「そうだ。こうも考えられるわ。二千万を手に入れた後は、少しずつ金を取ろうと思いついたのかもしれない。毎月、五、六万の金を私からせびりとる。その金は兄さんから出ている。恨みを晴らせると同時に、確実に金が入ってくる。一旦、お金を渡したら、そのうちに金額を上げてくる。そういう計画かもしれない」

悟郎は力なく首を横に振り、グラスを空けた。「俺は恐喝者は他にいると思う。輝久はお前に近づき、俺を見つけ出そうとしているんだろう。もしも俺が、それなりの生活をしていたら、金をせびり取るつもりでね」

悟郎が煙草に火をつけようとした時、彼のスマホが鳴った。

彩奈からのメールだった。午前零時を少し回っている。彩奈はまだ仕事中のはずだが。悟郎はメールを開いた。

〝国枝さん、ごめんなさい。午後にメールすると言ったのに、バタバタしていて、お約束が守れませんでした。お怒りでしょうか？　気が変わったのではと心配しています。お会いできるのをすごく愉《たの》しみにしています。国枝さんと一緒にいると、心がほっこりしてきます。決してお世辞ではありません。他の人と同伴する時には味わえない気持ちを持っています。彩奈〟

午後にメールすると言っていた彩奈から連絡はなかった。律儀な彩奈らしくないと少し気にしていたが、それどころではなかったので忘れていた。

彩奈のメールを読んだ悟郎は一瞬だが、緊張が解れた。

自分がどんな過去を持つ人間かも、直面している問題がいかなるものかも知らない彩奈は、悟郎にとって心が癒やされる相手だった。

「こんな時間に誰からなの？」妹に訊かれた。

「六本木にあるクラブのホステスからだ」

「付き合ってる人？」

「まさか」悟郎は簡単に彩奈のことを話した。「兄さん、ちょっとだけ、ホの字になってるみたいね。楽しそうな顔してるもの」

「ホの字はないけど、彼女といるほっとするんだ。でも、誤解しないでくれよ。その子を口説こうなんて気はまったくないから。ともかく、健気《けなげ》ないい子なんだよ」

文恵が目の端で悟郎を見た。「大丈夫？」

「何が？」

「兄さん、女を見る目ないから」

「深い関係になることはないから、見る目がなくても危ないことは何も起こらない。俺の立場で、他に女を作るなんてことは絶対にないよ」

ゆるんでいた文恵の表情が一変した。「その子ってわけじゃないけど、ホステスの中に、輝久と親しい女がいるのかもしれない。その女が輝久と一緒だった時、輝久が兄さんを目撃し、その女から兄さんのことを訊き出したとも考えられるわね。輝久は銀座のクラブで黒服をやってたのよ。私、そういうことには詳しくないけど、六本木で働いてた女が銀座の店に移ることってあるんじゃないの」

「それはあるよ」

「兄さん、仕事で銀座の喫茶店を使うことある？」

「たまにね」

「私の推理、当たってるかもしれないわよ」

「さっきも言ったけど、輝久は恐喝には関わってないよ」

「輝久が無関係だとしても、六本木のホステスが絡んでるかも。さっきの写真の女、いかにもお水くさかったもの」

「あんな若い女が、俺の正体を見破ったとは思えない。だって事件が起こった時、写真の女はおそらく生まれてないだろうから」

「裏に誰かがいて、そいつが兄さんの正体を見破ったのよ」

「それはありえるかもしれないけど、ともかく、輝久の線はないな」そう言いながら、悟郎は、輝久がおいていったメモを手に取った。

結城初子の住所を見てどきりとした。初子は高輪《たかなわ》四丁目にあるマンションに住んでいるらしい。自分の住まいは北品川だが、高輪四丁目は目と鼻の先である。メモには電話番号も記されていた。

輝久は東品川一丁目に住んでいた。

輝久が恐喝者ではないと思いつつも、住まいが近いことが気になった。

悟郎はふたりの住所をスマホのノートアプリに打ち込んだ。

「兄さん、まさか奥さんに会う気じゃないでしょうね」

「そんな馬鹿なことするはずないだろう。一応、ふたりの住所を知っておけば、その辺りを通るのを避けることができる」

「ならいいけど」

「しかし、どうして輝久は、俺を母親に会わせたがってるんだろうな」

「本当に会わせたがってるかどうかは分からないわよ。ともかく、私たちに揺さぶりをかけたいのよ、あいつは」

「あの女、本当に俺に会いたがってるのかもしれないな」悟郎がつぶやくように言った。

「そんなわけないでしょう。二十五年前に火遊びをした男になんか会いたいなんて思わないわよ」

悟郎は眉をゆるめ溜息をついた。「文恵の言う通りだな」

「ともかく、あいつは、私が兄さんと連絡を取ってないわけはないと思ってる。それは当たってるんだけどね」

「お前が俺と接触するのを待ってるってことか」

「らしいわね」

「そうだとしても、四六時中、お前を監視するなんて無理だよ」

「兄さんはまたしばらく、ここには近づかないようにして」

「うん」

「私、富永さんに会ってみるわ」

悟郎は妹を見た。「会ってどうするんだ？」

「それとなく探りを入れてみる」

「余計なことはしない方がいい。お前が輝久のことを調べたら、却って気にしてることが、相手に伝わってしまうじゃないか」

「放っておく方が変よ。昔の事件のことを蒸し返すようなことを輝久は突然言ってきたのよ。私が気持ち悪がって、富永さんに相談しても、ちっとも不自然じゃないわよ」

「仮に、お前の言う通り、恐喝者が輝久だったことが分かっても、或いは輝久があの恐喝とは関係なく、あいつの狙いが別にあることを突き止められたとしても、俺たちは何もできない。こちらから動いてもいいことは何もないよ」

「それはそうだけど、相手のことを知ることができれば、私、少しは気分が落ち着く。このままだと不安でしかたがないもの」

確かに、真相がはっきりすれば、対策を講じることができなくても、暗闇の中を歩いているような気分は解消されるだろう。

悟郎は妹の好きにさせることにした。

午前一時を少し回っていた。

「何か分かったら電話する」文恵が言った。

「無理するなよ」

「気取《けど》られるようなことはしないわ」

悟郎は財布を取り出し、妹に金を渡した。

「ごめんね、兄さん」

「いいんだよ。気に入った仕事が見つかるまで、ゆっくり探せばいい。これぐらいの金だったら何とでもなるから」

悟郎は妹のマンションを後にした。通りに出る際、周りの気配を窺った。輝久が見張っているとは思えなかったが、用心するに越したことはない。歩道には人の気配はなかった。路肩に停まっている車も一台一台、目を凝らして見たが、問題はないようだった。

空車を拾った。しばらくは後ろが気になった。尾行はなさそうだ。

悟郎は目を閉じ、深く息を吸い込み、ゆっくりと吐き出した。

不安定な毎日を強いられていた逃亡生活中は緊張しきっていたが、国枝家の婿となってからは、気がゆるむことが増えた。それが恐喝されたことで、落ち着かない日々が戻ってきた。そんな折、自分が殺した男の息子が妹に会いにきた。さらに悟郎の神経は張り詰めることになった。

文恵が言っているように、輝久は、何らかの形で、あの恐喝と関係しているのか。恐喝は、輝久が妹に電話してきた後に起こっている。単なる偶然なのだろうか。

脈拍が速くなってきた。胸苦しい。

悟郎は窓を開け、風に頬を晒《さら》した。

もう一度深呼吸をし、窓を閉めた。そして、スマホを取りだした。

〝彩奈さん、メールありがとう。同伴、ＯＫですよ。何かおいしいものを食べましょう。午後にでも電話します。待ち合わせの場所は、その時決めましょう。会えるのを愉しみにしています〟

彩奈に会うことは小さな愉しみにすぎない。しかし、その小さな愉しみが、一時とはいえ、悟郎を救ってくれている。

四

テレビのニュースで流れたことは、すべて間違い。警察がミスを犯したか、誤報なのだ。

自分を救いたい圭子は、そう思おうと努力した。

過去にもそれに似た間違いが起こったではないか。

高校入試の発表の日、貼り出された番号を見にいった。圭子の受験番号はなかった。絶対に受かっているという自信があったから、これは何かの間違いだと思い、学校に問い合わせた。最初は相手にされなかったが、翌日になって、連絡があった。圭子は合格していたのだ。学校側のうっかりミスで、彼女の受験番号が抜けていたのである。

今回もありもしない間違いが起こったのだ。華道教室の講師を殺したのは国枝以外にありえない。

圭子は何度もそう自分に言い聞かせた。

しかし、動揺が収まることはなかった。

報道は事実だろうと、心のどこかで認めているもうひとりの自分がいた。

では、なぜ国枝は犯人でもないのに、二千万もの大金を、恐喝者の指示通りに支払ったのか。

佐山聡子殺害事件には裏があり、容疑者として逮捕された福元幸司を操っていたのが国枝だったとは考えられないだろうか。

ありえるはずはない。犯行の行われた当夜、国枝は例のマンションから出てきた。

福元という男を実行犯に仕立てたのだったら、国枝は、確固たるアリバイを作っていたはずだ。犯行現場に足を踏み入れるわけがない。それに、福元は被害者に一方的に好意を寄せていたというのだから、国枝が関係してくる余地はまるでない。

圭子は、筋が通らない物語を作ってまでも、国枝が犯人だと思いたかった。

しかし、気持ちを救ってくれるような考えは浮かんでこなかった。

酒を飲んで寝たが、眠りは浅かった。寝汗をかいていた。下着代わりに着ていたTシャツが濡れ、頭皮から湧き出た汗が、髪を伝い、頬に流れた。

着替えてからもう一度眠りについた。

夢を見た。

自分は、森の中の一軒家のようなところにいた。男が部屋に入ってきた。手には刃物を握っていた。よく見ると、その男は功太郎だった。遠くから悲鳴のような声が聞こえてきた。それが次第に大きくなり、目が覚めた。声を発していたのは自分だった。

夢というものは、常にどこかが歪んでいるものだ。なぜ、功太郎が刃物を持って現れたのかは分からない。

テレビを点けた。昼前のニュースで、例の事件の続報が流れた。

凶器の刃物が、逮捕された福元幸司の自供通り、善福寺川から発見されたという。

圭子は生きた心地《ここち》がしなかった。食事も喉を通らなかった。学校に出る気にもならなかった。

ネットで事件のことを何度も調べた。いや、調べたというのは正確な言い方ではない。何となくぼんやりと見ていただけにすぎなかった。

恐喝を思いついた時と同じように、国枝悟郎の名前をネットに打ち込んでみた。同姓同名の人間は意外と少なかった。また会社のホームページを開いた。社長の経歴も写真も載っていない。

そんなことをしてもどうなるものではないが、突然、降り掛かってきた謎に関係していることに触れている方が時間を忘れられた。

不安が圭子に奇妙な行動を取らせた。

電車で新宿まで出、山手線に乗り換えた。下車したのは品川駅だった。

圭子は国枝の会社に向かったのである。

国枝の会社は港南《こうなん》口から、さほど離れていないビルの中にあった。

国枝の正体が分かると謎も解ける。漠然とそう思ってはいたが、彼の会社の近くをうろついても何の意味もないではないか。それでも、国枝の会社が近づいてくると、緊張しきっているのに、どこかほっとしている自分に気づいた。

何と矛盾した精神状態なのだろうか。国枝から遠く離れている方が不安が募り、彼が近くにいると思うだけで、少しは気持ちが落ち着くのである。四六時中、国枝を監視することができたとしたら、きっと自分はそうしていただろう。

国枝の会社の入っているビルを通りすぎた時、スマホが鳴った。功太郎から電話がかかってきた。圭子は無視した。誰ともしゃべる気にはなれなかった。

電話が切れてしばらく経った時、今度はメールが届いた。

〝いい天気だね。お出かけかな。僕は今日、会社を休んだよ。昨日、友だちと飲みすぎてね。今、品川駅近くのマーケットで買い物中。次の土曜日、ご飯でも食べない？〟

功太郎と食事をしても気晴らしにはなりそうもない。断ることにした。だが、返信はしなかった。メールを打つ気力もなかったのである。

圭子は品川駅構内に入った。はっとした。功太郎は、駅近くのマーケットで買い物中らしい。

品川駅は広い。だから、功太郎と鉢合わせをするようなことはまずは起こらないだろうと思いつつも、辺りを見回してしまった。

電話もメールも無視した相手に出くわしたらバツが悪い。

店も休むことにし、その旨をスタッフに伝えた。

「……体調が悪いんだったら、しかたないけど、今月は同伴頑張ってよ。先月は全然できなかったんだから」

「はい」

電話を切った圭子は、国枝に連絡を取ろうとした。メールをすると昨夜、約束したことは覚えていたが躊躇いが生じた。

国枝に会いたいくせに、会ったら何をしゃべったらいいのか見当もつかなかった。家に戻り、気持ちを落ち着かせてからメールを打つことにした。

電車に乗り、新宿を目指した。お腹は空いてなかったが、早めの夕食を、よく使うカフェレストランで摂った。パスタセットを頼んだが、三分の一ほどしか食べられなかった。その店で、イチゴのヨーグルトをデザートに頼み、ちょっとした贅沢に、幸せな気分を味わった時のことを思いだした。あの時はまだ恐喝の計画など立てていなかったし、当然だが二千万もの金も持っていなかった。

暗く沈んだ気持ちで店を出た圭子は帰路についた。

家に戻る途中、例のマンションが目に入った。国枝は確かに、あの台風の日、このマンションから出てきた。足を引きずりながら。

同じマンションで、同じ頃に、ふたつの殺人事件が起こり、国枝の犯した事件は、未《いま》だ発覚していないのかもしれない。数ヶ月後、布団にくるまれた白骨死体が発見される。そういうことが起こる可能性だってありえるだろう。

圭子はまた自分に都合のいい推論を立ててみたが、気分がすっきりすることはなかった。

午後八時半すぎに、母から電話がかかってきた。

母ともしゃべりたくはなかったが、スマホを耳に当てた。

「こんな時間に電話してくるの珍しいね。何かあったの？」

「夕方、デパートで徳子《のりこ》さんとばったり会《お》うたんや。その時、あんたの話が出た」

住田《すみた》徳子は、母の幼馴染《おさななじ》みで、家はシャツ屋をやっている。

「あんた、吉木酒店の息子と仲がいいんやってね」

「住田さん、どうしてそんなこと知ってるの？」

「智恵子《ちえこ》ちゃんから聞いたって言ってた」

智恵子は功太郎の妹。住田シャツ店の二軒隣が功太郎の親許だから、住田の奥さんと智恵子が話す機会はいくらでもある。功太郎は何かの折に、妹に自分のことを話したのだろう。

「吉木さんの息子、功太郎さんって言ったっけ」

「うん」

「あんた、功太郎さんとお付き合いしてるの？」

「ただの友だちよ」

「妹さんは、兄さんの恋人があんただって誤解してるみたいや」

「いやだあ。何でそんなことになっちゃったのかしら」

「功太郎さんって大手の繊維会社に勤めてるんやってね」

「それがどうしたのよ」

「歳は二十七。同郷やし、家も近いし……」

「ちょっと待ってよ」圭子の声がひっくり返りそうになった。「お母さん、私に功太郎さんと結婚してほしいの」

「うちは継がなきゃならんような家やないし、吉木酒店の息子やったら、ええんやないかと思うて」

「お母さん、何言ってるの。私、まだ学生よ。相手が誰だろうが、結婚なんか考えてないよ」

「すぐにせんでもいいけど、就職も決まってないんやから、嫁にいくことも頭に入れておかんとな」

母親は暢気《のんき》だ。羨ましいぐらいに暢気だ。母も功太郎も功太郎の妹も住田さんもみんな、自分とは違って光の中にいるのだ。そう思うと、余計に気分が沈んだ。

「機会があったら、住田さんに誤解を解いておいて。功太郎さんは私の恋人でも何でもないんだから。話しやすいいい人。それだけや」

「初めはそれでいいんや。大恋愛は躓《つまず》くことも多いから」

「もうその話は止めて。結婚なんて遠い先の話よ」

「そうか。そやったらしかたないな。住田さんには、あんたの気持ち教えておくわ」

「そうして」

「明日、お米を送るわ」

「少なくていいよ。ひとり暮らしなんやから」

「功太郎さんにもお裾分けしたら。地元の米をもろたら、彼も喜ぶやろ」

「もう功太郎さんの話はしないで」圭子の口調はいつになくきつかった。

「じゃ、これで切るわ。だいぶ寒うなってきたから、風邪引かんようにな」

「お母さんも」

切ったスマホをテーブルに置き、ベッドに寝転がり、圭子はピョン太をぎゅっと抱きしめた。

功太郎は妹に何を言ったのだろうか。付き合っているようなことを口にしたのか。そうだったらちょっと問題である。しかし功太郎がそんなことを言うとは思えなかった。おそらく、妹が勝手に誤解したのだろう。

だが、いずれにせよ、今の圭子にとっては取るに足らない問題である。

母と話しただけでぐったりと疲れた。

功太郎からの電話もメールも無視したままだったことを思いだした。

〝電話にもメールにも出られなくてごめんなさい。今日は会社を休んでのんびりしていたみたいですね。今度の土曜日は用があるので、お会い出来ません。こちらからまた連絡します〟

母から聞いた話には一切触れなかった。触れれば、功太郎から何か言ってくるに決まっている。彼の耳障りな声を聞く気にはとてもなれなかった。

ややあってスマホが鳴った。功太郎からである。

〝電話にもメールにも応えてくれないから心配してた。土曜日に会えないのは残念だけど、連絡待ってるよ。悩み事でもあるんだったら、遠慮なく僕に言って。何の役にも立たないかもしれないけど〟

〝気にかけてくれて嬉しいです。功太郎さんには何でも話せるので、強い味方だと思ってます〟

億劫《おっくう》だったが、すぐに返信しておいた。

またメールがくると面倒だと思ったが、もうスマホは鳴らなかった。

圭子は、国枝に会ったらどんな話をしようか考えた。探りを入れるようなことは絶対にできないのははっきりしている。しかし、おぼろげでもいいから、謎の形が見えてくるような話に持っていきたい。しかし、どうしたらいいかは見当もつかなかった。

見当がつかないまま、午前零時を回った頃に、国枝にメールを打った。

五

圭子は午後六時半少し前に東京ミッドタウンの前に着いた。国枝はまだ来ていなかった。緊張で掌にじんわりと汗をかいていた。

辺りはすっかり夜の色に染まっていた。

目の前にタクシーが停まった。降りてきたのは国枝だった。

国枝はグレーのツイードのジャケットに黒いパンツを穿いていた。チェック柄のシャツに黒いニットのタイを締めている。履いているのは底の部分だけが白い、スニーカー風の濃紺の靴だった。手にはビジネスバッグを持っていた。

「待たせてごめん」国枝が目尻をゆるめて謝った。

「私も今着いたばかりです」

圭子は国枝の後について通りを渡った。

彼に案内された店は、静かな一角にある小洒落たイタリアンだった。

一度、同伴で来たことのある店だが、圭子は余計なことは言わなかった。

壁が黒い落ち着いた店である。

アペリティフはキール・ロワイアルにした。

乾杯をした後、国枝が言った。「この店、ネットで調べて選んだんだよ。僕は、こういう店をよく知らなくてね」

「素敵な店ですね」

国枝がじろりと圭子を見た。「初めてくる店じゃないんじゃないの。本当のことを言っていいよ」

「はい。だいぶ前に一度来てます。でも、何で分かったんです？」

「店に入った瞬間、そういう顔をしてたから」

「嘘」

「嘘だよ。多分、知ってるんじゃないかと思っただけ」

「初めてじゃないけれど、この店、好きです。静かで落ち着けますから。とてもいい選択だと思います」

「彩奈さんが気にいってる店でよかった」そう言いながら国枝がメニューを手に取

った。

前菜を二品、ふたりで選んだ。酒はグラスの白にした。

この男がなぜ、恐喝に応じたのか。国枝に会っていない時は、そのことばかりを考えているのに、こうやって二人でいると、ふとそのことを忘れそうになった。

一番安心できない相手なのに、一番安心している。圭子はとんでもない矛盾を抱えたまま、バーニャカウダに手をつけた。

「国枝さんは、東京の出身なんですか？」

「生まれたのは秋田だけど、二歳の時に親が札幌《さっぽろ》に引っ越した。でも、そこにも長くはいなかった。親の転勤で転々として、東京に住んだのは大学に入ってからだよ」

「ご両親は今は？」

「ふたりともとっくに死んだよ」そこまで言って、国枝が上目遣いに圭子を見た。

「今日の彩奈さん、ちょっと変だね」

「そうですか？」

「いつもより固い感じがするし、突然、僕の生い立ちを訊いてくるし……」

圭子は目を伏せた。「一緒に食事をするのは初めてだから、緊張してるんです」

「アフターの時は酒が入ってるからリラックスできるんだね」

「多分、そうだと思います。私、人見知りが激しくて」

「で、その後、就職の方はどうなってるの？」

「返事待ちですけど、何も言ってこないところをみると、うまくいってない気がします。でも、いいんです。就職浪人するつもりでいますから」

「出版社に入ることを諦められるんだったら、就職先を探してあげられるんだけどな」

「国枝さんの会社だったら入りたいです」圭子は冗談口調で言った。

「うちか。この間、事務の女の子が辞めたんだけど、新しい人間を採用したばかりなんだ」真面目にそう答えた国枝の表情が和らいだ。「君を僕の秘書にでもできたらいいんだけどな」

「秘書なんて私には務まりません」

「そんなことはないだろうけど、秘書代わりの人間はもういる。男だけどね。君が秘書だったら、楽しいだろうなって思っただけ」

「私も、国枝さんの秘書だったら喜んでなります」

もしも本当に自分が国枝の秘書になったら、謎を解くチャンスが巡ってくるかもしれない。いや、そう簡単には事は運ばないだろう。会社に、個人的な秘密を持ち込むはずはないだろうから。

しかし、何であれ現実に国枝が自分を秘書にすることはないだろう。ホステスだった自分を会社に入れるなんてことをしたら、社員たちに、あらぬ噂が広まるに違いないのだから。

メインディッシュは、ふたりともメカジキのグリルにした。

「僕にはよく分からないんだけど、君の店は儲《もう》かってる方なの？」

「そうでもないみたいです。お客さんが入らない時は、本当に入らないですから」

「寝て商売してるホステスもいるんだろうね」

「どうしてそんなこと訊くんです？　私は絶対にやってませんよ」

「彩奈さんがやってるなんて思ったことはないよ。よくそういう話を聞くから、現実にはどれぐらいあるのかと思って」

「数は分かりませんけど、そういうことをして客を手に入れてるホステスは、うちの店にもいますよ。店を辞めてAV女優になった子もいるし、覚醒剤をやっている客を強請って捕まったホステスもいます」

「客を強請るなんてすごいな」国枝がつぶやくように言った。

圭子は黙ってメカジキの肉片を口に運んだ。

「ホステスや黒服が薬物をやってることもあるのかな」

「うちの店では聞いたことないですけど、あるみたいです」

「そういうことって六本木の店の方が銀座なんかよりも多いのかな」

「そんなことはないですよ。銀座のあるクラブの黒服がみんなでやっていて、全員がクビになったという話を聞いたことがあります」

「そういう店があるとはな。よく考えてみると、恐ろしい世界だね」

「ごく一部に悪いのがいるだけだし、今の話も噂にすぎません」

「彩奈さんは、銀座のクラブで働くつもりはないの？」

「ありませんよ。今の店だって辞めたいって思ってるのに」

「そうだったね。ごめん、ごめん、変なこと訊いちゃって」

「国枝さん、水商売を始める気なんですか？」

「まさか。彩奈さんと知り合わなければ興味すら湧かなかったよ」

「私が知ってることだったら、何でも教えてあげますよ」

「六本木で働いてた子が銀座の店に移ることがあるようだけど、スタッフはどうなの？」

「六本木から銀座に移ったスタッフの方が多いみたい。でも、逆もありますよ。うちの部長は昔は銀座にいたって聞いてますから」

「銀座のスタッフと六本木のホステスが交流してることも珍しくないんだね」

「あると思いますけど」圭子は怪訝な顔で国枝を見た。

「変な質問ばかりしてるね。でも、君のいる世界がよく分からないから、聞きたくなってしまうんだよ」

国枝の言ったことを、そのまま信じる気にはなれなかった。

国枝は一体、何を気にしているのだろうか。恐喝者がホステス或いはスタッフかもしれないと考えているのか。それにしても変である。この間会った時は、そんな質問はまったくしていなかったのに。

圭子は、国枝が金を払った謎を少しでも解き明かしたいと思っているが、きっかけになるような話すらできなかった。

家の近くのマンションで殺人事件があり、犯人が捕まった。普通だったら軽い調子で話題にしてもいいのだが、怖くて触れられない。あの殺人事件と国枝が無関係だったとしても、知られたくないことが、あのマンションにあるようだから。台風の夜のことを話した時、彼は家にいたと嘘をついた。国枝があのマンションで会っていたのは華道教室の講師ではなく、別の人物だったらしい。その人物が、国枝の本当の愛人なのかもしれないが、国枝に女がいるという感じがしないのだ。仮に、あのマンションで国枝が会っていたのが、愛人ではなかったとすると、一体、誰なのだろうか。

謎は深まるばかりだが、自分からは何もできない。圭子は軽い苛立ちを覚えた。

「しかし、日本のホステスクラブのシステムは不思議だな。こういうのってアメリカやヨーロッパにはないみたいだからね」

「昔の外国人のお客は、売春クラブだと勘違いする人ばかりだったみたいです」

「間違えられてもしかたないね」

「私もそう思います」圭子はゆっくりとグラスを空けた。「国枝さんは外国には？」

「僕は行ったことがないんだよ」

「中国や韓国にも」

「うん。実は飛行機が苦手でね。もちろん船でも外国には行けるけど」

「じゃ、国内の出張でも飛行機は使わないんですか？」

「ずっと電車を使ってたんだけど、最近は目を瞑《つぶ》って飛行機に乗るようになったよ」

圭子が短く笑った。「〝目を瞑って飛行機に乗る〟って言い方面白い」

「本当にそうなんだよ。機内では外を絶対に見ないんだ。特に着陸の時は。彩奈さんは外国に行ったことあるの？」

「ありません。飛行機に乗ったこともないです。飛行機が怖いわけじゃないですよ。将来はヨーロッパ旅行をしたいって思ってます」

「ヨーロッパって言っても広いけど、特に行きたい場所はあるの？」

「どこにでも行ってみたいですけど、最初に旅行するとしたらフランスかな。シチリア島にあるアグリジェントの遺跡も訪ねてみたいです。テレビでやってたのを見て、素敵だなって思っただけですけど」

「僕も視た記憶があるな。世界遺産になっているところだよね」

「ええ。国枝さんは海と山ではどちらが好きですか？」

「若い頃は海に憧れてたけど、この歳になると山の方がいいね。人里離れたところで、晴耕雨読の生活を送るのが理想だな」

「国枝さん、軽井沢には行かれたことあるでしょう？」

国枝のフォークとナイフの動きが止まった。

「どうかしました？」

「いや、ちょっと仕事のことで思いだしたことがあってね。大したことじゃないんだけど。ごめん、ごめん」国枝はとってつけたように笑った。「軽井沢ね。縁がなくて行ったことがないんだ。彩奈さんはどうなの？」

「クラスメートにお金持ちがいて、その子の家が軽井沢に別荘を持ってるんです。一昨年のちょうど今頃、彼女に誘われて行きました」

「で、どうだった？」

「とてもいいところでした。彼女の別荘、高台にあって、周りには誰も住んでいなくて、別荘地内を散歩してるだけで、とても気持ちよかったです。もうひとり一緒に行った子は退屈がってましたけど。歩いていけるところにコンビニがないと生きていけない子なんです」

「コンビニがないと生きていけないか」国枝がくくっと笑った。

ふと思いだしたことがあった。口にしようかどうしようか迷った。そのことを話題にするのがちょっと怖かったからである。だが、話してみることにした。

「その別荘で、昔、殺人事件が起こったんですって」

国枝は黙って食事を続けていた。反応がないことに圭子は違和感を覚えた。

「人が殺された別荘を買うなんて、私だったら絶対にできないって思いました。幽霊が出そうな気がして」

「訳ありの物件は安いからね」国枝が淡々とした調子で言った。

「だから、その子のお父さん、買ったらしいです。その友だちに、気にならないって訊いたら、彼女も平気だって言うんです。ちょっとびっくりしちゃった」

「誰が殺されたの？」

「当時の持ち主だっていう話です」

「で、犯人は捕まったの？」

「友だちは、それ以上、詳しいことは何も知らないって言ってました」

「建物、そのまま使ってるのかな」

「らしいです」

「僕も彩奈さんと同じだな。訳ありの物件は買いたくないね」

国枝がメカジキにナイフを入れているのが目に入った瞬間、或る仮説が頭に浮かんだ。

軽井沢で殺人事件があったということを思いださなかったら、考えもしなかった仮説である。

〝国枝悟郎さん、あなたは人殺し。こころ当たりがあるはずだ……〟

この脅迫文に、国枝は反応した。

いつどこで誰を殺したかは分からないが、国枝は人を殺している。だから、金を払う気になったのではなかろうか。

圭子は、華道教室の講師を殺害したのが国枝だと思い込んで、あの脅迫状を出した。とんでもない勘違いだったが、国枝は自分が犯した殺人のことがバレたと思い、金を払った。

こう考えると辻褄《つじつま》が合う。

なぜ、こんな単純なことに気づかなかったのだろうか。やはり、動転していたからだとしか言いようがない。

　国枝が誰を殺したのか知る由もないし、調べるつもりもない。国枝が殺人事件を起こしてさえいれば、圭子の不安は大方解消される。

「どうしたの？」国枝が圭子を覗き込むようにして見ていた。

「え？」

「ひとりで笑ってたように見えたから」

「私、笑ってました？」

「うん」

「やはり、国枝さんといると幸せな気分になるみたい」

　国枝はじっと圭子を見つめていた。気圧された圭子は視線を逸らした。

「明日は同伴入ってるの？」

「いいえ」

「毎晩じゃうざいかな？」

「国枝さん、明日も同伴してくれるんですか？」

「彩奈さんさえよければ」

「ありがとうございます。そうしていただけると助かります」

「僕にとって、彩奈さんと会うのは、同伴でもアフターでもない。デートのつもりなんだよ」国枝が照れくさそうに言った。

「私も。私たちの間では、同伴とかアフターとかいう言葉を使うのはやめましょう」

国枝が目を細めて微笑み、大きくうなずいた。

八時十五分頃、圭子たちは店を出た。その夜、国枝は一時間ほど店にいて帰っていった。ちょっと気になることがあった。国枝は、仕事中の黒服に視線を向けることが多かった。

何を気にしているのか。やはり、恐喝者が誰かということと関係しているのかもしれない。

翌日も、圭子は国枝と夕食を共にし、一緒に店に入った。

「国枝さん、彩奈ちゃんに夢中だな」圭子をスカウトした黒服にそう言われた。

国枝は本当に自分に夢中なのだろうか。そんな感じはまるでしなかった。自分に対して男のニオイを出したことは一度もなかった。

「明日は土曜日だから、お休みだよね」国枝が、他のホステスがいなくなった時に訊いてきた。

「はい」

「丸の内にあるライブハウスで行われるコンサートのチケットをもらったんだけど、彩奈さんと一緒に行きたいと思って」

「誰のコンサートなんです？」

「それがね」国枝が申し訳なさそうな顔をした。

そのコンサートは、昔のフォークシンガーたちが集まって開くものだった。つまり、シニア向きのコンサート。

「……彩奈さんにはつまらないだろうから、断ってくれてもいいんだよ。自分でも、若い君を誘うなんてどうかしてると思ってるんだから」

彩奈は七〇年代に流行ったようなフォークソングやニューミュージックにはまるで興味がなかった。

しかし、はにかみながら誘ってきた国枝を見ていたら、付き合ってもいいという気になった。

「食事はそこで摂れる。時間を気にせずに彩奈さんと夕食を共にしたい。コンサートが終わったら一杯飲みにいこう」

「そうしましょう」

このようにして、圭子は国枝と三日続けて会うことになった。

連れて行かれたライブハウスはシニア向きの店で、若い客は極めて少なかった。

しかし、コンサートは思ったよりも楽しかった。聴いたこともない曲が大半だったが、トークも面白く、退屈することはなかった。

そのことを次に寄ったバーで国枝に伝えた。国枝は目を細めて微笑んだ。本当に嬉しそうな笑みだった。

国枝と自分の関係を忘れて、圭子は寛《くつろ》いでいたが、家に戻ると、暗い思いがむくむくと胸に湧き上がってきた。

国枝が自分と頻繁に会うようになったのは、あの恐喝事件と関係があるのではないのか。

自分が恐喝者だと疑っているのか。いや、そんなはずはない。自分の中に巣くっている恐怖心が生み出した妄想に決まっている。

圭子はそう自分に言って、不安を打ち消そうとした。

六

田口から電話があったのは、翌週の月曜日のことだった。

「圭子ちゃん、すまない」開口一番、田口が謝ってきた。

「例の件、駄目だったんですね」

「君がどうのこうのってわけじゃないんだ。社長に会って話したら、今年中に会社を閉めるって言われた。かなりの負債があるらしい。そんな出版社を勧めた責任は僕にある。他にも当たってみるから、もう少し待ってくれないか」

会社が潰れる。それでは話にならない。

「それじゃしかたないですね。でも田口さんの親切には深く感謝しています」

「役に立てず申し訳ない」

「いいんです。気にしないでください」

「話は変わるけど、今夜、店に寄ってもいいかな」

「……」

「照れくさいの？」

「ちょっとね」

「気にしなくていいよ。僕の同僚で、今、週刊誌の部署にいる編集者が、君の店を時々使ってる。彼と一緒に行くから、店が終わったら一杯飲もう」

「いいですけど、あまり長い時間は……」

「好きな時間に帰してあげるよ」

断れる話ではないので、受けるしかなかった。

田口が、就職先を探してくれているのは間違いない。だから大事にしておくべき人物だろう。だが、田口が自分に言い寄ろうとしているのは見えている。面倒なことになったものだと、圭子は深い溜息をついた。

田口が、週刊誌の編集部にいる宮西《みやにし》という男と一緒に店に現れたのは、午後十一時を回った頃だった。

宮西は店に来ているということだが、圭子は顔を覚えていなかった。宮西の係は、蓮《れん》というベテランのホステスだった。

田口が圭子に宮西を紹介した。そして、耳許でこう言った。「宮西には、君のことは話してある」

圭子はちょっと困った顔をした。

「信用できる奴だから大丈夫。それに彼は業界のこと、僕よりも詳しい。ここにくるまでも、君の就職の話をしておいた」

圭子は礼を言ったが、自分が水商売をやっていることが業界の人間に知れていくことが嫌だった。

「功太郎とは会ってる?」田口が訊いてきた。

「いえ。メールと電話だけです」

「俺がここに来たことが分かったら、奴は焼き餅焼くかもしれないな」

「そんなことはないと思いますけど」

「しかし、圭子ちゃん、いや、ごめん、彩奈ちゃんは綺麗だな」

田口は、遊び慣れているようで、背もたれにゆったりと躰を預け、眉をゆるめ、圭子をじっと見つめた。昼間会った時とはまるで違う雰囲気である。

宮西に卒論のテーマを訊かれたので、正直に答えた。

「太宰か。懐かしいな」

「そう言えば、宮西は東大の文学部で卒論は坂口安吾《さかぐちあんご》だったんだよな」

「彩奈ちゃんには悪いけど、太宰より安吾の方が断然面白いよ」

「私、安吾も好きですよ」

「宮西さんって東大なんだ。頭、無茶苦茶いいんだね」

蓮が宮西の煙草に火をつけながら言った。しかし、心から驚いたり、感心している感じはしない。

ホステスで、客の学歴に興味を持つ者は滅多にいない。彼女たちが気にしているのは懐具合だけだと言っていいだろう。高校もろくに出ていなくてもシャンパンをばんばん抜いてくれる客の方が、東大卒で普通のウイスキーを飲んでいる男よりも価値が高いということだ。

話題はゲームに移った。それぞれが嵌まっているゲームについて話した。ゲームをほとんどやらない圭子は聞き役に回った。

閉店時間がやってきた。宮西が蓮をアフターに誘ったが、蓮は先約があると言って断った。

勘定は宮西がカードで払った。総務の田口では落としづらいが、週刊誌にいる宮西なら何とでもなるのだろう。

圭子はてっきり三人でどこかに飲みに行くのだと思っていたが、そうはならなかった。外に出ると、宮西は「寄りたいところがあるから」と言って去っていった。

圭子とふたりになった田口は、空車に手を上げた。

「どこに行くんです？」

「銀座」

「電話でも言いましたけど、そう長くは」

「分かってるよ」

蓮を誘って断られた宮西が、寄るところがあると言ったのは口実だった気がしないでもなかった。田口が、あらかじめ宮西に、遠慮しろと言っておいたのかもしれない。

タクシーに乗ってほどなく田口が訊《たず》ねてきた。

「圭子ちゃん、ホステスのアルバイトをやって何年？」

「二年半をすぎました」

「そのわりには水商売のアカが全然ついてないね」

「そうですか？　自分じゃだいぶ染まった気がしてるんですけど」

「見た目は派手だけど、話し方が素人くさくていいよ」

「演技が下手なんです」

「うまくなる必要なんかないさ」

そんな話をしているうちにタクシーは銀座に着いた。

田口に連れていかれたバーは、七十代と思える白髪の男がひとりでやっている、カウンターだけの店だった。

仕事を終えたばかりのホステスらしい女がひとりで飲んでいた。

田口はウイスキーのストレート、喉が渇いていた圭子はビールを注文した。

「この店には、ひとりで飲みにくることが多いんだ」

「田口さんの隠れ家的なお店なんですね」

「まあ、そういうことになるかな。僕は六本木よりも銀座の方が好きでね」

「六本木はがちゃがちゃしてますからね」

「客がロートル化して、銀座の店も大変らしいけど、やっぱり、銀座は落ち着ける」

「銀座のホステスさんって、六本木に比べたら年齢層が高いでしょう？　田口さんはキャバ嬢みたいな女の子がきゃあきゃあ言ってる店は苦手なんですね」

「そうなんだよ。僕よりも年上のホステスが多いけど、僕は歳に拘りはないから。

それに銀座のクラブには学生の頃から通ってたから馴染むんだ」

「学生の頃から銀座通いですか？　それはすごい」

「親父が僕を連れてきたんだよ。今でも親子二代で通ってる店がある」

「お父様、おいくつ？」

「六十七だよ」

「素敵ですね。父親と息子が同じクラブで飲むなんて」

田口が含み笑いを浮かべ煙草に火をつけた。「親父の秘密もいくつか知ってるよ」

「田口さん、東京出身ですよね」

「うん」

「東京のどこですか？」

「田園調布。僕はそこには住んでないけどね」

「じゃ高井さんって家、知ってます？」

「よくは知らないけど、功太郎から聞いてる」

「私のクラスメートの家なんです」

「そうだったの」

「田口さんの家もお金持ちなのね。田口さんの会社って、やっぱり家がよくないと入れないのかしら」

「それは誤解だよ。契約社員から正社員になった奴もいるんだから、家は関係ない」

「来年でもかまわないですから、契約社員の口が空いたら、私、田口さんの会社に入りたいです」

「人事担当の役員には、君のことすでに話してある。うまくいくかどうか分からないけど」田口はグラスを一気に空け、お代わりを頼んだ。

圭子は礼を言った。

田口のグラスに酒が注がれた。田口はグラスを軽く握ったが口はつけなかった。

「圭子ちゃん、付き合ってる人、いないって言ってたね」

「ええ、まあ……」

「曖昧な答えだな。前にはいないってはっきり言ってたのに」

「田口さん、どうしてそんなこと知りたいんです？」

「三十四歳の男と付き合ってみる気はないかと思って」田口は正面を見たまま、はっきりとした調子で言った。

「つまり、田口さんと……」

「僕は君が気に入った。僕と付き合ってみないか。自分で言うのも何だけど、君を愉《たの》しませることはできると思う」

「田口さん、女に手が速そうですね」

「功太郎が何か言ったんだな」

「彼は何も言ってません。私の印象です」

「あいつが余計なことを言ったんだろうけど、僕は普通だよ。あいつが、そういうことに奥手だから、僕が速く見えるだけさ。いきなり言われても、はい、そうしますとは答えにくいだろうけど、ふたりで愉快に遊ぶぐらいの気持ちを持ってくれると嬉しいんだけど」

「田口さんって素敵です」

田口が圭子を見て、苦笑した。「それって、断るための常套句《じょうとうく》かい？」

「違います。本当にそう思ってます。私、はっきり物を言う人が好きです。こういうことをあっさりと清々しく言える人は滅多にいないと思います。でも、私、田口さんとお付き合いする気にはなれません」

「なぜ？　僕に妻子があるから？」

圭子は首を横に振った。

「さっき、付き合ってる人について訊いた時、ええ、まあって答えたよね。その時、誰かが頭に浮かんだよね」

「……」

「それって功太郎？」

圭子は思わず噴き出してしまった。「違いますよ」

「じゃ、お客さんの誰か？」

圭子は黙ってしまった。

「どんな人？」

「静かで優しい人です」

「静かで優しい男は、ああいうクラブに出入りしないはずだけどな」

「お友だちに付き合ってお見えになるんです」

「口説かれてるの？」

「いいえ。私が一方的にちょっといいなって思ってるだけです」

田口が苦笑した。「その人のことを話してる時の顔、本当に楽しそうだね」

圭子はグラスを口に運んだ。

〝お客さんの誰か？〟という質問で、即座に浮かんだのは国枝の顔だった。

自分の恐喝の相手。殺人者に違いない男。そんな国枝を念頭において、話をしている自分が不思議に思えた。しかし、ちっとも不自然ではなかった。

国枝の動向を知りたい。故に彼と一緒にいようとしているのは事実だが、彼に身を委《ゆだ》ねているような気分を抱くこともあった。この間、六十代半ばもすぎたフォークシンガーたちのコンサートに行った際、そのことを強く感じた。田口や功太郎と一緒にいても、そういう気持ちになったことはない。国枝が、父親の世代の男だということもあるからだが、それだけではなさそうだ。国枝には人を包み込むような温かさを感じるのだった。

人を殺しているはずの人間が温かいはずはない。国枝の醸し出す雰囲気は、冷酷さを隠すための演技なのかもしれない。その演技を長い間、続けているうちに、嘘が本当に化けた気もしないでもない。

しかし、人間は矛盾だらけの生き物である。優しい心と残忍な気持ちが、分かちがたく結びついている場合も珍しくないはずだ。

いずれにせよ、圭子は緊張しつつも、国枝と同席することが好きだった。自分は国枝に惹《ひ》かれているのだろうか。よく分からない。ただそっと寄り添っていたい気持ちを持っていることは間違いなかった。

大きな誤解、思い込みから、圭子は国枝を恐喝した。国枝には暗い過去があり、脅迫に応じた。結果、圭子は恐喝という犯罪を犯した。国枝と自分は同じ犯罪者なのだ。そこに親近感を覚えるという、奇妙な心理状態が生まれてきたことを、何となく彼女は意識した。

「客に片想いか」田口が、大袈裟に肩をすくめてみせた。

「片想いというほどの気持ちはありませんけど、ともかく、今は誰ともお付き合いする気分ではないんです」

「圭子ちゃんの気持ちはよく分かった。僕はあっさりしてる性格だから、これ以上しつこくはしないよ。安心して」

「私、田口さんのこと信用してます」

「あまり信用されるのも、男として何だかなあって思うけど、まあ、いいや」

田口の誘いを断ったことで、彼はもう、自分の就職活動に協力的でなくなるかもしれない。それも致し方ないだろう。

グラスを空けた田口がもう一杯だけ付き合ってほしいと言った。

誘いを断った手前もあり、すぐに帰るとは言いだしにくかったので、圭子はグラスの赤を頼んだ。

バーのドアが開いて、男が入ってきた。

キャメル色のジャケットにオフホワイトのパンツを穿き、サングラスをかけていた。

ひとりで飲んでいた女が肩越しに男を見た。「常務じゃないですか？」

「アッコか。ひとりで飲んでるなんて珍しいな」

男はかなり酔っているようだった。

「今日は店が暇だったの。常務がこの店に来てるなんて知らなかった」

「マスターとは昔からの知り合いでね。あ、そうだ、ひとつ言っておくけど、俺、店、辞めたから」

「独立を考えてるのね」

「まあ、そんなとこだ」そう言いながら、女の隣に座りかけた男が、田口の方に目を向けた。

田口が軽く会釈をした。男は女の横には座らず、田口のところにやってきて、サングラスを外した。そして、髭を生やした顎を少し上げ、厚ぼったい唇を半開きにして、田口に微笑みかけた。

「和正じゃないか」

「お久しぶりです」

男は圭子をじろじろと見つめた。くりっとした目はどんよりしていて、ちょっと怖い感じのする男だった。

「店はどこ?」男が訊いてきた。

横柄な口のきき方に、圭子はむっとした。

「この子、銀座の子じゃないんですよ」田口が言った。

「じゃ六本木か」

「はい」答えたのは圭子自身だった。

店の名前を訊かれたので、圭子は居直って、男に名刺を渡した。

男は名刺を見てにやりとした。「黒木《くろき》んとこにいるんだ」

黒木とはスタッフのひとりで肩書きは部長である。

「俺は、和正の幼馴染みなんだ。と言っても、俺の方がずっと年上だけどな」

田口が男を紹介した。

名前は結城輝久と言った。

結城輝久は、田口の隣に腰を下ろし、水割りを頼んだ。

田口はちょっと迷惑そうな表情をしてから、顔を作って口を開いた。

「結城さんはね、僕の兄貴の小中学の時のクラスメートで、一時、僕が所属してた少年野球チームの主将だったんだよ」

「そんなこともあったな」結城輝久は投げやりな調子で言い、遠くを見つめるような目をした。

七

田口を幼馴染みの男に任せて、先に失礼しようと思った圭子はグラスを空けた。

「田口さん、私はこれで」

「一緒に出るよ」

「和正、冷たいじゃないか。俺はきたばかりだぜ。何十年ぶりかで会ったのに」結城輝久と名乗った男が、田口を引き留めた。

「でも、彼女が帰ると言ってますから」

結城輝久が目の端で圭子を見た。「田口は、君のお客さんだろう?」

圭子は目を伏せた。

「違うのか。ふたりは付き合ってるってこと?」

「違いますよ」田口が慌てて口をはさんだ。「彼女の店に寄った帰りです」

「じゃ、やっぱり、この人は客じゃないか」そこまで言って、結城輝久は、圭子の渡した名刺にまた目をやった。「彩奈ちゃん、客に最後まで付き合うのが礼儀だよ」

「でも、おふたりには、いろいろ昔話があるんじゃないかと思って」

「あろうがなかろうが、お客さんが帰るというまでは、黙って座ってればいいんだよ。それに、俺は彩奈ちゃんにも話があるし」

「私にですか?」

「うん」

「どんな話です?」

「ともかく、もう少しここにいなよ」

田口が圭子を見た。そして、申し訳なさそうな顔をしてこう言った。「もうちょっとだけ付き合って」

そう言われたら留まるしかなかった。

「お前、今、何をやってるんだ」結城輝久が田口に訊いた。

田口も、結城輝久に名刺を渡した。

「一流の出版社に勤めてるんだな。お宅の社員、銀座でもよく飲んでるよ」

「結城さんの方は？」

「何もしてないよ」そう言った結城輝久の目に卑屈な色が浮かんでいた。「大学を辞めてから、いろんな商売をやってきたが、ここ十年は銀座のクラブで働いてた。この間までは、或るクラブの常務をやってたけど辞めた。店を変わるのはこれで四軒目かな」

しばし沈黙が流れた。

「私にお話というのは」圭子が口を開いた。

結城輝久がマスターに目を向けた。「彼女に同じものを。俺の奢りだからね」

もう一度同じ質問を繰り返そうとした時、結城輝久が、澱《よど》んだ目で圭子を見た。

「ぶっちゃけ、稼ぎはどう？」

「私、ヘルプですから、売り上げはほとんどないです」

「同伴は?」

「最近、全然駄目なので、店からいろいろ言われてます」

「でも、気にしてないんだね」

「そんなことないですよ。クビになったら困りますから」

「結城さん、彼女、まだ学生なんですよ」田口が言った。はらはらしているのは明らかだった。

「贅沢がしたくて、ホステスになったの?」

「そんなんじゃないんです」田口が、簡単に圭子のことを話し、彼との関係も教えた。

「へーえ、授業料も生活費も全部、自分で賄ってるのか。見上げたもんだな。奨学金って、いずれは返さなきゃならないんだろう? 今はサラ金みたいに取り立てが厳しいそうじゃないか」

「だから、早くきちんとしたところに就職しなければならないんです」

「田口のいる出版社は給料が良さそうだけど、落ちたんじゃしょうがないよな。ホステスを続けてる方が稼げるよ」

「私、水商売に向いてないみたいです」

「向いてない女が成功した例はいくらでもある」そこまで言って、結城輝久はまたあけすけに圭子を見つめた。「若いけど、彩奈ちゃんは銀座に向いてる」

「銀座は敷居が高すぎます」

「来年には新しい店を仲間と出すつもりなんだ。そん時は、彩奈ちゃんに来てもらいたいね」

「……」

「その前に、銀座の店で修業しないか。いい店があるから紹介するよ。ノルマの厳しくない店だよ。上場企業が裏でやってるクラブだから」

「結城さん、この子をお水の道に引っ張らないでくださいよ。編集者を目指してるんですから」

「そうは言っても就職口が決まってないんだろう。とりあえず、銀座に移ってだな……」

田口が結城輝久の言葉を遮った。「結城さん、スカウトをやってるんですか」

「いい子がいたら紹介してくれって、あちこちから頼まれてるんだ。俺、ものになるホステスを見つけるのが得意でね。数年前に見つけた女の子は、営業なんか全然しないのに客がつき、今はナンバーワンになってる」

結城輝久は自慢げに言い、グラスを空けた。感じの悪い男である。

言っていることが本当であろうがなかろうが、こんな男の口車に乗って、店を変えるなんてあり得ない。

ひとりで飲んでいたホステスが立ち上がった。「結城さん、お先に」

「しっかり稼げよ」

「いろいろあるから、今度相談に乗って」

「いつでも連絡してこいよ。今は暇だから」

「じゃ、明日、電話するね」

女は帰っていった。

「新しい店を出すって言ってましたが、すごいな。お金、かなりかかるんでしょう?」ややあって田口が口を開いた。

「ひとりでやるのは無理だよ。仲間と資金を出し合うことにしてる」

「結城さんとこは家がお金持ちだから、ひとりでも何とかなるんじゃないんですか?」

結城輝久がじろりと田口を見た。「うちが金持ちだったのは、ずっと昔の話。お袋はそれなりに持ってるが、俺のために使うことはないね。資金は自分で作ってる」

クラブの常務をやってるくらいで、まとまった金が用意できるのだろうか。地味に貯め込んでいれば可能かもしれないが、貯金に励むタイプにはまるで見えない。金持ちのぼんぼんにでも取り入って、金を出させる算段をつけたのかもしれない。

いずれにせよ、圭子には関係ない。田口が早く話を切り上げてくれることばかりを願っていた。

結城輝久が煙草を口にくわえ、ライターを手に取った。しかし、火はつけなかった。ライターを手で弄びながら、正面を向いたままこう言った。

「和正、お前の会社の週刊誌で、未解決事件を取り上げたりはしないのか」

「僕が週刊誌にいた頃、一度やりましたよ。お宮入りになってる殺人事件を特集したんです」

「俺の親父がどうして死んだか知ってるよな」

田口は目を逸らし、小さくうなずいた。

「事件は時効になってるが、犯人はまだ捕まってない。そういう事件の特集を組むことはできないか」

「そんなこと僕に言われても。僕は今は総務の人間ですよ」

「でも、編集長に一言ぐらい言うことはできるだろうが」

田口は口を半開きにして、口許をゆるめた。「今の編集長は独裁者。人の言うことなんか聞きません」

「結城さん、犯人を見つけたいんですね」田口が小声で言った。

結城輝久の父親は殺されたらしい。圭子はびっくりしたが、顔には出さず、グラスに口をつけた。

「当たり前だろうが。あの男はどこかでのうのうと生きてる。それを考えるだけで腹が立つ」結城輝久が言葉を嚙みしめるような調子で答えた。

「でも、もう死んでる可能性もありますよ」

結城輝久は煙草に火をつけた。そして、圭子を見て、眉をゆるめた。「彩奈ちゃんに聞かせるような話じゃないな」

「お父さんが殺されたんですか？」

「二十数年前に軽井沢で」

「軽井沢で？」自分でも驚くほど声に力が入っていた。

結城輝久の目つきが変わった。「どうしたんだい。何か知ってるのか」

「何も知りません。でも、友だちが軽井沢に別荘を持っていて、二年ほど前に、そこに泊まりがけで遊びにいったことがあったんです。その友だちが、ここで昔、人が殺されたって言ったのを思いだしたものですから」

「何ていう別荘地だった？」

「そうか。駄目か」

圭子は思いだすのに時間がかかったが、何とか答えることができた。

「長い石垣がある平屋の別荘だったか」

「ええ」

「君が泊まった別荘は間違いなく、昔、うちのものだったもので、親父が殺されたところだ。彩奈ちゃんと俺は縁があるな。俺が子供の頃、親と一緒に行ってた別荘に入ってるんだから」

そんなことで親しみを感じられても困る。そう思ったが、当然、口には出さなかった。しかし、また殺人の話を耳にすることになった。なぜか国枝の顔が目に浮かんだ。

「親父が生きてたら、会社は倒産せずにすみ、俺は今頃、後を継いでたんだけどな」結城輝久はつぶやくように言った。

「犯人は分かってないんですか?」圭子が訊いた。

「分かってる。だけど、逃亡し、見つからないまま時効になってしまった」そこまで言って結城輝久はジャケットの懐から財布を取り出した。「面白いものを彩奈ちゃんに見せてやろう」

結城輝久が圭子に渡したものは新聞の切り抜きだった。

「そこに犯行現場の写真が載ってる。君が入った別荘だと思うよ」

圭子は折りたたまれていた新聞を開いた。

一九九〇年三月三十日、と端っこに手書きで書かれていた。

『　軽井沢の別荘で殺人

容疑者は出入りの業者

二十九日午後五時ごろ、長野県北佐久《きたさく》郡軽井沢町長倉《ながくら》の別荘で、東京都大田《おおた》区田園調布に住む、持ち主の結城源之助《げんのすけ》さん（六七）が、書斎で倒れているのを家族が見つけ、一一〇番通報した。部屋には争った跡があり、部屋にあった鈍器で、結城さんは撲殺された模様。騒ぎを聞いた結城さんの息子（一四）が、書斎に駆けつけると、ブロンズ像を手にした男が、倒れている結城さんの傍に立っていた。男は息子に気づくと、ブロンズ像を捨て逃走した。逃げ出した男は、当地で電気屋を営んでいる下岡浩平容疑者（二九）と判明した。下岡容疑者は、犯行後、家に立ち寄ったがすぐに姿を消した。長野県警は軽井沢署に捜査本部を設置し、下岡容疑者の逮捕状を取り、七十人態勢で、行方を追っている。

下岡容疑者は、結城さんの別荘に出入りしていた業者で、結城さんの妻（四一）と親しい間柄だったようだ。警察は妻からも詳しい事情を訊き、動機の解明に当たっている』

写真が三枚、掲載されていた。

圭子はまず犯行現場となった別荘の写真を見た。確かに自分が泊まった別荘だった。

被害者は目つきの鋭い陰気な感じの男で、容疑者は若い男だった。

新聞の折り目が容疑者の顔の真ん中に走っていて、シワになっていた。圭子はシワを伸ばした。

二十九歳よりも若く見える、頬のふっくらとした男だった。

誰かに似ていると気づくのに少し時間がかかった。もう一度シワを伸ばし、穴の空くほど容疑者の顔写真を見た。

鼓動が激しくなり、顔がかっと熱くなった。手が震えそうになっている。圭子は切り抜きをカウンターにおき、座っていたスツールの端を握った。

写真の人物は国枝悟郎。今の彼とはかなり違っているが、彼に違いないと思った。

ぼんやりとしていた圭子を田口がじっと見つめた。「どうしたの、顔が青いよ」

「私が泊まった別荘です」圭子の声が震えていた。

「それだけのことで驚いたのかい」

結城輝久の目に疑いの色が波打っている気がした。

「こうやって写真で見たら、どきりとしてしまって。新聞に載ってる息子って結城さんのことですよね」

「そうだよ」結城輝久は事もなげに答えた。

「それにも驚いてしまって。お父さんが殺された現場を十四歳の少年が見たというのは……」

「衝撃的だったよ。だけど、死んだ親父は実父じゃなかったから、親父の死を悼《いた》む気持ちはあまりなかったな」

「お母さんが犯人と親しかったみたいなことが書かれてますけど」

「親父は車の事故が原因で車椅子生活を送ってた。お袋は親身になって世話してた。けど、欲求不満が溜まってたんだろうな、他にも男を作って遊んでた。犯人の電気屋も、お袋に誘われて密会してた相手なんだよ。親父は探偵を雇ってお袋の行動を監視してた。探偵が密かに撮ったビデオを、親父は浮気相手の電気屋に見せたらしい。それが原因で争いになり、電気屋は、近くにあったブロンズ像で親父を殴り殺してしまったんだよ」

「今も、この切り抜きを持ち歩いているってことは、この二十数年間、犯人を自分で探そうとしてきたからですか？」田口が訊いた。

「時効になっても、奴の居場所は見つけ出したい。週刊誌で取り上げてくれたら探しやすくなる。だから、さっき頼んだんだよ。でも、無理そうだから諦めた」そう言って、結城輝久は一気にグラスを空けた。

「田口さん、そろそろ」圭子が言った。

田口が腕時計に目を落とした。「もうこんな時間か。結城さん、俺たちはこれで」

「連絡先の交換をしておこう」

ふたりはスマホの番号とメールを教え合った。それが終わった時、結城輝久が圭子に言った。

「君の番号とメルアドも教えて。店のことで連絡することがあると思うから」

圭子は気が進まなかったが、彼は店の黒木部長の知り合いである。断るわけにはいかなかった。

田口と圭子の飲み代も結城輝久が払うというので、圭子は礼を言い、腰を上げた。

「黒木によろしく言っておいてくれ」

「はい」

圭子は田口と共にバーを出た。

「送っていくよ」

「田口さんの住まい、聞いてなかったですよね」

「西武《せいぶ》新宿線の鷺ノ宮《さぎのみや》なんだ。通り道じゃないけど、そう離れてもいない。どうせ、タクシー代は会社に請求するから」

圭子は送ってもらうことにした。

もう少し結城輝久について田口に聞いてみたかった。なぜ、そんな気持ちになったのかは自分でも分からない。結城輝久のことを国枝に教えることはないのに。

外堀通りでタクシーに乗った。

運転手に高速を使うように指示してから、田口はふうと息を吐き、圭子に目を向けた。

「ごめんね。変な男に引き合わせてしまって」

「田口さんのお友だちだとはとても思えない人でしたね」

「友だちなんかじゃないよ。家が近くで、小学校に上がる前から、あいつのことは知ってた。それだけ。僕の兄貴と同じ歳だったから、うちにも時々、遊びにきてたしね。手癖が悪い奴で、うちにあった玩具《おもちゃ》を盗んでいったことがあった。後であいつのお袋が、返しにきて平謝りに謝ってたのを覚えてる」

「家が金持ちだったみたいなことを言ってたけど、違うの？」

「さっきあいつが言ってた通り、親父とは血の繋がりはないんだ。母親の連れ子。何か満たされないものがあったんだろうな。野球は熱心にやってたけど、その頃からグレてたね。何度も補導され、高校も二度クビになったって噂で聞いてた。さっき大学に行ったようなことを言ってたけど、本当かどうか分からないな」

タクシーは霞が関から高速に乗った。

「お父さんが殺されたことで、会社が駄目になり、生活ががらりと変わったとしたら、可哀想《かわいそう》ね」圭子はつぶやくように言った。

「可哀想がることなんかないさ。あそこの親父は地上げ屋みたいなものだったんだよ。親父が死んだことよりも、バブルが弾けたことが倒産した原因なんだ」

「お母さんが出入りの電気屋さんと浮気をしてた。すごい話ね」

「子供の頃に顔を見ただけだから、よくは分からないけど、あいつのお袋、綺麗な人だったよ」そこまで言って、田口がシートから躰を起こし、圭子に顔を向けた。

「圭子ちゃん、あいつに興味あるの？」

「ないですよ。でも、私が二年前に泊まった別荘が、あの人の父親が殺された場所だったからちょっと気になっちゃって」圭子は笑って誤魔化した。

田口がシートに躰を戻した。「しかし、驚いたな。あんな昔の新聞の切り抜きを持ち歩いてるなんて」

「私もびっくりした」

「週刊誌を使って探そうなんて、突拍子もないことを言い出すしな」

「お父さんを殺した犯人だから、時効になっても見つけたいんでしょうよ」

田口が首を傾げた。「あいつ、何か企んでるのかもしれないないな」

「企むってどんなことを？」

「犯人を見つけて、金を持ってたら強請るとか。自分ひとりで探せないものだから、週刊誌を利用しようと思いついたのかもしれない」

「週刊誌に出て、犯人が見つかったら、強請れなくなるじゃない」

「まあ、そうだけど、僕を使って、週刊誌に入ってきた情報を訊き出そうと考えたのかもしれない。一か八かの賭けみたいなものだけど、あいつには手立てがないから、そう言ってみたとも思えるね。義理の父親とはうまくいってなかったみたいだから、気持ちの問題で探してる気はしない。しかし、圭子ちゃんが泊まった別荘が、輝久の親父が殺されたところだったとはね。これってすごい偶然だな」

圭子はすぐには返事ができなかった。

「そんなに気になる？」

「別に。でも、何だか変な気持ちがして」

「圭子ちゃん、案外デリケートなんだね」

「私、すごく神経質なところがあるんです」

「でも、そういうところがまた可愛いな」

女だから、可愛いと言われて悪い気はしないが、何でもかんでも、可愛いの一言ですましてしまう男にはうんざりすることがある。好きな男に、そう言われたら別なのだろうけれど。

「輝久、君に目をつけたみたいだけど、気をつけてね。分かったと思うけど、あまりタチのよくない男だから」

「正直に言って、ああいうタイプの人って苦手です。あの人の誘いになんか絶対に乗りません」

「でも、あいつしつこいよ、きっと必ず連絡してくると思う」

「連絡があっても相手にしません」圭子はきっぱりと言い切った。

タクシーは新宿で高速を離れ、青梅街道を走っていた。

「君の就職のこと、これからも気にかけて、いろんな人に訊いてみるよ」

「よろしくお願いします」

「圭子ちゃん、付き合い云々《うんぬん》は別にして、僕とまたゆっくり会ってくれる？」

圭子は小さくうなずいた。

やがて、華道教室の講師が殺されたマンションの前にタクシーがさしかかった。

圭子は、田口に背を向けるようにしてマンションを見た。

「何か気になることでも」田口が訊いてきた。

「ただぼんやりしてただけです」躰を元に戻した圭子は田口に微笑みかけた。

「マンションはどの辺？」

「次の次の信号のところで降ろしてください」

「家の前まで送るよ。こんな時間だから、何かあったら大変だから」

田口にならマンションの場所を知られてもかまわないだろう。圭子はマンションの詳しい場所を運転手に告げた。

タクシーがマンションの前で停まった。

「今夜はいろいろありがとうございました」

「また連絡するね」

「はい。お休みなさい」

タクシーを降りた圭子は、田口に頭を下げ、マンションに向かった。

部屋に入ると、圭子はベッドに仰向けになった。部屋が冷え冷えとしていたので、リモコンでエアコンをつけた。それからピョン太を抱きしめた。

田口のことも就職のことも頭になかった。

国枝のことしか考えていなかった。

下岡浩平。国枝の本名を知った圭子だが、彼女にとっては、彼はあくまで国枝悟郎だった。

国枝が軽井沢の電気屋の主人で、結城輝久の母親と関係を持っていた。そのことが原因で、彼は、輝久の義父を殺した。

大きな勘違いから、自分は国枝に脅迫状を送ってしまったが、国枝はそれに応えて、金を払った。

その理由が今夜、はっきりした。圭子を不安にさせていた謎が解けたわけだ。謎が解ければ、すっきりすると思っていたが、霧が晴れ陽射しが現れるようなことはなかった。

自分が何を気にしているのか分からなかった。

しかし、それにしても、この間、国枝と食事をした際、軽井沢の別荘で起こった殺人事件を話題にした。国枝はすぐには何のリアクションも起こさなかった。圭子はそのことに違和感を覚えた。

国枝は内心、うろたえていたに違いない。

しかし、何という巡り合わせだろうか。

軽井沢で起こった殺人事件の被害者の息子が、結果的に国枝の正体を教えてくれたようなものなのだから。

自分が泊まったあの別荘で、国枝が主を殴り殺した。

信じられない。

国枝を殺人犯と決め込んで恐喝したくせに、軽井沢の事件を知った時は、国枝には人は殺せないと思った。大いなる矛盾である。

馬鹿みたい。圭子は心の中で自分を笑った。

少年だった輝久が、国枝が倒れている義父の傍に立っているのを目撃した。その後、彼は凶器のブロンズ像を捨て、逃げ出し、行方をくらました。

国枝以外に犯人はいない。そう思っても、怖くなるどころか、心のどこかで彼に同情している。

殺された男が悪い奴で、国枝は運悪く、凶行に及んでしまった。圭子はそんな風に考えていた。いや、考えようとしていた。

自分が国枝に抱いた印象は、殺人犯とはほど遠いもので、その印象を変えることはできなかった。

国枝に同情的になったのは、他にも理由があった。結城輝久という男の感じがとても悪かったからである。

輝久は国枝を探している。あの男に国枝が発見されるなんてことが起こったらどうしよう。圭子が心配することではまるでないのに、気が揉《も》める。

圭子の頭は完全に混乱をきたしていた。

八

　国枝が店に来たのは、その週の金曜日だった。ひとりではなかった。歯科医の美濃部と一緒だった。美濃部はシャンパンを注文した。自分の客が高い酒を飲んでくれれば売り上げが上がる。係の真美は満面に笑みを浮かべていた。

　美濃部はすでにかなり酔っていた。銀座のクラブに寄ってからきたという。

「僕はね、六本木よりも銀座の方が好きだけど、この店は別だ。真美がいるから」

　美濃部はそう言いながら、隣に座っている真美の手を握った。

「先生の娘の結婚が決まったらしい。半分嬉しくて、半分寂しいから、酔ってるんだよ」国枝がこっそりと教えてくれた。

　圭子は、新聞に載っていた国枝の若い頃の写真と目の前の国枝を自然に比べていた。

　よほど親しい人間でないと、同じ人物だとは気づかないだろう。若い頃の国枝の頬はふっくらとしていたが、今はほっそりとしている。写真の彼はやや出っ歯だったが、今は違う。ひょっとすると入れ歯なのかもしれない。しかし、一番変化しているのは顔の雰囲気だった。写真の国枝は生気に満ちていたが、それが消えている。

もともと目立たない顔立ちだが加齢と長年の逃亡生活が、さらにこれといった特徴のない人間に変えたような気がした。

とは言っても、鼻の形は同じだし、近しい関係だった人間が見れば、すぐに誰だか分かるはずだ。

「歯科医をやってると、人間は平等だなって毎日、思うよ」美濃部の声が耳に入った。

「どうして？」真美が訊いた。

「口の中はグロテスクだろう？　見た目が綺麗な真美の口の中もグロテスク。ホームレスも総理大臣もみな同じ。だから、人は平等だなって感じるんだ」

「でも、よく手入れされている口と、ほったらかしの口では違うでしょう？」圭子が口をはさんだ。

「確かに。でも、口の中の形はみな同じだろう？」

「まあ、そうですけど」

「でも、患者が綺麗な女の人だとやっぱりやる気が違うんじゃないんですか？」と真美。

「それはそうだ。男や婆さんの口の中を見るよりは、若い女の口の中を見てる方が気分がいい」

「先生、嫌らしいことを考えたりしないの？」真美がからかい口調で訊いた。

「馬鹿。そんなこと考えてる余裕はないよ。真美が患者になったら、いろいろ想像するだろうけど」

「私、先生のこと大好きだけど、絶対に先生には診てもらいたくない」

そんなたわいない会話を、圭子はシャンパンを舐めながら聞いていた。

確かに口の中は、歯並びなどが違っていても、みな同じ形をしている。口内の写真だけで、誰の口の中か見分けることはできないだろう。その意味ではまったく違いはないということだ。

しかし、それでもって人間が平等だというのは乱暴すぎる。

生活費も学費もお小遣いも、すべて親が面倒を見てくれている者と、家からの援助をまったく受けていない人間が平等だとは思えない。

圭子は〝リア充〟という言葉が好きではない。自分が生活面において〝リア充〟ではないから嫌っているのではなかった。

圭子は東京に出てきてから、男に言い寄られることが多くなった。

田舎から一緒に東京の大学に進学した友だちに言われたことがあった。

「圭子っていいよね、男に人気があって。私なんか誰も相手してくれない。圭子が、お金に苦労してるのは分かってるけど、〝リア充〟よ。モテない私から見たら羨ましい」

その子のことを信用して、ホステスのアルバイトを始めたことを教えたが、すぐに高校時代の同級生に広まり、金のために愛人を作ったとまで言われていることが耳に入ってきた。

彼女が言いふらしたのははっきりしていた。必死で生きていることを愚弄された気がして、猛烈に腹が立った。圭子は彼女に手紙を書き、絶交した。

ひとりで生きていくのは心細かったが、男に頼りたいとはまったく考えなかった。そんな自分が〝リア充〟だって？　ふざけるんじゃないよ。圭子は友だちに絶交の手紙を書いた時、そう口にした。

美濃部を中心にして、座が盛り上がっていたが、圭子はお追従《ついしょう》笑いを浮かべながらも、気分的には離れたところにいた。

国枝も適当に話を合わせていたが、心から乗っているようには感じられなかった。

美濃部と真美がゴルフの話を始めた。

国枝が圭子に顔を向けた。「今夜は先生を送って帰ることになるけど、明日の夜、空いてる？」

圭子は黙ってうなずいた。「新宿でクライアントと食事をしなければならないんだけど、午後九時前にはお開きになる。その後、一杯やらないか」

「いいですよ」

待ち合わせの場所はメールで決めることにした。

国枝たちは一時間ちょっといて引き上げた。

その夜はアフターがなかったので、送りの車で家に戻った。

車中、メールが入った。国枝からだと思ったが違った。功太郎からだった。

電話で話したいと書かれてあった。圭子は帰宅途中だから、家に戻ったら電話をすると返信した。

家に着いた圭子はまずシャワーを浴びた。それから、功太郎に電話を入れた。

「遅くなってごめんなさい」

「いいんだよ。今夜はアフターがなかったんだね」

「ええ」

「田口さんの話、駄目になったって聞いたから、落ち込んでるんじゃないかと思って」

「がっかりはしましたけど、会社が潰れるんじゃどうしようもないでしょう」

「田口さんももう少しましな会社を紹介すればいいのに」

「田口さんのせいじゃないですよ」

功太郎は、田口が店に来たことも知っていた。何だか探られているような気がして鬱陶しかった。

良き相談相手だと思って、何でも話してきた手前、そんなことを思うのはいけないのだろうけれど、功太郎の妹が、自分を兄の恋人だと言っていると聞いてからは、少し距離をおきたくなった。

「明日は空いてる?」

「ごめんなさい。先約があるの」

「そうか。空いてないか」功太郎の声に落胆の色が滲んでいた。

「田口さんと会う時、同席しません?」

「いつ会うの?」

「今のところは何の約束もしてません。そういうことがあったら一緒にどうかと思って」

「あいつに誘われてるけど、圭子ちゃんは、あいつに興味がない。そういうことだね」

「ともかく、明日は無理です。またの機会にしてください」圭子はもう一度謝り、電話を切った。

それから三十分ほどして国枝からメールが入った。午後九時に新宿のドンキの前で待ち合わせをすることになった……。

翌日は夕方から雨が降り出した。

約束の時間よりも少し遅れて、ドンキの前に着いた。国枝はすでに来ていた。彼は傘を持っていなかった。

「嫌な雨になっちゃったね。傘、買ってくるから、ちょっと待ってて」

「行かれるお店、遠いんですか？」

「近くだよ」

「だったら、傘はひとつで大丈夫ですよ」

圭子は傘を国枝にさしかけた。

「じゃ、相合い傘でいきますか」国枝がにっと笑った。

靖国通りに面した雑居ビルの中にあるバーに連れていかれた。

国枝に二千万円を送らせたホテルから、それほど離れていない場所である。

表通りの喧噪《けんそう》が嘘のような静かな店だった。

「素敵なお店ですね」

「客に連れてこられた店だから、僕も今日が二回目なんだ。ともかく、僕は新宿だろうが六本木だろうが、知ってる店が少なくてね」

「銀座はどうなんです？」

「同じだよ」

国枝はできるだけ正体を知られないために、行きつけの店を作らないようにしているのかもしれない。

国枝はマッカランをストレートで頼んだ。圭子はジン・バックを作ってもらうことにした。

圭子たちは乾杯した。

「こんな雨ん中、出てきてもらうことになって迷惑じゃなかったかな」

「いいえ」そこまで言って、圭子は口許をゆるめた。「他のお客さんだったら、仮病を使ってたかもしれませんけど」

国枝が照れくさそうな顔をしてグラスを口に運んだ。「彩奈さんにそんなこと言われると、毎晩、店に通いたくなってしまうよ」

「営業で言ってるんじゃないです」

「営業でも嬉しいよ」

国枝は一気にグラスを空け、お代わりを頼んだ。

会話が途切れた。

圭子は話題を探そうとしたが見つからない。軽井沢で起こった殺人事件の犯人が、国枝だと知った今、彼の私生活には触れたくなかった。

だが、そんな状態にもかかわらず、気詰まりな感じはしなかった。

　自分は国枝が好きになったのかもしれない。愛人になろうなんて気はさらさらないし、恋い焦がれるわけでもないが、功太郎や田口と会っていてもまるで感じない心のざわめきがある。恐喝した相手であり、殺人犯だと分かっているのに。

「彩奈さん、今日は静かだね」

「気分がほぐれてるんです」

「ならいいけど、疲れてるんじゃないかと思って」

「全然。国枝さん、新宿にはよく来るんですか？」

「滅多にこないな。今夜、会った取引先の人間は地方の人で、新宿でホテルを取った。だから、こっちまできて、昔からある天ぷら屋で会食することになったんだ」

「夜遊びに付き合えって言われなかったんですか？　こんな時間にホテルに戻っても、やることがない気がするけど」

　国枝がにやりとした。「鋭いな」

「え？」

「その人はね、昨日までは西新宿の超一流のホテルに泊まってたんだけど、今日から区役所通りにある小さなホテルに移ったんだよ」

　区役所通りにある小さなホテル。『ホテル・ボーテ』のことではないのか。

「なぜ、そんな面倒なことをしたんです？」

「歌舞伎町にあるホテルの方が商売女を呼びやすいからだよ。そっちのことが大好きらしくて、上京する度に、そういうことをしてるんだ。子煩悩で女房ともうまくいっていて、真面目そうな男なんだけどね。というわけで、彼はひとりになりたいから、食事だけで解放されるのが分かってた。おかげで、こうやって彩奈さんに会えた」

嘘を言っているようには見えないが、圭子は内心気が気ではなかった。

待ち合わせの場所を新宿にし、区役所通りにあるホテルのことを口にした。

自分は軽井沢での殺人事件の話を彼にしている。偶然そういう話になったのだが、国枝がそう受け取らなかった可能性もあり得る。結果、圭子に疑いの目を向けたのかもしれない。

しかし、探りを入れる方法はない。冷静にならなければ。

国枝はホテルの名前を口にしたわけではない。客の性癖について話しただけだ。後ろめたい気持ちが不安を呼んでいるにすぎない。国枝は、これっぽっちも自分を疑ってなんかいない。圭子は何度もそう自分に言い聞かせた。

国枝はまたお代わりを頼んだ。そして、圭子のグラスに目を向けた。

圭子のグラスは半分ほどしか減っていなかった。

「私、ゆっくりりやりますから」

国枝は黙ってうなずいた。

今夜の国枝は普段よりも酒のピッチが速かった。些細《ささい》なことなのに、圭子は気になった。

「困ったことがあるんだ」国枝が薄く微笑み、つぶやくように言った。

「困ったことですか？」

「うん」

「私に関係あります？」圭子はおずおずと訊いた。

今度は黙ってうなずいた。

「何なんです？」圭子は頑張って軽い調子で言った。

間が空いた。その間が耐えられない。

「早く教えてください」

「そうせっつかれると、言いにくくなるな」国枝が一気に酒を飲み干した。

圭子は目を伏せた。

「会いたくてしかたがない」国枝が酒棚に目を向けたまま独り言めいた調子で言った。

「誰にです？」

「誰にって……。決まってるじゃないか」

張り詰めた気持ちが一気にゆるんだ。

「黙っていようと思ってたけど、君の顔を見ていたら我慢できなくなってね」

「……」

「僕は君を愛人にしようとか、深い関係になろうとかはまったく思ってない。店以外の場所で、今夜みたいにちょっと会えれば、それでいいんだ。美濃部先生あたりが聞いたら、馬鹿にするだろうけれど、それ以上のことは考えてない。彩奈さんと会っているとすごく楽しいし、生きてる張りのようなものを感じるんだ。将来のある君のことを大切にして付き合っていきたい。お金のことで困ったことがあれば助けてもいいと思ってる。でも、それでもってどうのこうのしようという気もまったくないよ。こんなことを言うのは、気恥ずかしいけれど、彩奈さんに対する気持ちはプラトニックなものなんだ」そこまで言って、国枝は、目尻に笑みを一杯溜め、圭子を見つめた。「彩奈さんは、何も言わなくてもいいよ。僕の言ったことは、口説いてることにもならないんだからね。お父さんのような歳の男の戯言《たわごと》だと思って聞き流してくれればいい。ただ、これからも時間のある時に僕の誘いを受けてほしい」

「いつでも誘ってください。国枝さんになら必ずお付き合いします。私も、国枝さんには、いつも会いたいと思っています。就職も決まらず、やりたくもないホステスの仕事をやっていると、時々、とても空《むな》しい気持ちになりますが、国枝さんと一緒だと嫌なことがすべて忘れられるんです」

「そう言ってもらえると嬉しいな」国枝はしみじみとした調子で言った。

彼の目が潤んでいるのに気づいた。圭子は視線を逸らした。国枝に言ったことに嘘はないが、国枝の涙を見た瞬間、自分が最悪の女に思えてきた。

こんなに心の優しい男だと知っていたら、彼を恐喝なんかしなかったのに。

本当のことを教え、金を返すことは可能だろう。なぜなら、時効になっているとはいえ、国枝は殺人犯なのだから、自分を訴えることはできないはずだ。

それでも言えるはずはなかった。自分という人間の本性を国枝に絶対に知られたくない。

国枝の前でいい子ぶっている自分に吐き気がした。

恐喝を考えついた時は、金のことしか頭になかった。大学を卒業し、水商売を辞めた時に、必要な金を、人を殺した金持ちの男から強請り取る。それのどこが悪い、と思っていた。そんな考えに取り憑《つ》かれたのは、おそらく、心の奥底にたゆたっていた僻《ひが》みだった気がする。苦労などまるで知らない弥生のような同級生と付き合っていることで、ねじくれた思いが自然に生まれ、それが黴菌《ばいきん》が増殖するように増えていったのだろう。

しかし、いずれにせよ、もう後戻りはできない。

国枝の罪が発覚しないように祈りつつ、彼からせしめた金は有効に使おうと決めた。

「話せて気分がすっきりしたよ」

「国枝さんみたいな男の人って滅多にいないと思います。下心なしに、そういうことを言う国枝さんって素敵です」

「素敵なんてことは全然ないよ。普通の男だったら、魅力のある女にもっと果敢に迫るのが普通だからね。若い頃は、もう少し積極的だったけど」

国枝は、人妻との関係が原因で人を殺した。その女に恋をしていたのだろうか。国枝は遊びで女と付き合う男には見えない。おそらく、相手を好きになったに違いない。

圭子は視線を天井の方に向けた。「国枝さんがどんな恋をしてきたか知りたいな」

「人に語るような恋はしてないよ」

「それでも誰かを好きになり追っかけたでしょう?」

「学生の頃、通学に使っていたバスの中で知り合った女子大生を好きになり、恋人関係になったけど、手ひどく振られたよ。それ以来、恋をすることが怖くなり、女の人を避けるようになったな」国枝は遠くを見るような目をして言った。

「奥さんと結婚するまで、まったく恋をしなかったんですか？」

逃亡していたことを知っているのに、そんな質問をするのは残酷だと思ったが、結城輝久の母親との関係がどんなものだったか訊いてみたくなったのだ。

「年上の女と不倫関係になったことがあったね」

「国枝さんと不倫って、何となくピンとこないな」圭子は短く笑った。

「誘いに乗って付き合ったんだけど、恋をしてしまったよ。相手の家庭を壊す気はなかったから、自然消滅してしまったけど」

「その時、国枝さんは独身だったんですね」

「うん」

「相手の人は国枝さんのことをどう思ってたのかしら」

「少しは気持ちがあったろうけど、所詮、火遊びにすぎなかった気がするな。ともかく、僕は恋が苦手なんだ」

「私もです」

国枝がまっすぐに圭子を見た。「今度は彩奈さんが話す番だよ。どんな恋をしてきたのか教えて」

「私も大した恋はしてません。高校の時の同級生と付き合いましたけど、燃えるような恋ではなかったです」

「どうして別れてしまったの?」

「私のやることに逐一干渉してくる男だったんです。水商売を始めたことを教えたら怒りだしました。好きでやりだしたわけじゃないのに、そのことを全然、理解してくれなくて」

「その男の気持ちも理解できるな。好きな女が男相手の仕事に就いたら、心配でしかたがないもの」

「国枝さんも、私が水商売をやってるのが嫌ですか?」

「僕は何も思わないよ。あの店に行かなければ、君に会ってないんだから。別れたカレシは、君と同じ歳。その若さじゃ、君がホステスをやることに腹が立つ方が自然だ」国枝がまた圭子のグラスに目を向けた。「お代わりは?」

「いただきます」

国枝が圭子の代わりに注文した。

圭子は化粧室に立った。

国枝は口説いてはいないが、愛をゆるやかに告白したようなものだ。

もしも国枝がもっと果敢に攻めてきたら、自分はどうするだろうか。あの恐喝が邪魔をして、絶対に深い関係にはならないだろう。そうなったら、自分の神経が保たない。

今のような付き合いを続けていくのが一番心が掻《か》き乱されずにすむ。

しかし、本当に国枝は自分を疑っていないのだろうか。あり得ないと思いつつも、やはり、不安を抱いてしまうのだった。

リップを引き直し、化粧室を出た。

新しい客がカウンターの端に座っていた。

その客はびっくりしたような表情で圭子を見つめ、訊いてきた。

「ひとり？」

九

功太郎がどうしてこのバーに……。

圭子は呆然として口がきけなかった。

「ひとりじゃないよね」功太郎はそう言いながら国枝の方にちらりと目を向けた。

圭子は気を取り直し、功太郎に国枝を紹介した。

挨拶をし終わってからも、功太郎は国枝をしげしげと見つめていた。

「よかったらご一緒に」国枝が穏やかな口調で功太郎を誘った。

「遠慮しておきます。デートの邪魔はしたくありません」

「そんなんじゃないんです。僕はそろそろ引き上げますから」国枝がグラスを空けた。

「国枝さんが帰るんだったら、私も」

「何だか僕が来たのが悪かったみたいだな」功太郎が口をはさんだ。

困り果てた圭子が功太郎に言った。「三人で飲みましょうよ」

「本当にいいの？」

そう訊いてきた功太郎を無視し、圭子は元の席についた。

功太郎がグラスを手にして席を移動し、圭子の隣に座った。

先ほど、ふたりを引き合わせたとは言え、名前を伝えただけだった。圭子は、まず功太郎のことを国枝に教えた。友だちの家で会ったこと、郷里が一緒だということなどを矢継ぎ早に話した。国枝については、店の客だとしか言わなかった。

「名刺、あったかなあ」首を傾《かし》げながら、功太郎は財布を取り出した。「一枚、あった」

国枝も上着の胸ポケットから名刺入れを引き抜いた。

「会社は港南にあるんですね」功太郎が国枝の名刺を見ながら言った。

「ええ。でもそれが何か？」

「僕の住まいも品川なんですよ。高輪口の方ですけど、港南の方にも時々出かけます」

「港南の方には何もないでしょう？」

「ジョギングしてるんです。最近、ちょっと太ってきたので」そこまで言って功太郎が圭子に目を向けた。「君は、港南地区の方に行ったことある？」

「ないですよ」

功太郎は、国枝の会社がどんなことをやっているのか訊いた。国枝は淡々と答えた。

「エンジニアの派遣会社ですか。珍しいお仕事ですね」

「ええ、まあ」

「彼女の店にはよく行かれるんですか？」

「たまにです」

国枝の正体を知っている圭子は、功太郎の質問のすべてが尋問に聞こえた。

「僕も一度、行ってみたいと思ってるんですが、彼女が嫌がるから」

「彩奈さん、どうして嫌なの？」国枝が圭子に訊いた。

「友だちに、接客してるところを見られるのは照れくさいです」

「でも田口さんにはＯＫした」

「就職のことでお世話になってるからしかたなかったんです」

国枝の前でそんなことを話す功太郎に苛立った。普段でも耳障りな声が、その夜は耐えきれないほど不快だった。

「ところで、この店にはよくいらっしゃるんですか？」

国枝が圭子の訊きたかったことを口にした。

「学生時代の友だちと二、三回、来たことがあるだけです」

「今夜は新宿で用があったんですか？」圭子が訊いた。

功太郎は目を細め、圭子をじっと見つめた。「或る女の子を誘ったんだけど、先約があるって断られてね」

圭子は功太郎から視線を逸らし、グラスを口に運んだ。

「それで、四谷《よつや》三丁目に住んでる友だちと、この近くの居酒屋で飲んでたんだ。この店を紹介してくれたのも、そいつなんだけど、女房の姉さんが交通事故に遭ったって知らせが入ったから、飲んでる場合じゃなくなった。突然、ひとりにされちゃって、このまま家に戻るのも中途半端だから、ここに寄ったんだよ」

選《よ》りに選って、このバーに来るなんて。功太郎のせいではないのに、彼に腹が立った。

功太郎がお代わりを頼んだ時、圭子は国枝に目で合図を送った。

「彩奈さん、そろそろ出ましょうか？」

合図した意味を解した国枝がそう言った。

「ええ」

「もう帰るの？」

功太郎は、自分が来たばかりなのに、と言わんばかりの不服そうな顔をした。

「もう一軒、彼女を連れていきたい店があるので」勘定をすませた国枝が落ち着いた調子で功太郎に言った。

「ああ、そういうことですか。失礼しました」

「機会がありましたら、また」国枝が功太郎に軽く会釈をし出口に向かった。

「それじゃ、功太郎さん、私もこれで」

功太郎はそれには答えず、圭子を見ていた。口許はゆるんでいたが、目は笑っていなかった。

背中に功太郎の視線を感じたまま、圭子は店を出た。エレベーターに乗ると、圭子はふうと息を吐いた。それを見ていた国枝が小さく微笑んだ。圭子も笑みを返した。

歩道に立った国枝が、少し先のネオンを指さしながら言った。「あそこにバーって書いてあるけど、入ってみようか」

「そうしましょう」

「中を覗いてみて、気に入らなかったら止めればいい。店は他にいくらでもあるから」

「小さな冒険ですね」圭子が言った。

「彩奈さんとの小さな冒険。楽しいよ」

「私の本名教えましたよね」

「岡野圭子。それがどうかしたの？」

「本名で呼んでくれてもいいですよ」

「そっちの方がいい？」

「別に。彩奈って源氏名、気に入ってますから」

目指したバーのある雑居ビルに入った。その店は混んでいる上にうるさかった。

「ここは止めにしよう」国枝が言った。

「上の階にもバーがあるみたい」

エレベーターを使わずに階段で上がった。

ジャズが流れている静かなバーだった。表通りに面した二人掛けの席が空いていた。

「あそこにしませんか」圭子がその席に国枝を誘った。

国枝がジン・リッキーを頼んだ。圭子も同じものにした。

「さっきの話だけど、彩奈さんという名前で知り合ったから、そっちの方が呼びやすいんだ。それに……」国枝が口ごもった。

「何かあるんですか？」

酒が運ばれてきた。

「ともかく、もう一度乾杯」

圭子たちは軽くグラスを合わせた。

国枝が背もたれに躰を倒した、窓の外に目を向けた。「本名で呼ぶと距離が近づきすぎる気がするんだ」

圭子がくすりと笑った。「ちょっと大袈裟なんじゃないんですか？」

「かもしれない。でも、関係を進展させる気がないんだから、本名じゃない名前で付き合ってる方がいい」

国枝も偽名を使っている。彼はそのことを意識して、そう言ったのだろうか。まさかそこまで考えているとは思えなかったが、何であれ、国枝は正体がばれない限りは、本名で呼ばれることはない。

国枝悟郎と藤木《ふじき》彩奈。

お互いが偽名で呼び合う。それが、自分たちの関係を象徴している気がした。大きな隠し事をしているふたりなのだから。

「君は吉木君に冷たかったね。彼を避けてるの？」

「気安く何でも話せる人だったんですけど、正直に言って、最近、ちょっと鬱陶しく感じてます」

「どうして？」

圭子は、母親から聞いた功太郎の妹の話をした。「……功太郎さんが、私と付き合ってるようなことを言ったとは思わないけど、誤解されるのが嫌で。それに、母は、私が功太郎さんと将来結婚したらいいって思ってるみたいなんです。彼が昔からある酒屋の息子で一流企業の社員だから、会ったこともないのに良縁ではないかと勝手な夢を描いてるんです」

「でも、彩奈さんにはその気はない」

「まったくありません」

「でも、彼は君のことが好きだね。僕を見る彼の目には嫉妬の炎が立ち上がってた」

「全然、そんな感じはなかったですけど」

「一生懸命誤魔化してはいたけど感じ取れた。ひとりで入ったバーで、好きな女が他の男と飲んでた。ショックだったんじゃないのかな」

「実は、今夜、彼に誘われてたんですけど、でも、国枝さんと約束があったから断ったんです」

「ああ、そう」国枝の目尻に笑みが溜《た》まった。「誘った女の子に先約があるって断られたって、君に言ってたけど、あれは嫌味だったんだね」

「不愉快でした。あんな嫌味を言われる筋合いはないですから」圭子はぴしゃりと言ってのけた。

「彼の気持ちも分かるよ。振られたようなものだからね」

「今、思い出したんですけど、一度、お家《うち》の近所で会ったことがありましたよね」

「タクシーの中から、君に声をかけた時のことだね」

「ええ。あの時、功太郎さんの家からの帰りだったんです。でも、誤解しないでください。ふたりきりじゃなかったですから」圭子はその時のことを話した。「家が近所だから、彼に偶然会ってしまうことがあるかもしれないですよ」

「会ったら飲みにでも誘ってやろうかな」

「止めてくださいよ」

ゆるゆるとした時間が流れていった。何も話さずに、ふたりとも、車が行き交う大通りを見ている時もあった。

それでも圭子にとっては満たされた一時だった。

国枝が区役所通りにあるホテルのことを口にした時は、探られているかもしれないという不安に襲われた。だが、穏やかな愛の告白をされてからは、心に覆っていた雲は次第に消えていった。

午前一時頃まで、そのバーで飲んだ。

タクシー代を圭子に渡した国枝が空車を止めた。

「またこんな感じで会いたいな」

「いつでも誘ってください」

タクシーに乗った圭子は、国枝に大きく手を振って別れた。

国枝とは奇妙な関係になってしまった。脅し取った金のことを考えると、胸がちくりと痛んだが、この捻《ねじ》れた繋がりを元に戻すことなんてできない。

あの金は有効に使わせてもらう。だが、今すぐにホステスを辞めてしまうつもりはなかった。少なくとも年内一杯は働いて、少しでも貯金を殖《ふ》やすつもりでいる。

「就職浪人しても、田口の働いている出版社は受けられない。そういう規定があるのだ。他の大手の出版社に入るのも難しい気がする。契約社員でかまわないから、文芸編集者として働ける会社に就職できれば、それで満足だ。とは言うものの、契約社員の道も狭い。今のところ、田口の人脈に期待するしかないが、大学の先輩で出版社に勤めている人を探し、手紙を出してみるのもひとつの手である。相手にされないかもしれないし、図々しく思われるかもしれないが、やれることはやってみようと思った。

家に戻った圭子は、久しぶりに金を隠したティッシュ箱を手に取ってみた。ずしりと重い。その重さが圭子に安心感をあたえた。

第三章　下岡文恵の疑い

一

今は国枝悟郎と名乗っている兄が、圭子と新宿で会っていた頃、妹の文恵は、荻窪の居酒屋にいた。一緒にいたのは富永俊二だった。

輝久が家にやってきてすぐに富永に連絡を取るのは憚られた。焦っているように思われたくなかったのだ。今度の件に富永が絡んでいないとは限らないのだから。

そろそろメールでも打って、お茶にでも誘おうと考えていた時、向こうから電話をかけてきて、たまには一緒に飲まないかと言ってきた。土曜日の午後九時に会うことにした。遅めの方が都合がいいと言ったのは文恵だった。食事まで一緒にする気にはならなかったのだ。

駅の南口にある居酒屋で待ち合わせをした。両方とも、その店を知っていたからである。文恵が着いた時には、すでに富永が来ていて、奥の四人掛けの席に座っていた。お通しのバイ貝をつまみながら冷酒を飲んでいた。

刺身の盛り合わせやタタミイワシ、ししゃもなどを適当に頼んだ。文恵の飲み物はレモンサワーだった。

「富永さんに連絡しようかと思ってたのよ」酒が運ばれてきた後に、文恵が口を開いた。

富永の頬がゆるんだ。「輝久のことだろう?」

「彼から聞いたのね」

「だから、あんたに連絡を取ってみたくなったんだ」

「私、気味が悪い。富永さんと会った直後に、電話をしてきて、いきなり金を貸してくれって言ってきたんですからね」

「あの頃、あいつ本当に金に困ってたからね。俺にまで金を貸してくれって言ってきたくらいだから」

料理が運ばれてきた。富永がマグロの刺身を口に運んだ。

「今は、金に困ってないの?」

「仲間と銀座にクラブを出すような話をし始めたからな。金づるでも見つけたらしい」

「金回りがよくなったのはいつ頃から？」

「いつ頃からだっけな」富永が煙草に火をつけた。思い切り煙りを吐き出した。

「十月の終わり頃からだったと思う」

兄が払った金が、恐喝者に渡ったのは二十日である。新宿のホテルで女が受け取った二千万を輝久が手にしていたとしたら辻褄は合う。

「十日ほど前に、うちに来た時、また金を貸してほしいって、あいつ、言ったのよ。まとまった金を手にすることができたんだったら、どうして、私にまた金の無心にきたのかしら」

「文ちゃんが、浩平の居場所を知ってると、あいつ思い込んでるんだ」

「私にもそんなことを言ってた」

富永がグラスを空け、自分で酒を注いだ。「兄さんが殺した男の息子にしつこくされたら、音を上げて金を払うかもしれない。払ったら、あんたが兄の居場所を知ってることになる。あいつ、そんなことを言ってたよ。ともかく、あいつは、浩平を見つけ出したいらしい」

富永が言っていることが当たっているとしたら、一千万を恐喝したのは、輝久ではないことになる。

「ともかく、あの男、気味悪い。ここしばらくは何も言ってきてないけど、また連絡してくる気がしてる」

「放っておけばいいよ」

「そうするつもりだけど、電話に出ないってわけにもいかないでしょう」そこまで言って、文恵はまっすぐに富永を見つめた。「富永さん、私と兄さんのことで、あいつがあなたに言ったことを教えて」

富永がぐいと躰を前に倒し、上目遣いに文恵を見た。「やっぱり、輝久の勘は当たってるようだな」

「え？」

「文ちゃん、浩平の居所を知ってるんだろう？」

「知りません」文恵は軽い調子で言い、微笑んだ。

「あんなに可愛がってた妹に、電話一本しないなんてちょっと信じられないな」

「そんなこと私に言われても」

ガラス製の徳利《とっくり》が空いた。富永は同じものを頼んだ。

「そう言えば、面白いことがあったよ」

「何？」

「文化の日、輝久のお袋、軽井沢にいたんだって」

「誰から聞いたんです？」

「兄貴から。兄貴の喫茶店に寄ったそうだ」

「私の兄さんの話が出たのかしら」文恵はさりげなく訊いた。

「そんな話が出たとは聞いてない。でも、彼女、軽井沢に別荘があった頃のことを懐かしがってたって話だよ」

夫が殺された場所なのに懐かしい。男を作って遊び回っていた女らしい発言だと文恵は思った。

「その話、輝久にした？」

「もちろん。兄貴から電話があった直後に教えてやったよ。あいつのお袋、浩平にも会えるものなら会いたいって言ってるそうだよ」

輝久が言ったことは本当だったようだ。

「文ちゃん、ともかく、あの男には気をつけろ。文ちゃんの言う通り、何を考えてるか分からない男だからね。それに粘着質だし」

「富永さん、それでも付き合ってるのはなぜ？」

「腐れ縁さ。知り合いの不動産ブローカーが、あいつと一時、仕事をしてた。その関係で知り合ったんだけど、話を聞いてるうちに、浩平に殺された男の息子だって分かった。それがきっかけで親しくなったようなものだ。神奈川県の戸塚《とつか》にある土地を巡って、奴と組んで仕事をした。その仕事はうまくいかなかったけど、そんなこんなでつかず離れずの付き合いをしてるってわけさ」

「あいつが私や兄さんのことで、変なこと言ったりしようとしたりしたことが分かったら、私に教えて」

富永がししゃもを口に運んだ。「俺にスパイしろって言うの?」

「そんな大袈裟なもんじゃないけど、あいつの動きが分かると、少しは不安が解消されるから」

「気になることが分かったら連絡するよ」

「ありがとう」

「俺も、浩平が輝久に発見され、強請られるようなことが起こってもらいたくないからな」富永がそう言ってにっと笑った。

富永も輝久と同様、自分が浩平と連絡を取っていると思っているようだ。

文恵は酒を口に運んだ。空になったグラスをテーブルに戻そうとする動きが一瞬止まった。

これまで考えもしなかったことが頭に浮かんだのだ。

結城輝久は恐喝者ではなく、兄を捜し出し、うまくいったら金にしようと考えているだけ。二千万を手に入れたのは、今、目の前にいる富永俊二ではなかろうか。

あの台風の夜、荻窪からタクシーで帰宅の途につこうとしていた兄を目撃したのが富永だったとしたら。

富永は金欠である。恐喝を考えてもちっともおかしくはない。

文恵はお代わりを頼み、タタミイワシを少し口に入れた。

「ところで、富永さん、仕事の方は？」

「来年、バンコックに渡るつもりだ。　向こうで手広く商売をやってる友だちに手伝ってくれないかと言われてる。　日本を離れるのは寂しいが、このまま東京にいても埒《らち》が明かないから」富永はグラスを一気に空け、力なく笑った。

「バンコックにはひとりで？」

富永が怪訝な顔をした。「俺は離婚して、今は独り身だよ」

「でも付き合ってる人ぐらいいるんじゃないの」

「そんな女がいたらバンコックなんかにいきはしないさ」

「お子さんは？」

「娘がひとりいる」

「たまには会ってるの？」

「しょっちゅう会ってるよ。娘は母親より親父の俺に懐いてるんだ」

「おいくつ？」

「二十一。印刷会社で働いてる。派遣だけどね」

娘が父親の片棒を担いでいたら……。

「お嬢さんの写真持ってないの」

「どうしたんだよ。何で俺の娘に興味を持つんだい？」

「別に。富永さん、けっこう美男だから、きっとお嬢さん、可愛いと思って」

「俺に似ず、可愛いよ。でも、写真は持ってない」

「いいのよ、気にしないで」

それからも文恵は富永と飲んだ。軽井沢時代の話に花が咲き、帰宅したのは午前一時すぎだった。

輝久について大した情報は得られなかったが収穫がなかったわけではない。

バンコックは東京に比べたら、物価は相当安いはずだ。恐喝した金を向こうで使えば、かなり楽ができるだろう。

何の証拠もないが、文恵の疑いの目は富永に向けられた。しかし、決定的な証拠を摑む手立てはまったくなかった。

二

翌日の日曜日にはてっきり功太郎から連絡が入ると思っていた圭子だったが、彼は何も言ってこなかった。

自分を袖にして、圭子が他の男と会っていたことにショックを受けたのかもしれない。しかし、圭子からメールなり電話なりして、言い訳をすることではない。放っておくことにした。

夜になってからメールが届いた。功太郎ではなく国枝からだった。

〝昨夜はとても愉しい一時でした。僕の想いも通じたようで、嬉しい限りです。彩奈さんとは長いお付き合いがしたいが、好きな人が出来た時ははっきり言ってください。寂しい思いを抱くでしょうが、邪魔をしたりは決してしませんから。隠されていて、後で分かった場合、騙されていたような気分になるでしょう？ その方がずっと嫌だ。彩奈さんという名前を使わずとも生活していけるのが、君の望んでいることだから、早くそうなってほしいと願っています。でも、僕にとっては、君は圭子さんではなくて、彩奈さんです。店を辞めても、僕は、君のことを彩奈さんと呼んでしまうでしょう。もちろん、君が嫌だったら決して使いませんが。明後日の火曜日、同伴する時間はありませんが、店には顔を出します。アフターがなければ、ふたりで軽く飲みましょう〟

圭子はすぐに返信した。

〝メールありがとうございます。国枝さんとは店を辞めても、お付き合いしていきたいと思っています。彩奈と呼び続けたければ、ふたりだけの時だったらかまいません。火曜日、お目にかかれることを愉しみにしています。アフターももちろんオッケーですよ　彩奈〟

国枝が絵文字顔文字をほとんど使ってこないので、圭子はごく一般的なものを控え目に入れておいた。

寝床に入った圭子は、ピョン太を抱いて眠りにつこうとした。

その時、飾り棚の上に置いてあったスマホが闇に光り、鳴りだした。電話である。こんな時間にかけてくるのは功太郎の他にいない。果たして、彼だった。出るのを止めようと思ったが、そこまで避けるのも失礼だ。

「ごめん。寝てた？」

「うん」圭子は沈んだ声で答えた。

「じゃ用件だけ言うね。明日、店に行く。よかったら同伴もするよ」

「無理しなくてもいいわよ。功太郎さんとはそういう付き合いじゃないんだから」

「そういう関係じゃないってどういう意味？」

「功太郎さんはお友だち。お客さんじゃないって意味よ」

「そうか。そういうことか。で、明日はどうなの？　同伴入ってるの？」

「いいえ」

「じゃ何かおいしいものを食べてから、店に行こう」

功太郎も客のひとりだと割り切れば、彼の提案を、喜んで受けるべきだろう。圭子は鬱陶しい気分を抑えこんで、「入れるお酒にもよるし、いる時間にもよるけど、十万はかかるわよ」

「田口さんから、大体の値段は聞いてる」

「安くしてあげたいけど、私の力じゃ無理」

「気にしなくてもいいよ。食事だけど、和、洋、中、何がいい？」

同じような言い方で誘われた記憶がある。思い出した。あの台風の夜、家まで送ろうとした島崎という客が口にしたのだ。島崎がタクシーの中で触ってこなかったら、中野坂上で降りることはなかった。あそこでひとりになっていなかったら、殺人事件の起こったマンションから出てきた国枝を目撃することもなかった。

あれからまだ二ヶ月も経っていないのに、遠い昔のことのように感じられた。

圭子は店からすぐのところにある中華料理屋を指定した。同伴でよく使う店のひとつだった。

次の日、午後から授業に出た圭子は、大急ぎで家に戻り、着替えをしてから六本木に向かった。功太郎とは、同伴する店で直接落ち合うことになっていた。

圭子の方が少し遅れた。功太郎は入口近くのテーブルに肘をつき、所在なげにしていた。

　圭子は遅れたことを謝った。

　コース料理を頼むほどお腹は空いていなかった。春巻、海老《えび》のチリソース、卵の白身とホタテの煮込みなど数品をふたりで選んだ。功太郎は紹興酒を頼んだが、圭子はビールにした。

　功太郎は対抗心から、自分を同伴に誘ったのだろう。誰を意識しているのか。おそらく、国枝と田口の両方に違いない。

「一昨日は驚いたよ」功太郎が言った。

「私も」

「お客さんとデートしてるとは思わなかった」

　大事な客に誘われたから、しかたなく付き合った。そんな言い訳が頭に浮かんだが、なぜか口にはできなかった。

「圭子ちゃん、あの人と付き合ってるの?」

　圭子は笑って首を横に振り、ビールグラスに口をつけた。

「でも、口説かれてるんだろう?」

「国枝さんとは、とてもいい関係なの」

「そんな言い方されると、ちょっと妬《や》けるな」功太郎は眉をゆるめ、冗談めいた口調でそう言うと、グラスを空けた。

「国枝さんの会社のことネットで見たよ」

「え！　何でそんなことを……」

「……」

「そんなに怒るようなことじゃないだろう。圭子ちゃんがデートしてた相手だから、気になったんだ。圭子ちゃんは、僕の妹みたいなものだからね。派遣業っていい加減な会社もあるけど、彼の会社はちゃんとしてるみたい」

「当たり前です」圭子は唇をきゅっと結んで即座に答えた。

「彼のこと信用しきってるんだね」

圭子の胸に黒い影が射した。「信用できないことがありそうな言い方ね」

「ホームページに社長の経歴が一切載ってなかった。それがちょっと気になってね」

「彼、婿養子なの。隠すようなことじゃないけど、あえて公表する気にならないんじゃないかしら」

「その点にだけ触れないで、出身地とか、これまでやってきたこととか載せてもいいのに」

圭子の箸はちっとも進まなかった。「そんなこと、私にとってはどうでもいいことよ。国枝さんはとってもいい人。私、ファザコンだから、あのぐらい年上の人が合うみたい。彼との間に進展があったら、功太郎さんに教えるわ。私のこと妹みたいに思ってるんだったら、どんな話をしても聞いてくれるでしょう」

そこまで言う必要はないのだが、国枝のことを調べたと知ったら、圭子の心に意地悪な気分が芽生えてしまったのだ。

功太郎は紹興酒をグラスになみなみと注ぎ、投げやりな調子でこう言った。「圭子ちゃんの気持ちがよく分かった」

「もうこの話はやめましょう」

「そうだね。悪かった」功太郎は目を伏せ、謝った。

「城巡りのお仲間とは会ってるの？」圭子が話題を変えた。

「いや、みんな忙しいから、なかなか時間が合わなくて。米島さんって覚えてるよね」

「ええ。私を新宿駅で見た人ですよね」

「彼が見たんだっけ」功太郎がきょとんとした顔をした。

「嫌だ。忘れちゃったんですか？　銀座の焼き鳥屋さんで食事をした時、功太郎さん、言ってたじゃないですか？」

「ああ、そうだったな」

「で、米島さんがどうかしたんですか？」

「彼、この間、子供ができたんだけど、一卵性双生児だったそうだよ」

「男の子？　それとも女の子？」

「ふたりとも女の子だそうだ」

「同じ顔をした女の子がふたりか。お父さん、可愛くてしかたがないんじゃないですか？」

「そうなんだ。会えば、子供の話しかしなくなったよ」

雰囲気が解《ほぐ》れる会話になって、圭子はほっとした。

食事を終え、店に入ったのは八時半少し前だった。時間が早い上に、客が少なかったから、功太郎には圭子の他にふたりのホステスがついた。田口とは違って、場慣れしていない功太郎は、三人の女に囲まれて、かなり緊張しているようだった。

最近、日増しに株を落としている功太郎だったが、この点だけは可愛く、好感が持てた。

功太郎は一時間半ほど店にいて、帰っていった。支払った金額は十万を超えていた。

圭子は深々と頭を下げ、礼を言った。

仕事を終え、アフターに出かける前、功太郎にメールを打った。

〝今夜はご馳走になり、ありがとうございました。高くてすみませんでした。それでよければ、また来てください　彩奈〟

功太郎と距離をおきたくなっていた圭子はあえて源氏名を使った。

その夜のアフターの場所は西麻布《にしあざぶ》にある会員制のダイニングバーだった。数名の女の子が呼ばれた。客は、カフェのチェーン店を全国展開している会社の社長の息子。アメリカの大学を出ているというが、精神年齢は中学生なみで、煽《おだ》てに滅茶苦茶弱い。それを心得ているママが、ヨイショするものだから、上機嫌で高いシャンパンを空けていた。

詰まらないアフター。圭子は気づかれないようにして、生あくびを三度嚙み殺した。

そんな最中、功太郎からメールが入った。次の土曜日に付き合ってほしいと書かれてあった。

会う気のない圭子は、高級ワインを舐めながら、断る口実を考えていた。

翌日の午後、功太郎にメールを出した。女子会があるので会えない。そう打ったら、女子会が終わった後はどうかと訊いてきた。返信するのも面倒だったが、無理だということを優しく伝えた。その後、功太郎からはメールがこなかった。

国枝が店にくる日である。アフターで何を着ようか服を選んだ。胸が弾んでいた。

夕方から雨が降り出した。衣服にまとわりつくような細かな雨だった。

同伴のなかった圭子は八時に店に入り、スタッフに呼ばれるのを待った。九時すぎから急に混み出した。

国枝は十時半をすぎても現れなかった。来ると言って来ない客は珍しくないが、国枝は約束を守る人だ。もしもどうしても来られない場合は連絡を寄越すはずである。

ＩＴ会社の社長にシャンパンを何度も一気飲みさせられた。ホステスを酔わせて愉しむ悪趣味な客は珍しくない。悪い席に呼ばれたと思うと、余計に早く国枝に会いたくなった。

国枝が姿を現したのは十一時少し前だった。スタッフに呼ばれた圭子は、客に挨拶をし、立ち上がった。自分でも驚くほど足がふらついていた。

「彩奈さん、大丈夫」ホステスのひとりが、圭子の腰の辺りを押さえながら、心配そうに彼女を見た。

圭子は首を横に振り、その席を離れた。

国枝は柱の陰になった壁際のシートに座っていた。他のホステスがすでについていた。愛結《あゆ》という入って間もない子だった。

圭子は国枝の隣に腰を下ろそうとした。

「今夜はだいぶ飲んでるね」

「シャンパンの一気をさせられちゃって」

「じゃお水の方がいいんじゃない」

「ええ」

愛結がグラスに氷を入れ、そこに水を注いだ。圭子は呷《あお》るようにして水を飲んだ。

「今夜はまっすぐに家に帰った方がいいかもしれないね」

「大丈夫です」

「無理は禁物だよ」国枝が包み込むような笑みを浮かべた。

愛結が国枝を見つめた。「今夜、初めてお会いしたんですけど、国枝さんってお優しいんですね」

「そうよ。国枝さんは最高のお客様よ」圭子は歌うような調子で言った。

スタッフがやってきて愛結を呼んだ。愛結が席を離れた。

ふたりきりになると、圭子はぼんやりとしてきた。安心感がそうさせたらしい。

「国枝さん、遅かったですね」

「打合せが延びちゃって」

国枝のグラスが空いていた。圭子は酒を作り、自分のグラスには水しか入れなかった。「土曜日にバーで会った彼、昨日、店に来ました。同伴もしてくれて」

「それは彩奈さんにとってよかったの？　それともあまりよくなかったのかな」

「よくないです」

「同伴してくれたのに」

「それは助かりましたけど、今週の土曜日に会いたいと言ってきてます。面倒だから断りましたけど」

「僕と一緒にいるところを見たのが影響したみたいだね」

「そうだと思います」

「彼、いくつだっけ」

「二十七です」

「いい会社に勤めてるけど、自腹でこの店に通うのは無理だろうな」

「おそらく、もう来ないと思います」

「代わりに土日に会おうとしてる」

「以前は、気軽に会ってましたけど、もう嫌です」

「そこまで忌《い》み嫌うことはないんじゃないの」

「会いたくないものは会いたくないんです。彼には悪いけど」

「女の人は、ちょっとしたことで相手を嫌いになると、徹底的に嫌いになってしまうところがあるんだよね。振り子のブレが大きいと言うか、ともかく、男には分からない部分だよ」

「女には、そういうところがありますね。自分でも女は怖いって思います」

「女で人生を失う男も少なくないよね」国枝がつぶやくように言った。

普通なら、国枝さんはそんなことはないですよね、と言うところだが、言葉は出てこなかった。

圭子は見るともなしに出入口の方に目をやった。酔いがいっぺんに覚めた。黒木部長と話している男の後ろ姿に見覚えがあった。

結城輝久に違いなかった。

輝久が国枝をまぢかで見たら、誰だか分かるだろう。どうしよう。

今のところ、柱の陰になっていて、結城輝久から国枝は見えない。しかし、席につく際、自分が目に入れば、必然的に隣に座っている客も見える。遠ければ気づかずにすむかもしれないが、危険極まりない状態には違いない。

圭子は真剣な表情で結城輝久の動きを見ていた。

「彩奈さん、どうした。気分でも悪いの」

知らないうちに、圭子は両手で口を塞ぐような格好を取っていた。

国枝が躰を圭子の方に寄せてきた。

「柱の陰に隠れてて」

圭子は声を震わせ、思わずそう言ってしまった。

「なぜ、僕が隠れてなきゃならないの」国枝はのんびりとした声でそう言い、さらに圭子に近づき、彼女の視線を追った。

圭子は国枝の躰を押しやった。

店のメイン通路は二本ある。結城輝久は、圭子たちが座っている場所から遠い位置にある通路を奥に向かって歩き出した。

圭子は躰を揺らせながら、手にしていたライターを国枝の股の間に落とした。

「すみません」

国枝はテーブルに頭をつけるようにして床に視線を運んだ。

結城輝久がちらちらと圭子を見ていた。国枝の顔は絶対に見えない。

そのうちに席についた。座ってしまえば、こちらのことはよく分からないはずだ。

それでも、圭子は気が気ではなかった。

国枝がライターを見つけ、拾い上げようとした。圭子は国枝の背中に手を置いた。

「今日は帰って」

国枝が圭子の手を撥《は》ねのけた。「何かあったのか」

圭子は黙ってうなずいた。「何も訊かず、帰って」

「訳を知りたい。教えてくれるまでは帰らない」国枝の顔色が変わっていた。

「私、他のお客さんに呼ばれます」

「それがどうしたんだ。呼ばれたら相手をしてくればいい」

　スタッフが圭子の方にやってくるのが見えた。

「後で連絡するからすぐに帰って」圭子の語気が強くなった。

　国枝の表情も硬くなった。鋭くなった目が泳いでいる。「君は……」

「彩奈さん」

　スタッフに声をかけられ圭子は立ち上がった。そして、呆然として座っている国枝をちらりと見、小声でこう言った。

「私を指名してる客の名前は結城輝久よ」

　国枝は微動だにせず、圭子を見つめていた。

「ご馳走様でした」圭子は、ホステスの顔を作って、深々と頭を下げ、国枝のテーブルを離れた。

　手前の通路を出入口の方に向かい、もう一本の通路を奥に進んだ。

　輝久の前の丸椅子には黒木部長が座っていた。シーバスリーガルのボトルが置かれていたが、輝久が入れたものではないようだ。おそらく黒木が用意したハウスボトルだろう。

「彩奈ちゃん、結城さんに会ったんだってね」

「部長に言うの忘れてました。すみません」

「まあ、座って」

　圭子は結城輝久の隣に腰を下ろした。視線は国枝の席に注がれている。

　国枝の前には、先ほどついていた愛結が座っていたので、結城輝久の席から、国枝の顔はまったく見えない。国枝は会計をしているところらしい。ともかく、一刻も早く退散してほしかった。

「彩奈ちゃん、何、ぼうっとしてるんだよ」黒木に言われて、慌てて輝久の方を見、「お水割りでよろしいですか?」と訊いた。

　輝久が黙ってうなずき、煙草を取りだした。火をつけたのは黒木だった。

　輝久がじろじろと圭子を見た。「ドレス姿もなかなか綺麗だな」

「ありがとうございます」

「結城さん、引き抜かないでくださいよ」黒木が口をはさんだ。「この子、けっこうお客さんに人気があるんですから」

「この間会った時は、クビを心配してたよ」

「彩奈ちゃんをクビになんかしやしませんよ」

　スタッフが圭子を呼びにきた。

「お見送りにいってきます」

国枝が通路を歩いているのが目に入った。後ろから愛結がついてきた。

出入口のところで愛結と合流し、エレベーターの前まで国枝を見送った。

圭子と愛結の挨拶に対して、国枝は笑顔で応えることもなく、無言のままエレベーターに乗り、圭子に目を合わせることもなく消えた。

圭子は、結城輝久の名前を国枝に告げてしまったことを後悔した。もっと上手なやり方で、彼を店からすぐに出ていかせる方法はあったはずだ。しかし、あまりにも突然のことだった。圭子に冷静な判断ができる心の余裕はまったくなかった。結城輝久の名前が咄嗟に口をついて出たのは、おそらく、国枝にとって危険な人物の存在をただちに知らせたいという焦りがあったからだろう。

国枝は、これからどうするだろうか。

このまま家に戻るとは思えなかった。彩奈という名のホステスと結城輝久の関係を知りたくて、どこかで待っているに違いない。圭子は国枝からの連絡を待つことにした。

結城輝久の席に戻った。黒木の姿はなく、君香《きみか》というホステスが相手をしていた。君香は以前、銀座のクラブにいたことがあり、結城輝久を知っていたのだ。結城輝久は上機嫌で、知人友人の噂話を君香としていた。

圭子は気もそぞろだった。どんな展開が待っているか想像もつかなかったが、彼女はできるだけ早く国枝に会いたかった。

「彩奈ちゃん、何か変だよ」輝久に言われた。

「すみません。さっきシャンパンの一気をさせられちゃったせいです」

結城輝久が煙草を指に挟んでいた。圭子は慌てて火をつけた。

「店が終わったら、三人でご飯でも食べにいこう」

「私、アフター入っちゃってるの。ごめんなさい」

「結城さん、私も駄目なんです。お客さんにカラオケに誘われてて」君香が謝った。

「カラオケに誘われてるホステス、ひとりじゃないんだろう？」

「ええ」

「じゃ、俺と一杯やってから遅れて参加すればいい」

「それは無理です。私にとっていいお客さんなので」

結城輝久が濡れた眼差しで圭子を見た。「俺もいい客になるかもしれないよ」

「でも、今夜は無理なんです。すみません」

「結城さん、彩奈ちゃんの立場を考えてあげてくださいよ。この業界のこと、よく知ってる人なんですから」

結城輝久が躰を起こした。「君香、お前、俺に説教するのか！」

「そんなつもりは……」

「ざけんじゃねえよ！　アフターが二本重なったら、やりくりするのもホステスの仕事だ」

　大声を出した結城輝久に周りの視線が集まった。

「すみません。お付き合いできない私が悪いんです」

　黒木部長が飛んできた。「彩奈ちゃん、戸田《とだ》さんって人から電話が入ってる」

　圭子は「失礼します」と断ってから席を立った。

　黒木が、何があったのか結城輝久に訊いている声が耳に届いた。

　戸田なんて客は知らない。ひょっとすると国枝かもしれない。

　キャッシャーの横に置かれた受話器を取った。

「僕です。今夜、必ず会いたい」

「私も」

「どこで待ってたらいい？」

「カラオケボックスにしましょう」

「カラオケボックス？」

「誰かに話を聞かれる心配がないですから」

「なるほど」

　圭子は表通りにある大きなカラオケボックスを指定した。

万が一、結城輝久に店が終わった後の行動を見られても、カラオケボックスに入っていけば、相手は納得して引き下がるだろう。

席に戻ると、結城輝久の機嫌は直っていた。黒木がうまく宥《なだ》めたのだろう。

「悪かったな、大声を出したりして」結城輝久が圭子に謝った。

「いいえ」

君香が呼ばれた後は、ひとりで結城輝久の相手をした。

「来年開く新しい店の名前はもう決まってるんですか?」圭子が訊いた。

「いや、まだだ。彩奈ちゃん、君は編集者志望なんだから、かっこいい名前、考えてくれよ」

「私、そういうセンスないみたいです」

「今度、俺がここにくるまでの宿題にしておこう」

「はい」

閉店をつげる音楽が流れるまで、結城輝久は、最近のホステスがいかに質が落ちたかを話していた。

圭子はうんざりしたが、むろん顔には出さず、「これから私も気をつけなければ」と心にもないことを言い、話を合わせた。

やっと、結城輝久が勘定を頼んだ。支払いは現金だった。クレジットカードを持てない身なのかもしれない。

結城輝久を見送ると、すぐに着替えて裏階段を使って店を出た。

結城輝久が近くにいないか、周りに視線を走らせながら、表通りに出た。

カラオケボックスの前でもう一度周囲に目をやり、中に入った。

国枝の名前で部屋は取られていた。

六三二号室をノックした。

「はい」国枝の沈んだ声が聞こえた。

「私です」

ドアを開けた国枝は、圭子の顔を見ずにソファーに腰を下ろした。

「何を飲んでるんです？」

「ウイスキーだよ」

「先に注文してしまいますね。同じものでいいですか？」

「いや、ワインにしよう。ボトルで。その方がゆっくり話せる」

圭子は内線電話で注文した。その際、適当に食べ物も頼んでおいた。それからスマホの電源を落とし、バッグに仕舞った。

結城輝久が電話をしてきたり、功太郎からメールが入ったりすると気が散る。

今夜は、言葉の限りを尽くして話すことが、お互いにあるのだから。

国枝が吸っていた煙草を消し、窓辺に立った。

「君は何者なんだ」

圭子はそれには応えず、国枝の隣にゆっくりと移動した。

三

圭子は眼下を流れる車や歩道に溜まっている人たちを見るともなしに見ていた。

国枝は軽くうなだれたまま口を開かない。

どこからどう切りだしたらいいのか、見当もつかなかった。

重い沈黙を破ったのは国枝だった。

「こうなったら出るとこに出てもいい。僕は君たちと心中する」

「君たち？」圭子は訊き返した。

「惚《とぼ》けるな！　君と結城輝久は組んでるんだろう？　今夜、僕が店に来るのを知った君は、輝久に連絡を取り、計画を立てた。僕の恐怖心を煽《あお》って、また金を出させるつもりなんだな」

「誤解です」

「この期に及んで、まだシラを切るつもりか！」

「国枝さん、私は……」

「何も言うな」

国枝は時間を追うごとに興奮の度合いが増していった。

圭子はその場を離れた。「カラオケ、流しておきますね」

「……」

国枝が声を荒らげようが、他の部屋に聞こえることはないだろうが、音楽が流れていないのは変である。圭子はリモコンを手に取った。

「国枝さん、何がいいですか？」

国枝が憎々しげに圭子を睨み付けた。

客の歌いたい曲をホステスがリモコンに打ち込む。これまで何度もやってきたことを、こんな時にでもやろうとしている自分に驚いた。

国枝から見たら、落ち着き払っているように思えただろうが、圭子が、そんな質問を国枝に投げかけたのは、取り乱さないようにしようとした結果だった。

圭子は安室奈美恵《あむろなみえ》の歌を数曲選んだ。

伴奏だけとはいえ、部屋が賑やかになった。

「いくらほしい」国枝が忙しげに煙草を吸いながら訊いてきた。

「私が結城さんと会うのは、今日が二回目です。私の就職先を探してくれてる田口さんっていう人のことは話しましたよね。彼が紹介してくれたんです」圭子は、銀座のバーで会ったことや田口と輝久の関係を教えた。

「そんな話、信じられるか。君はどうやってその……僕の正体を……」

「知ったのは偶然です。結城さん、古い新聞の切り抜きを持っていて、それを私に見せました。軽井沢の別荘で起こった殺人事件の記事で、容疑者の顔写真が載ってました。その写真を見ても、すぐには国枝さんだとは分かりませんでしたけど」

「それはいつの話だ」

「あれは確か、先週の月曜日だったと思います」

国枝が水割りに口をつけた。「だったら、この間の土曜日に僕と会ってた時には知ってたんだね」

「ええ」

国枝が急に頭を抱えた。「分からない、君の考えていることが分からない」

「私も自分がやったことが分かりません」

国枝が顔を上げた。「君がやったことって?」

「結城さんが店に入ってきたことを国枝さんに教えたことです」

「僕が彼に見つかっても、君には何の関係もないじゃないか」

「その通りです」

「じゃ、なぜ」

「一度しか会ってませんが、結城さんって人、私、生理的に嫌いなんです。あんな男に、国枝さんの正体がバレるのが我慢ならなくて。本当は、もっと上手に店から出ていってもらう方法が見つけられればよかったんですけど、咄嗟なことでしたから、彼の名前を国枝さんに伝えるしかありませんでした」

「君が言ったことが本当だったら、僕は君に感謝しなくちゃならないんだろうけど、何となくすっきりしない」

「お気持ちは分かります。でも、これだけは信じてください。私、絶対に結城さんの仲間なんかじゃないですから」

「彼に会うのは、今夜が二度目だというのは本当か」

「ええ。もしも疑うんだったら、うちの黒木って部長に、探りを入れてみてください。結城さん、黒木部長の知り合いで、彼と私が会った時のことを話してますから」

「もう君の店にはいかない。いや、いけないよ」

「すみません。そうですね」

「結城輝久は、君にどんなことを言ってたんだ」

「父親を殺した人間がのうのうと生きてると思うと腹が立つと言ってました。その話を田口さんとし始めた時は、私、何を言ってるのか分かりませんでした。軽井沢で起こった事件と聞いて、私、興味を持ったんです。国枝さんにも、軽井沢にある友だちの別荘で昔、殺人事件が起こった話をしましたよね。そのことを思い出して……」

国枝が黙ってうなずき、グラスを空けた。圭子はまず国枝のグラスに酒を注ぎ、それから自分のにも少しだけ注ぎ足した。

安室奈美恵の曲がすべて終わっていた。今度はB'zを流すことにした。

「あの別荘での話をされた時は、どきりとしたよ。あの時は……」

「あの事件と国枝さんが深く関係してるなんて知りませんでした。たまたま思い出しただけです。同じ話を結城さんにもしたら、新聞の切り抜きを見せてくれたんです。彼、週刊誌の力を借りてでも、国枝さんを見つけ出したいみたいです」

「週刊誌をどうやって使う気なんだい」

圭子は、あのバーで聞いたことを国枝に伝えた。「……田口さん、その場で断ったから、週刊誌が動くことはないと思いますけど」

「僕を見つけて金にしたいってことらしいな」国枝がつぶやくように言った。

「田口さんも同じようなこと言ってました」

国枝は新たな煙草に火をつけ、じっと前を向いたまま口を開かなかった。

　圭子は少し気持ちが落ち着いてきた。

　内線電話が鳴った。圭子は国枝に断りなく、延長を頼んだ。

「君は僕といて怖くないのか」

「全然」

「君が読まされた記事の内容を信じてないのか」

「国枝さんは無実なんですか？」

　国枝は背もたれに躰を倒した。「残念ながら違う。輝久の親父を殴り殺したのは僕だよ。言い訳するわけじゃないけど、向こうが先に金属バットで襲いかかってきたんだ。でも、あそこまでやることはなかった。相手は車椅子に乗ってる人間だったし」

「相手の女性に気持ちがあった。だから……」

「そうかもしれないな。輝久の親父は女房のことも殺すようなことを言ってたしね。ともかく、かっとなった。冷静な行動を取るべきだったのに。今更、言ってもしかたないことだけど」

「私、絶対に誰にも言いませんから」

　国枝はちらりと圭子を見、唇を嚙みしめながら目を逸らした。

「私のことまだ信用できないんですね。結城さんと結託するなんて死んでもありえません」

国枝は、納得したのか何度もうなずいてから、姿勢を正した。「君には心から感謝してる。君が機転をきかせてくれていなかったら、僕は輝久の餌食になっていたかもしれない。ありがとう。本当にありがとう」

深々と頭を下げられた圭子は、何とも言えない嫌な気分に襲われた。

「国枝さん、頭を上げてください」

言われた通りにした国枝がじっと圭子を見つめた。圭子は目を合わせてはいられなかった。

「君とは長い付き合いをしていこうと言ったけど、それでいいのか」

「はい。こちらの気持ちに変わりはありません。土曜日にだって、国枝さんの正体を知ってたんですよ、私」

「僕が殺人犯だということ、本当に気にならないの？」

「新聞の顔写真の人が国枝さんだって分かった時は、躰が震え出しました。でも、私の知ってる国枝さんは、殺人者のイメージとはほど遠い人だから、そうなったのは深い事情があったからだと思いました。それでも気にはなりますよ。けど、それを理由に会わないようにするなんて、私にはできません」

ワイングラスをテーブルに戻した瞬間だった。国枝がいきなり圭子を抱き寄せ、唇に唇を重ねてきた。想像もしていなかった国枝の行動に面食らった圭子は抵抗した。

　国枝が躰を離した。「すまない。こんなことをする気はなかったのに。君の優しさにほだされて……」

　圭子は国枝の手を握った。「長いお付き合いをしていきましょう」

「うん。そうだね」国枝の頰に笑みが浮かび、目つきが柔らかくなった。

　キスぐらいちゃんとしてもよかった。それを妨げたのは、恐喝のことが脳裏をよぎったからだ。

「これからは土日を利用して会いましょう」

「うん」

「結城さんのことで何か新しいことが分かったら連絡しましょうか」

「それは願ってもないことだけど、どうしてそこまで」

　圭子を見る国枝の目に怯えの色が浮かんでいた。圭子が、今度のことに深く関わり、自分の味方をしてくれることが理解できず、それが怯えを呼んだらしい。

「自分でも分かりません」圭子を顔全体をかすかにゆるめ、国枝を見た。

「僕は怖くなってきた」

「何がです？」

「自分の心が」

私も。そう心の中で圭子はつぶやき、腕時計に目を落とした。「国枝さん、そろそろ帰りましょう」

圭子たちがカラオケボックスを出たのは午前三時近くだった。

輝久がまだ六本木にいるかもしれないので、用心した方がいいと思い、歩道に出ると、ふたりは別々の方向に歩き出した。

タクシーの中から、空車を拾おうとしている国枝が見えた。

国枝を助けることができたことがなぜかとても嬉しかった。

国枝からメールが届いたのは、翌日の午後だった。

〝昨夜は君のおかげで助かりました。ありがとう。でも、ああいう場所で、誰にも邪魔されずふたりだけですごせるなんて考えもしませんでした。もう店には行きませんが、ゆっくり会える場所はいくらでもあるということですね。彩奈さんは、水商売から抜けたいんですよね。いつでも抜けてください。後のことは何とでもなります。彩奈さんが望んでいる仕事に就けるまで、僕のことを君の応援団だと思ってくれてかまいません。僕のような人間を当てにしたくないかもしれませんが、飲みたくない酒を飲んで、話したくもない男の相手をするよりはマシでしょう。次回、会った時に具体的な話をしましょう〟

国枝は下心なく、援助を申し出ている。時効が成立しているとは言え、正体がバレたら社会的には抹殺される。自分は国枝の命の恩人だといっても過言ではない。そういう相手に、お礼がしたいという気持ちは理解できる。しかし、彼の世話になるつもりはまったくなかった。二千万もの金を脅し取った相手、しかも知れば知るほど情のようなものが湧いてきた男を騙すような真似《まね》は絶対にしたくなかった。

それに、誰の世話にもならずに凌《しの》いでいくために、自分は恐喝に手を染め、金を手に入れたのだ。

しかし、皮肉なものだ。恐喝した相手が、自分を助けようとしているのだから。

功太郎からもメールが入った。

出張で仙台《せんだい》に来ていて、戻るのは明後日だと書かれてあった。

恋人でも何でもないのに、いちいち自分に報告してくる功太郎に腹が立った。

店に出る前に、圭子は六本木の本屋に寄った。買いたい本がなくても、彼女はよく本屋に立ち寄る。ずらりと並んだ本を眺めているだけで落ち着くのだった。

文芸書の担当になれるのだったら、書店を就職先に選ぶのもひとつの方法だと思った。自分の好きな本を直接、読者に勧めることができるのは書店員だけである。

書店に正社員として入るのも簡単ではないだろうが来年は受けてみようかと思っ

た。

書店を出て、六本木の交差点に向かった。

喫茶店アマンドの前を通りすぎようとした時、すっと男が寄ってきた。

「やっぱり、岡野さんだ」

声をかけてきたのは、功太郎の家で会った、車メーカーに勤める米島だった。

「どうもお久しぶりです。お元気ですか？」圭子が笑いかけた。

「何とかね。今からどちらに？」

「ちょっと用があって」圭子は、よく知らない米島に、ホステスのアルバイトをやっていることを言いたくなかった。「米島さんは……」

「ここで友だちと待ち合わせをしてるんだ」

「吉木さんから聞きましたが、お子さんが生まれたそうで。しかも双子の。おめでとうございます」

「ありがとう。まさか双子が生まれるとは思わなかったよ」米島は照れくさそうに笑った。「君と吉木のマンションで会った翌週から、一ヶ月、デトロイトに出張してた。だから、出産には間に合わないかもしれないって思ってたけど、帰国した翌日に生まれたんだ」

「ふたりの赤ちゃん、パパが帰ってくるのを待ってたんですよ」そう言った瞬間、圭子の顔が曇った。「米島さん、十月の大半はデトロイトにいたんですか」

「そうだよ」

「変だなあ」圭子が首を傾げた。

「何が変なの？」

「十月の半ば頃なんですけど、米島さんが、私を新宿駅で見た、と吉木さんが私に言ったんです」

「そんなことありえないよ。十月半ばには日本にいなかったんだから。本当に吉木がそんなことを言ったの？」

「私の聞き違いかもしれません」そう答えた自分の頬が引きつっているのを感じた。

「岡野さんの勘違いだよ」

「そうだったみたいですね」圭子は笑って誤魔化した。

黒いコートを着たふたりの男が米島に近づいてきた。米島の友人たちだった。

「じゃ、僕はこれで」

「変な勘違いしたこと吉木さんに言わないでくださいね。恥ずかしいから」

「余計なことは言わないよ。それより、岡野さんも、僕たちの城巡りに参加してほしいな」

「ちゃんと就職が決まったら考えます」

圭子は米島とその連れに頭を下げ、歩き出した。

妙だ。功太郎は確かに、米島が新宿駅で自分を見たと言った。あれは十月十四日。脅迫状を投函しようとしていた時のことだ。

アメリカのデトロイトにいた人間が、新宿駅で自分を見ることは不可能である。

功太郎が嘘をついたことは間違いない。

では、誰が新宿駅にいた自分を見たのか。功太郎自身としか考えられない。だが、功太郎だったら、なぜ声をかけてこなかったのだろうか。自分の様子がおかしかったから話しかけづらかったのか。

そうだったとしても、米島が見たなんていう嘘をつく必要はないではないか。

功太郎は、何らかの方法でもって、自分の行動を探っていた。まさかとは思うが……。

至急、問いただしたくなったが、功太郎は東京にはいない。

問いただす前に、彼がどんな人間かをもっと知りたくなった圭子は田口に相談してみることにした。

田口はすぐに電話に出た。

「おう、圭子ちゃんか」

「今夜、時間取れます?」

「今、何時だっけ」

「八時少し前です」

「九時をすぎれば大丈夫だけど、今夜は店には行けないよ」

「店には来なくていいですから、どこかで会えません？」

「何かあったの？」

「話は会った時にします。店は休みますから，場所と時間を指定してください。六本木だけは避けたいですけど」

「じゃ、赤坂《あかさか》のバーにしよう。場所はメールで送っておくよ。そこで九時半でどうだい？」

「分かりました」

すぐに店に連絡を取り、体調が悪いので休むと伝えた。

それから歩いて赤坂に向かった。途中で田口からメールが入った。店は赤坂田町《たまち》通りにあるバーだった。

赤坂見附《みつけ》にある家電量販店とドンキで暇を潰してから、指定されたバーに向かった。

そのバーは雑居ビルの七階にあった。

田口が窓際の二人掛けの席を予約していた。そこだけが奥まっていて、他に席はなかった。

生ビールを頼み、ちょっとだけ口をつけた時、田口がやってきた。

田口はカウンターの中にいた五十ぐらいの男と親しく話してから、圭子と同じようにビールを頼んだ。そして、彼女の前に腰を下ろした。

ほどなく田口のビールが運ばれてきた。圭子はスマホの電源を落とし、バッグに仕舞った。

「深刻な話?」

「田口さん、絶対に他言しないって約束してほしいんです」

「よほど重要なことなんだね」

「そうじゃないんですけど、誰にも言わないでほしいんです」

「分かった。約束する」

「実は功太郎さんのことなんです」

「あいつが何かしたのか?」

「いえ。何もしてはいませんが、変な嘘をついたんです」

圭子は米島と偶然会ったところから田口に教えた。

「……功太郎さんは、私が新宿駅にいたことを知ってました。米島さんから聞いたんじゃないのは明らかでしょう?」

「それは変だな」

「ここまでくる途中にいろいろ思い出したんですけど、田口さんに会社の近くのお鮨屋さんで会った時、功太郎さんから電話がありましたよね」

「あったね」

「この間の土曜日、お客さんに誘われて新宿のバーで飲んでた時に、功太郎さんが現れたんです。偶然だと言ってましたし、その時は私もそう思ってましたけど、功太郎さん、GPSを使って、私の動きを調べていた気がしてきたんです。考えすぎかもしれませんが」

　田口がビールを飲み干し、アードベッグの水割りを頼んだ。

「よくしてもらってる功太郎さんを疑いたくはないんですけど、新宿駅の件は嘘だし、お客さんと飲んでいたバーに偶然来たというのも変だし」

「今、スマホはバッグの中？」

「ええ、電源落としてます」

　水割りが田口の前に置かれた。田口は煙草に火をつけ、窓の外に目を向けた。

「功太郎はいい奴だけど、思い込みが激しいところがあるんだ」

「過去にも女の人の行動を密かに探ったことがあったんですか？」

「城巡りのメンバーに、バイトしながら劇団に入っていた若い子がいた。僕が紹介したんだけど、功太郎はその子が好きになってしまってね。彼女の出てる芝居は必ず見に行き、君の場合と同じように、よく食事に誘ったりしてた。その子はとっても目が大きくて、近眼だから、じっと相手を見る癖があった。功太郎はそれを誤解して、自分を好きだから、見つめてくると思い込んだ」

「で、彼は彼女に意思表示をしたんですね」

「いきなり、結婚してほしいって言ったそうだよ」

　圭子は力なく笑うしかなかった。

「その子は当然、断った。そうしたら、彼女の後を尾けたり、劇団員の打ち上げの場所に顔を出したりするようになったんだ。彼女から相談を受けた僕は、功太郎と話し、何とかストーカー行為を止めるように説得した」

「効果はありました？」

「うん。以後、彼女に迷惑をかけることはなくなったよ。でも、その後がね」

「何かあったんですか？」

「功太郎自身がちょっとおかしくなって、彼女と行った場所をひとりで歩き回るようになった」

「ノイローゼになってしまったんですね」

「症状は軽かったようだけど」

「信じられないです」圭子はつぶやくように言った。「よく人の話を聞いてくれる優しくて、穏やかな人でしたから。ストーカー行為を働くような人には……」

「ちょっと変わった感じはしただろう?」

「ええ。私を〝見守っていたいんだよ〟って言われたことがあるんですけど、その言葉に違和感を感じました」

「付き合ってほしいって言われたことはないの?」

「ありません」

「圭子ちゃんは、お客さんの中に好きな人がいるそうだね」

圭子の顔つきが変わった。「功太郎さんが言ったんですね」

「ああ。そのお客さんの会社にまで行ってるそうじゃないか」

「はあ?　彼の会社に行ったことなどありませんよ」

田口がにやりとした。「誰のことを言ってるのか分かってるんだね」

「ええ」

「土曜日に一緒に飲んだお客さんってその人?」

「はい。ですが、私の恋人でも愛人でもないですよ。功太郎さんが誤解してるだけです。でも、どうして彼の会社に行ってるなんて言い出したのかしら」

「その人の会社、港《みなと》区港南にあるそうだね」

「そう聞いてますけど」

「功太郎は、君が品川駅の港南口に向かうのを見たそうだ。でも、君は港南の方には行ったことがないと彼に言った。嘘をついた理由は、そのお客の会社に寄ったからだろうと功太郎は思ってるんだ」

国枝が、華道教室の講師を殺した犯人ではないと分かった後に、彼の会社の近くまで行ってしまった。その時、功太郎から、会社を休んで、品川のマーケットで買い物中だというメールが入った。自分が品川駅の周辺にいることを知って、あのようなメールを送ってきたに違いない。

「確かに、私、港南地区をぶらつきました。でも、彼の会社が、港南にあることは忘れてました」圭子は誤魔化した。「功太郎さんに、港南地区に行ったことがあるかと聞かれた時、お客さんに変に思われるかもしれないと嘘をついたんです」

田口が薄く微笑んだ。「よほど、そのお客を意識してるんだね」

「別にそういうわけでは」圭子は目を伏せた。

「まあ、いいや、そのことは」

圭子は、港南地区にいた時に、功太郎からきたメールについて教えた。

「間違いなく功太郎はGPSを使って、君の居所を探っていたようだな」

「どうやってそんなことができるんですか？」

「僕にも分からないけど、功太郎は、パソコンや携帯についてやたらと詳しいんだ」そこまで言って、田口は険しい表情をして、黙ってしまった。

「どうしたんです？」

「功太郎の家に行った日、君はスマホを忘れて帰ったよね」

「ああ」圭子は思わず声を上げてしまった。

「帰る時に、テーブルの上におかれた君のスマホを見つけたのは僕なんだ」

「彼に連絡をしたら、新宿まで持ってきてくれました」

「スマホ、ロックしてあった？」

圭子は首を横に振った。

「功太郎が君のスマホに何かする時間は十分にあったってことだな。ちょっとスマホを見せて」

圭子はバッグからスマホを取りだし、電源を入れてから田口に渡した。

田口は黙ってスマホを操作した。

「遠隔サポートのアプリ、入ってないね」

「無駄なアプリはできるだけアンインストールしています」

田口はまたスマホをいじり始めた。そして、突然、スマホの画面を圭子に向け、興奮気味にこう言った。

「見つけたよ。ニハルっていう遠隔操作アプリがインストールされてる」

圭子の鼓動が激しくなった。「どうしたらいいんでしょう」

「アンインストールする?」

「ええ……いや、ちょっと待って。そのままにしておいてください。証拠がなくなってしまうから」

田口はスマホの電源を落とした後、圭子に返した。

「バッグに仕舞っておいて」

圭子は言われた通りにした。

「そのアプリは、たとえばどんなことができるんです?」

「相手の居場所、メール内容、音声の録音、勝手に写真を撮ることだって可能だそうだ。電源を落としていても、カメラを作動させることができるらしい」

圭子は気が遠くなりそうになった。

もしも、田口が言った通りのことを功太郎がやっていたとしたら、国枝とのメールを読まれていたぐらいではすまない。国枝に対する恐喝のことが、バレていた可能性もある。

いや、脅迫文作りは無言でやったから、音声を拾っても何も分からないはずだ。

だが、変装し、横田と名乗ってホテル・ボーテにチェックインしたことは知られているかもしれない。

「最近、バッテリーの保ちが悪くなったと感じたことない？」

「バッテリーの保ちは、だいぶ前から悪くなってますから、特には」

「録音機能なんかを長い間使ってると、バッテリーの保ちが極端に悪くなるんだけど。功太郎、それほど使ってなかったのかもしれないな」

　ニハルの機能がいくら優れていたとしても、功太郎が四六時中、圭子の行動や会話を摑んでいたとは思えない。彼にも仕事があるのだから。音声をすべて録音していた可能性もないだろう。聞きたくなった時に盗み聞いていたと考えるのが普通だろう。

　何であれ、このまま放っておくことはできない。功太郎と対決しなければならなくなった。しかし、功太郎が、そのアプリを無断でインストールしたという証拠はない。シラを切られたら、それまでである。

「圭子ちゃん、そんなに怖がらないで」

「気持ちが悪くて」

「僕が彼に話してみようか」

「いいえ、いいです。正直に彼が認めてくれたらいいけど。そうならなかったら、功太郎さんとの関係が悪くなってしまうでしょう」

「あいつ以外に、やった奴は考えられないじゃないか」

「私が何とかします。彼のやったことは罪になるんですか？」

「もちろん。不正指令電磁……何とかっていう法律がある。知り合いの男のスマホに遠隔操作アプリを無断でインストールして捕まった女もいるよ」

ともかく、功太郎に不正な行為をやっていたことを認めさせなければならない。話はそれからだ。

圭子は横に置いてあったバッグを手に取った。「田口さん、本当にありがとうございました」

「もう帰るの？」

「ショックで立ち直れない気分です」

「もう一軒、行こう」

「ここのお勘定は私が」

「そんなこと気にしなくていいよ。本当に帰るの？」

「今度、お礼に私がご馳走します。でも、今夜はこのまま帰らせてください」

深々と頭を下げ、圭子は席を立った。

功太郎が東京に戻ってきたら、彼を追い込んでやる。何が何でも、証拠を握ってやる。

圭子は鬼のような顔をして、地下鉄の駅に向かって歩き出した。

四

圭子が田口と会っていた頃、国枝悟郎は文恵のマンションにいた。

彼女に呼び出されたのである。

お茶を煎《い》れてから、文恵は富永と飲んだ時の話を始めた。

悟郎は煙草をふかしながら聞いていた。

「……富永が恐喝者の可能性だってあるのよ。だから、私、彼ともっと親しくしようと思ってる」

「まさか、彼がそんなことをするとは思えない」

「お兄ちゃんがここに来た時に、お兄ちゃんを目撃し、後を尾けた。自宅を知った結果、お兄ちゃんが何をやってるのかも分かり、強請る気になった。ともかく、彼はプー太郎。金はないんだからね」

「娘に犯罪の片棒を担がせるようなことは父親だったらやらないだろう」

文恵が鼻で笑った。「お兄ちゃん、考えが甘いわ。父親と娘が結託して悪さを働くなんて珍しいことじゃないわよ」

「まあね」悟郎はゆっくりと茶をすすった。

「お兄ちゃん、どうしたの？　何となく元気がないけど」

悟郎は妹に、昨夜の一件を話そうかどうしようか迷っていた。話せば、文恵は彩奈を疑うに決まっている。輝久が新たな手を考え出し、仲間のホステスを使ったと言い出すだろう。いくら自分が反論しても、〝お兄ちゃんは甘い〟と言われ、信用してもらえないに決まっている。

しかし、このまま黙っているわけにもいかない。自分を気遣ってくれ、恐喝者が誰なのか見つけ出そうとしている妹には包み隠さず話すべきだ。

「実は、大変なことになりそうだったんだけど、或る人間のおかげで回避できた」

「大変なことって、正体が……」

悟郎は黙ってうなずいた。

「いつどこで誰に」文恵は顔色を変え、怒ったような口調で訊いてきた。

「六本木のクラブで飲んでた時、結城輝久が入ってきたんだ」

「彼に顔を見られたの？」

悟郎は首を横に振った。

文恵は目を瞬かせながら、悟郎をじっと見つめた。「結城輝久には子供の頃以来、会ってないのに、その男がどうして彼だと分かったの？」

「教えてくれた人間がいたから」悟郎の声は弱々しかった。

「よく分からない。たまたま、店にいた誰かが、彼の名前をフルネームで口にしたの？」

「俺が何者か知っていて、結城輝久が来たことを教え、店からすぐに出るように言ってくれた人物がいたんだ」

「ますます話が分からなくなった」文恵はつぶやくように言った。「この間、ここにきた時、六本木のホステスからメールがきたわよね。その時のお兄ちゃん、とても楽しそうな顔をしてた。今、話に出たクラブって、彼女が働いてる店？」

「うん」

「お兄ちゃん、その子が好きになり、正体を自分でばらしてしまったんじゃないでしょうね」

「そんなことするわけないだろう」

「結城輝久が店に現れたことを教えてくれたのは誰？　その子じゃないの」

　悟郎は黙ってしまった。

「その子なのね」

　悟郎は力なくうなずいた。

「じゃ、その子、兄さんの正体を前から知ってたってこと」

「偶然、結城輝久にバーで会った時、事件に関する新聞記事の切り抜きを見せられたそうだ。お前が見せられたのとおそらく同じものだろう。そこに俺の若い頃の写真が載ってた。それで俺の正体を知ったと言ってた」

「結城輝久と偶然、会ったなんて、お兄ちゃん、本気で信じたの」

「彼女は嘘はついてない」

「その子が結城輝久に、いつどこでどうやって会ったのか、私に教えて」

悟郎は彩奈から聞いた話を、できるだけ正確に妹に伝えた。

「彼女は、あの別荘に行ってるって、兄さんにも言ったのね」

「そうだよ。その話を聞いた時、俺は彼女と深い縁を感じたよ」

「はあ」文恵が顔を歪めて、天井を見上げた。

「お兄ちゃん、どこまでお人好《ひとよ》しなの。その女、ずっと前から結城輝久を知っていて、奴に操られてるのよ」

「初めは俺もそう考えたさ。でも、彼女の話を聞いてるうちに、彼女と輝久が結託してるとは思えなくなった。お前は会ってないから分からないのは無理もないが、本当にいい子なんだ。それに、助けてくれたのは彼女だよ」

「全部、仕組まれてるのよ。お兄ちゃんが気に入ってるホステスは、以前から結城輝久と付き合いがあり、或る時、例の新聞の切り抜きを見せられた。その後に、お兄ちゃんが彼女の働いている店に行き、彼女と知り合った。いつ分かったかははっきりしないけど、ともかく、新聞に載ってた男が国枝悟郎という客だと気づいた。その話を輝久にした。輝久は密かに、お兄ちゃんを見、間違いなく下岡浩平だと分かった。今のお兄ちゃんが会社の社長で、品川の一等地に住んでることも突き止めた輝久は強請りを考えた」そこまで言って、文恵は顎を軽く上げ、睨むような目で悟郎を見つめた。「そのホステス、学生だって言ってたわね」

「そうだよ。金がないから嫌々、夜の仕事をしてるんだ」

「輝久と男女関係にあるかどうかは分からないけど、ふたりは組んでるのよ」

文恵はスマホを手に取った。「お兄ちゃん、もう一度私がホテル・ボーテで撮った女の写真を見て」

悟郎は渡されたスマホに視線を向けた。

「よく見てよ。その子と似てない？」

悟郎はじっと写真を見つめた。

ボブカット風の髪に大きなサングラスをかけた左斜めからの写真。横顔すらはっきりとは分からない。しかし……。

初めて写真を見せられた時も、誰かに似ている気がしたが、その夜は、彩奈の躰つきを思い出した。

スマホを妹に戻した。

「違うな。全然、似てないよ」

「本当に？」

悟郎は首を横に振った。

躰つきが彩奈に似ているということは、なぜか口にできなかった。彩奈に疑いの目を向けているのに、彼女を庇《かば》いたくなっている。なぜだろう。自分でもよく分からなかった。

「ホテルに現れた女は別人のようだけど、お兄ちゃんが親しくしてるホステスは、輝久の仲間よ」

「さっきまでお前、富永を疑ってたんじゃないのか」

「あの時は、まだこんな大事な情報が入ってなかったもの」

「彩奈は……。その子の源氏名、彩奈って言うんだけど、彼女は輝久のことを嫌ってる。俺の前で見せた態度が嘘だとは思えない」

「それが真っ赤な嘘なのよ」文恵が間髪を入れずにそう言い切った。

「お前の言う通りだとして、輝久の狙いは何なんだい？」

「あなたを輝久から救った、その彩奈とかいうホステスを、お兄ちゃんは命の恩人だと思ってるでしょう？」

「うん」

「お金で苦労してる彼女にお願いされたら、面倒を見る気になるんじゃないの」

図星である。悟郎は苦笑し、吸っていた煙草を消した。

「輝久はその女を使って、お兄ちゃんからまた金を取ろうとしてるのよ。正体がバレないようにして何度も恐喝を続けるのは難しいでしょう。だから、そんな手を考えだしたのよ。最初は数十万ぐらいを女に要求させ、そのうちに、いろいろな口実を使って、もっと金にしようとするつもりでいるのよ」

「俺には、お前の言ってることに実感が湧かない。彼女を使って、そこまで計画を立てているんだったら、何もお前に会いにくる必要はなかった気がするけど」

「自分が、お兄ちゃんの居場所を知らないということを私に印象づけたかったんじゃないかしら。あいつは、私たち兄妹が連絡を取り合っていると疑っている。私たちが仲がよかったことを知ってる富永だって、同じように思ってるんだから。そういう風に考えてもちっともおかしくはないけどね。ともかく、輝久は母親のことまで持ち出し、お兄ちゃんに揺さぶりをかけた。半分は、お兄ちゃんをいたぶって愉しもうという気持ちの表れなんだろうけど、残りの半分は、自分のやっていることを隠すためだろうと思う」

写真に写っていた女の躰つきはどことなく彩奈に似ていたが、輝久の手先になっているとは信じられなかった。

彩奈は、店に輝久が入ってきた時、必死で自分の顔が彼に見えないようにしてくれた。あの態度が演技だとはとても思えなかった。

「お兄ちゃん、これからどうするつもり？」

「どうするって何を？」

「暢気なこと言ってるわね。輝久にも正体がバレてるのは間違いないのよ。一生、取り憑かれるに決まってる」

「何度も言うけど、彩奈が輝久と組んでるなんて考えられない」

「じゃ、何で危険を冒してまで、お兄ちゃんを助けたのよ」

「……」

「その子とは店以外でも会ってるの？」

「この間の土曜日も一緒に飲んだよ」

「彼女がお兄ちゃんに言ったことが嘘ではなかったとしての話だけど、そのデートは、その子が輝久から新聞の切り抜きを見せられる前のこと？」

「いや、後だ」

文恵は呆《あき》れ顔で悟郎を見た。「お兄ちゃんが人を殺した人間だと知ってて、デートする女なんかいないよ」

「お前の言う通りかもしれないけど、俺とその子は、妙に気が合うんだ。俺は彼女といるとほっとした気分になるし、彼女も心からリラックスしているのが感じ取れる。彼女は母子家庭に育ち、学校にも奨学金で通い、頑張ってきたけど、いまだ就職が決まってない。簡単に言えば寂しい人生を送ってる。俺の方も、お前のようないい妹を持っていても、やっぱり、逃亡者の孤独が癒えることはない。だいぶ前だけど、援助交際が話題になったことがあったよね。あの時、或る人が言ってた。エンコーは、女子高校生が中年男に金で身を売るようなものだけど、誘う方の男は会社でうまくいっていなくて、女子高校生の方は学校で疎外されてる。そんなケースがよく見られたそうだ。つまり、満たされない日々を送っていた者同士が繋がってるんだというんだな」

「お兄ちゃんとその子の関係も同じだと言いたいわけ？」

「うん。お互い、相手が空しい生活を送っていることを感じ取ってる」

「関係したの？」

悟郎は首を横に振った。「彼女の将来を考えたら、俺とは関係しない方がいい。誘うつもりもないよ」

「お兄ちゃん、その子に惚《ほ》れてるのね」

しばし微動だにしなかった悟郎だったが、文恵をまっすぐに見て微笑んだ。「久しぶりに女を好きになったよ」

「輝久の母親を好きになって以来ってこと?」

「女房には感謝しているし、情はあるが、彼女に恋心を持ったことはなかった。だから、文恵、お前の言う通りかもしれないな」

「お兄ちゃん、どこまでお目出度《めでた》いの。その子はお兄ちゃんを騙《だま》してるだけ」

「もう二度と言わないけど、あの子は輝久の手先なんかじゃない」

文恵がメモ用紙とペンを手にした。「その子の本名は?」

「文恵、彼女のことを調べるつもりなのか」

「知れることは知っておきたい。その子の嘘を暴ける方法が発見できるかもしれないから。お兄ちゃん、私になら何でも言えるでしょう?」

悟郎は彩奈の本名を教えてから、通っている大学名も教えた。

「どこに住んでるの?」

悟郎は苦笑しながら、この近くらしいと答えた。

文恵が呆れ顔で背もたれに躰を倒した。

「この近くに住んでるからって、恐喝に関係してるとは言えないだろうが。お前の存在まで彼女が知ってるはずはないし」

「まあ、そうだけど、嫌な感じはするわね。彼女、二年前に、例の別荘に泊まったって言ってたんだよね」

「うん」

「それが嘘だったら、お兄ちゃん、騙されたことを認める？」

「もちろんだよ」

「その子に、持ち主の名前をそれとなく訊いてみて」

「やってみるけど、お前が、あの別荘のことを調べるのは不自然じゃないのか」

「電話で誰かに訊くと変に思われるから、軽井沢に行き、そうね、富永の兄さんのやってる喫茶店にでも行って、それとなく探ってみるわ。輝久の母親も行ったたって言ってたから、話しやすい」

「好きにしたらいい。俺は彼女を信じてる」

そう言い残して、悟郎は腰を上げた。

「ともかく、彩奈というホステスに会って、今の別荘の持ち主の名前を聞きだして」

「うん。お前には本当に世話になりっぱなしだな」

「何を言ってるの。私たち兄妹よ」

悟郎は文恵と目が合うと、胸が熱くなってきた。

タクシーを拾い、自宅に向かった。

妹に見せられた写真のことが気になっていた。躰つきだけだが、彩奈に似ている。もしも彩奈が、あの恐喝事件に関係していることがはっきりしたら、自分は彼女に対してどういう気持ちを持つだろうか。

騙されていたことに対して憎しみを感じるだろうか。おそらく、彼女に対して抱いている仄《ほの》かな想いを消すことはできない気がした。

別荘の今の持ち主の名前を聞き出す時、彩奈に揺さぶりをかけてみたくなった。彼女がホテル・ボーテに現れた女だったら、彩奈も犯罪者だ。

彩奈も人に言えない秘密を持っている。そうなると親密さの度合いが増すだろう。とてつもなく馬鹿げた考えだと分かっているのに、彩奈が恐喝の片棒を担いでいたと思えば思うほど、彼女が愛《いと》おしくなってきた。

五

圭子は怯えていた。考えないようにしようと努力すればするほど、却って、最悪のことしか頭に浮かばなかった。

遠隔操作アプリを使って、自分のことを監視していた功太郎が、恐喝に気づいていたら、どうしよう。圭子はそのことばかりを気にしていた。

恐喝に気づいていたかどうか、探りを入れるためには、まず遠隔操作アプリを自分のスマホに密かにインストールしたことを、功太郎に認めさせなければならない。ぐうの音もでない状況に功太郎を追い込むにはどうしたらいいだろうか。

功太郎に盗聴させるか、メールを読ませるかして、彼を誘《おび》き出す。その場合は功太郎が、その場に何が何でも行きたくなるような話をでっち上げなければならない。

田口と別れ、家に戻った圭子は、ずっとそのことを考えた。

新しい男が出現したようなメールを功太郎に読ませるのはどうだろうか。相手の男に興味を持ち、功太郎は、デートの場所に現れる可能性がある。

この間、国枝と会っていたバーに、彼は偶然を装って顔を出した。しかし、あのようなことは、二度続けてはできないだろう。それでも、自分が男と会う場所の近くまではやってくるに違いない。

架空の男とのメールのやり取りはどのようにしてやろうか。田口に手伝ってもらうわけにはいかない。彼は功太郎の友人なのだから。国枝を巻き込む気はなかった。となると……。相手は女でもかまわない。学校の友だちに頼もうか。いや、それも考えものである。出来たら誰にも知られずに進めたい。

そうか。自分で新しいスマホを買えばいいのだ。そこから、メールを打ち、それに応えていけば、他人に協力させるよりも安全だし、架空のやり取りをひとりで作るのだから満足のいくものになるだろう。

翌日、学校の帰り、新宿にある携帯電話ショップに行った。その日は朝から、念のためにスマホの電源を落としていた。

新たなスマホを手に入れると、家に戻り、時間をかけて、架空のやり取りの文面を作った。

〝昨日は、びっくりしたよ。圭子ちゃんとあんな形で再会するなんて。高校の時から素敵な人だと思ってたけど、さらに綺麗になってたから、ドキドキしちゃった。急だけど、明後日の土曜日、用事がなければ、夕食を一緒にしたいんだ。どうかな？　君和田徹《きみわだとおる》〟

文面を読み直した時、顔が赤くなった。そうしなければならない理由があるとはいえ、自分で自分を褒めそやしていることが、とても厚かましい行為に思えたのだ。

送信し終わると、そのスマホをミュートにして、元々の自分のスマホをバッグから取りだし、キッチンで電源をオンにした。

電源を切っている間には、メールは一本も入っていなかった。

君和田徹からのメールを開く。そして、少し間をおいて返信した。

〝メールありがとう。私も再会できて、すごく喜んでます。君和田さんが、あんなに面白い人だとは意外でした。格好いいから、ナルかなって思ってたけど、全然、違ってて、私、ほっとしました。君和田さんほどきさくで、話しやすい人は周りにはいません。明後日のお食事、もちろん、オッケーです。お会いできるのを愉しみにしています。圭子〃

デコメピクチャは、功太郎とのメールの際に使ったものは避け、もっと気持ちがこもっているように感じるものを選んだ。

スマホをキッチンに置いたまま、圭子は部屋に引き返した。そして、ベッドの上に放り投げてあった新しいスマホを手に取った。

〝いい返事がもらえて、すごく嬉しい。おいしいものを食べて、ゆっくりしたいな。明後日が待ち遠しい。待ち合わせの時間と場所はおって知らせます。圭子ちゃんをどこに連れていこうか、これからじっくりと考えます。徹〃

〝ワクワクしてます。圭子〃

キッチンに引き返して、そう打った。

この一文が、ちょっと前のめりになりすぎている気がしないでもなかったが、これくらい言っておいた方が、功太郎が居ても立ってもいられなくなるだろう。

架空の待ち合わせの場所をどこにするか。功太郎が現れたことが見やすいところにしたい。圭子は、六本木の交差点に昔からある喫茶店しか思いつかなかった。

その二階からだと、路上の人の動きがよく見える。むろん、死角はあるが。

その喫茶店に午後七時に、と圭子は自分のスマホにメールした。

問題の功太郎から電話がきたのは金曜日の夕方だった。

「出張から戻ったんですか？」圭子は軽い調子で訊いた。

「さっき戻ってきて、今は会社だよ」

「お仕事、忙しいのね」

「圭子ちゃん、何かいいことあったの？」

「何もないですけど、どうしてそんなこと訊くんです？」

「声がすごく明るいから」

「これまでは暗かったってこと？」

「そうじゃないけど」

「それで、何か用？」

「最近、圭子ちゃん、変わったね。ちょっと前までは、そんな言い方しなかったのに」

「何も変わってないですよ」

功太郎は少し間を置き、こう訊いてきた。「明日、空いてない？」

「残念ですけど、田舎から友だちがくるんです」

「田舎の友だちかあ」声に笑いが混じっていた。「本当は、この間、会った国枝さんだっけ、あの人とデートじゃないの」

「彼はただのお客さんです」

「圭子ちゃんの言い方、やっぱりすごく冷たい。何かが変わったね」

「功太郎さん、考えすぎですよ。そろそろ出かける支度をしなきゃならないから、これで切りますね」

「また連絡するね」

「はい」

電話を切った圭子はスマホを本棚の上に置いた。カメラ機能まで密かに動かせるという話だから、用心してそうしたのだ。そこだと自分が見られる心配はない。

君和田徹という架空の人物とのメールのやり取りを功太郎は盗み見た。だから、わざと明日会わないかと誘ってきた気がする。罠《わな》にはまったとみていいだろう。

スマホがまた鳴った。国枝からの電話だった。出ようか出るまいか迷った。功太郎に盗み聞きされていることを前提に話さなければならない。どうすべきか判断がつかないまま、圭子はスマホを耳に当てた。

「ちょっとまた彩奈さんに会いたいんだけど、今夜、仕事が終わった後に、この間の場所で会わないか」

「今、ちょっと人と一緒なので、かけ直していいですか？」

「待ってる」

功太郎が聞いていたら、嘘をついて即答を避けたと思ったろう。これで新しく気になる男が圭子の前に現れたことに、さらなる興味を持つに違いない。

スマホを本棚の上に戻す前に、国枝の電話番号を暗記し、新しいスマホを持って、部屋を出た。そして、路上で国枝にショートメールを入れた。

〝彩奈です。この番号に電話ください〟

すぐに国枝からかかってきた。

「携帯を二台、持ってるの？」国枝が怪訝そうに訊いてきた。

「これには事情があるんです」

圭子は、遠隔操作アプリによって監視されていることを国枝に教えた。「……だから、国枝さんとの会話も、その人に聞かれている可能性があるんです」

国枝がくすくすと笑った。「何だかスパイと付き合ってるような気分だな」

「冗談じゃないんです。私もよく知らなかったんですけど、今はすごいことができるそうです。ニハルという遠隔操作アプリについてネットで調べてみてください。恐ろしくなりますから」

「誰が、そんなものを君のスマホにインストールしたんだい？」

「この間、新宿のバーで国枝さんも会った、あの人です」

「吉木さんって言ったね」

「そうです。吉木功太郎が犯人なんです」

「彼がやったという証拠はあるの？」

圭子は、功太郎の家にスマホを忘れたことから、米島が新宿駅で自分を見たという嘘までを簡単に話した。

「間違いないな、それは」国枝が低くうめくような声で言った。「あのバーに現れたのが偶然だったというのも考えてみれば変だものね」

「カラオケボックスでの話は聞かれてないと思います。あの時、結城輝久から電話があると嫌だと思い、スマホの電源を落とし、バッグに仕舞っておきましたから」

「で、今夜は時間取れる？」

「もちろんです。アフターが入っても断ります」

「この間、新宿で入った二軒目のバーで待ってる」

「一時半をすぎてしまいますけどかまいませんか」

「あのバーは確か午前四時までやってるって書いてあったから、その時間からでもゆっくりできる」

「なるべく急いでいきます」

「盗聴されないように気をつけてね」

「はい」

今夜、国枝に会えるのは嬉しかった。功太郎に仕掛けた罠について、国枝にだったら話してもいい。彼に話すと気分が楽になるだろう。そう思った瞬間、躰からすっと熱が抜け出てゆくような嫌な感じを覚えた。自分は国枝を恐喝した相手。そのことが改めて意識に上がってきたのだった。

六

国枝悟郎は靖国通りを流れる車を見るともなしに見ながら、アードベッグの水割りを舐めるようにして飲んでいた。

二時少し前、彩奈が現れた。

「遅くなってすみません」

「もっと遅れるかと思ってたよ」

彩奈は白ワインをグラスで頼んだ。

悟郎は煙草に火をつけながら、従業員に注文している彩奈の躰つきを見つめた。文恵に見せられた写真の女の躰つきに、やはり似ている。しかし、同一人物だとは言い切れなかった。

もしも、彩奈がホテル・ボーテに金を受け取りに現れた女だったとすると、裏で彼女を操っていたのは結城輝久以外に考えられない。富永を疑うというのは飛躍がありすぎる。

しかし、彩奈は結城輝久とは二度しか会っていないし、嫌な男だと口を極めて言っていた。

何度考えてもあれが演技だったとはとても思えない。何らかのきっかけで、自分が逃亡中の殺人犯だと知って、ひとりで恐喝した可能性はどうだろうか。いや、それはないだろう。この子にそんなことができるはずはない。

「国枝さん、どうしたんです？」

その一言で、我に返った。

「君が監視されていたことを知って驚いてね。何だか今も、あの男にふたりが会ってるのを見られてるような気がして」

「それは大丈夫です」彩奈がスマホをテーブルの上に置いた。「電源は切ってあります。遠隔操作で電源を入れたら、すぐに分かるでしょう？」

悟郎は大きくうなずいた。「ニハルについてネットで調べたよ。すごいことがいろいろできるアプリなんだね」

「ニハルの意味、知ってます？」

「それも調べた。うさぎ座の星の名前だそうだね。そして、ニハルの意味は〝喉のかわきを癒やし始めたラクダたち〟」そこまで言って悟郎はくすりと笑った。「遠隔操作アプリを使ったストーカーたちが、ターゲットの情報を得て、かわきを癒やしてるってことなのかな。でも、なぜ、アンインストールしないの？　やり方は簡単だよ」

「彼がやったという証拠を摑むまでは、アンインストールしないことに決めたんです」

「どうやって証拠を摑むんだい？」

彩奈が何をしようとしているのか克明に話した。「……彼が喫茶店に、或いはその周辺に現れたら、彼をとっつかまえて、警察に突き出すと迫ります」

「本当に警察沙汰にする気なの？」

彩奈が首を横に振った。「脅かすだけです。彼にも嫌な思いをしてもらわないと気がすみません」

「ストーカー行為をやる人間の中には、警察が警告してもやる者がいるっていうじゃないか。さらにエスカレートして、君に危害を加えることもあるかも。十分に気をつけて」

「あの人、気が弱いから何もできないと思う」

悟郎は煙草を消し、グラスを空け、お代わりを頼んだ。「侮らない方がいい。気が弱くて思い込みの強い男ほど、とんでもないことをしでかす可能性があるからね」

彩奈は悟郎をじっと見つめ、口許に笑みを溜めた。「国枝さんに話を聞いてもらうだけで、気持ちが落ち着きます」

「もっと君の役に立ちたいんだけど、何もできない。話し合いがこじれて、ひとりじゃ対応できなくなったら、僕を呼んで」

「国枝さんに迷惑をかけるなんてできません」彩奈が視線を逸らした。「立場を考えたら、目立った行動は避けるべきです。本当は外を動き回らずに、姿を消しているのが一番いいんだけど」

悟郎は真っ直ぐに彩奈を見た。「できるだけ早く、彩奈さんとふたりだけで寛げる秘密の部屋を借りたいと思ってる」

彩奈の顔から表情が消えた。

「ちょっと生々しすぎたかな。でも、前から何度も言ってるように、僕は君を愛人にする気はまるでない。僕の身元が発覚したら、君にまで迷惑をかけることになるからね」

「分かってます。でも、部屋を借りたら……」彩奈が目を伏せた。

「君が嫌ならそんなことはしないよ」

「……」

「この話は止めよう。それより、君に訊きたいことがあるんだ」

「何でしょう？」

「結城家が持ってた別荘だけど、今は久米《くめ》さんという人が持ってるの？」

「いいえ。松浦《まつうら》さんっていう人の持ち物ですけど。でも、それがどうかしたんですか？」

「実はクライアントのひとりが、軽井沢で中古の別荘を購入したそうなんだ。その場所が、例の別荘の近くだって分かった。だから、ひょっとして、結城家のものだった別荘が売りに出されたのかと思ったんだよ。持ち主の名前が違うから、別の別荘なんだな」悟郎はそう言って、また煙草に火をつけた。

これで、あの別荘の今の持ち主の名前が聞きだせた。彩奈はすぐに答えた。おそらく、本当にその別荘に行ったことがあるのだろう。

「ちょっと失礼」

彩奈が洗面所に向かった。その後ろ姿が目に入った悟郎の心臓がことりと鳴った。

写真で見た女の雰囲気とよく似ている。

やはり、文恵の言う通り、彩奈は恐喝者の一味なのか。分からない。悟郎は、どんな結果が待っていようが、真実を知りたくなった。しかし、真相に迫る方法がまるで分からなかった。

彩奈が戻ってきた。

悟郎も白ワインをグラスで頼んだ。「この間、地方から出てきたクライアントが、新宿のホテルに泊まって、悪さをしてる話をしたよね」

「ええ」

「それが奥さんにばれちゃって大変なことになってるらしい」

「どうしてばれたんですか?」

白ワインが運ばれてきた。

グラスを手にした悟郎は笑いながら彩奈を見た。「区役所通りにボーテってホテルがあるのを知ってる?」

「いいえ。あの辺には全然行きませんから」

彩奈に動揺はまったく見られなかった。

「僕はてっきり商売女を呼んでると思ってたんだけど違ってた。出張で東京に来る度に、そのホテルに或るホステスを泊めてたんだ。別の部屋を彼女の名前で取ってね。ところが、この間泊めた時、彼女がベッドで心臓発作を起こし、救急車を呼ぶことになった。彼は病院まで付き添った。ところが、運の悪いことに、その病院で働いていた看護師のひとりが、彼の奥さんの親戚だった。彼は妻に黙っていてほしいと頼んだが聞き入れてもらえず、妻の耳に入ってしまったってわけさ」

悟郎は大嘘をついている自分が嫌になってきた。グラスを一気に空けるとお代わりを頼んだ。

「離婚騒動とかになってるんですか？」彩奈が訊いてきた。

「別居したらしい。しかし、ホテルっていうところではいろんなことが起こってるんだろうな。表には出てこないだけで」

「でしょうね」彩奈は淡々と答えた。

ホテル・ボーテをさらに話題にして、彼女の様子を見たかったが、不自然さを伴わずに話すことは不可能に近かったので、諦めた。

「さっきの話ですけど」彩奈が続けた。

「さっきの話って」

「部屋を借りる話です。そんなことしないで、たまにはうちで会いましょう」

「君の家で？」

彩奈が黙ってうなずいた。

思わず、悟郎は顔を綻《ほころ》ばせてしまった。「嬉しいけど、本当にいいの？」

「もちろんです。私、これまで今の部屋に男の人を上げたことは一度もありません。

でも、国枝さんだったら……」

「機会が巡ってきたら、遠慮なく訪ねていくよ」

「狭い部屋ですけど、落ち着けると思います。明後日の夜、家で会いません？」

「明後日は日曜日だね」

「日曜日はやっぱりまずいですか？」

「そんなことはないけど、何かあるの？」

「明日、功太郎さんが罠に落ちてくれるかどうかは分かりませんけど、うまくいったら国枝さんにすぐに話したくなると思うから」

悟郎は大きくうなずいた。

「明日はゴルフにいき、夜はクライアントと食事をすることになってるけど、遠慮しないでメールをして。その時に、日曜日のことを決めよう」

ふたりがほぼ同時にグラスを空けたところで、彩奈が自宅の住所を教えようとした。

「教えなくてもいいよ。君を送ってから家に戻るから」

「逆方向ですよ」

「いいんだ。気にしないで」

勘定をすませると悟郎は彩奈を連れて外に出た。ここまで彩奈のスマホに変化はなかった。

タクシーの中で、彩奈はスマホを手にしたまま明日どうなるか、不安だと言っていた。

「明日、君の思うようにことが運ばなかったら、日曜日にどんな手を講じたらいいか一緒に考えよう」

「国枝さんが、私の心の支えになってます。ありがとうございます」

「礼なんかいらないよ」悟郎は軽くそう言って外に目を向けた。

やがて、文恵の住んでいるマンションの前を通った。明日、一番で、彩奈から得た情報を妹に伝えることにした。

悟郎は、彩奈のマンションの前まで送った。

彩奈は悟郎の乗ったタクシーが見えなくなるまで表に立っていた。

七

家に戻った圭子は、閉めたドアに躰を預けて、大きく息を吐いた。

気になっていることはひとつだけ。なぜ国枝は、地方から出てきて遊んでいるクライアントの泊まっていたホテルの名前を口にし、知ってるかと訊いてきたのだろうか。ホテルの名前など言わずとも、クライアントのエピソードは話せたはずだ。自分は考えすぎているのだろうか。そう思いながら、部屋に入り、ベッドの端に腰を下ろした。

結城輝久のことを教え、自分が国枝の正体を知っていることを告げたことで、やはり、国枝は疑う気持ちを捨てきれずにいるのかもしれない。

この部屋で会おうと提案したのは、落ち着ける場所で、国枝の様子を探りたいという思いが脳裏に浮かんだからだった。

しかし、そういう魂胆があったとしても、国枝に気持ちがなければ、絶対に家に入れることはなかっただろう。

圭子は枕許に置いてあったピョン太をぎゅっと抱きしめた。

国枝に対してやったことと、国枝に対する想いが、寒気と暖気がぶつかり合うような状態を作りだしている。苦しい。このままだと気持ちの収拾がつかなくなり、心の中で雷が落ちそうだ。

しばらく、ピョン太を抱きしめていた圭子だったが、スマホを手にし、電源をオンにした。メールが二本入っていた。一本は田口からのものだった。

〝その後、どうしてるかって心配してる。連絡ください〟

もう一本は功太郎からのものだった。

〝明日は圭子ちゃんに会えないから、友だちと新宿で飲み会やってる。そっちが早く終わったら参加しない？〟

返信は起きてからにして、スマホを本棚の上に置いた。

ベッドに入ってもなかなか寝付けず、友だちからもらった精神安定剤を飲んだ……。

何度か目が覚めてしまったが、結局、お昼近くまで眠ってしまった。

頭痛がし、生理が始まりそうな雰囲気が下腹を襲った。

最悪だ。そう思いながら、シリアルで食事を摂り、それから田口にメールを打った。

近いうちに会いましょうと書いた。

功太郎にも返信しようと思っていたが無視することにした。

連絡がないことで、余計に、誰と会うか探りたくなるはずだ。

六本木の交差点に着いたのは午後七時少し前だった。交差点にある喫茶店の二階に上がった。運悪く窓際の席が一杯だった。しかたなく階段近くの席に座り、コーヒーを頼んだ。

店の中には功太郎の姿はなかった。

まだ生理はきていなかったが、圭子はくるまでが辛いタイプの女だった。

圭子は新しいスマホだけを持って、トイレに向かった。

そして、個室に入ると、一台目のスマホにメールを送った。

〝ごめん。そこには行けないので、飯倉片町《いいぐらかたまち》の方に向かって歩いてください。AX《アク》IS《シス》ビルの前で待ってますから。徹〟

トイレを出た圭子は自分が打ったメールを見てから、コーヒーを半分ほど飲んで喫茶店を後にした。

外に出ると、雨が降りそうもないのに天を見上げた。そうやって周りの様子を窺った。功太郎らしき人物を認めることはできなかった。東京タワーの方にゆっくりと歩き出した。

国枝と密かに会ったカラオケ店の前を通りすぎた。時々、ショーウインドーを見る振りをして後ろに目をやったが、気になることは何もなかった。

ＡＸＩＳビルが次第に近づいてきた。

功太郎は先回りをしたのかもしれない。

ＡＸＩＳビルの前に立った。一階はブラッスリーである。

通りを渡ったところには、ペットショップとコンビニがあった。

見つけた。功太郎はコンビニの中から、こちらの様子を窺っていた。

圭子は車道に出ると、車の流れを見ながら、真っ直ぐにコンビニを目指した。

功太郎の姿が消えた。だが、外に出た様子はない。コンビニの奥に消えたらしい。

圭子は功太郎のスマホにメールを打った。

〝コンビニから出てきてください。功太郎さんのやってることには前から気づいてました。新宿で飲み会のある功太郎さんが、この時間に六本木にいるのはおかしいでしょう〟

メールを打ってしばらくすると、功太郎がコンビニから出てきた。にやにや顔にぞっとした。

圭子は素早くスマホの録音機能をオンにした。功太郎が自分に不利なことを言ったら、消してしまえるので問題はない。

「私についてきて」

「どこにいくの？」功太郎が真顔になった。

「警察じゃないから心配しないで」

圭子と功太郎は並んで、六本木の交差点の方に戻った。

圭子が功太郎を連れて入ったところは、この間国枝と会ったカラオケ店だった。ボックスに入ると、圭子が功太郎に訊いた。「何を飲みます？」

「何もいらないよ」

圭子はビールとピザを頼んだ。

ここからが勝負である。功太郎が恐喝について何かつかんでいるかどうかを確かめなければならないのだから。もしも知ってたらどうするか。そのことを考えると目の前が真っ暗になった。

注文したものが届くまで、圭子も功太郎も口を開かなかった。

功太郎はソファーに座り、頭を抱えていた。圭子はスマホの入ったバッグを、彼の隣におき、窓際に立った。そして、ぼんやりと外を眺めていた。

やがて、ビールとピザがやってきた。従業員が出てゆくと、国枝とここで会った時のように、カラオケをかけた。EXILE《エグザイル》ばかりを選んだのには特に理由はなかった。

圭子は功太郎の隣に座った。彼らの間には圭子のバッグが置かれた。バッグの中で、スマホの録音機能が作動している。

「功太郎さん、何であんなことをしたの？」

功太郎は顔を上げた。「あんなことって？」

「惚けないでください。ニハルという遠隔操作アプリを私のスマホにこっそりと入れたのは功太郎さんでしょう」

「僕じゃないよ。僕が何でそんなことを」

「私が功太郎さんの家にスマホを忘れたのが悪かったのね。十月に銀座で焼き鳥を食べた時、米島さんが新宿駅で私を見たと言ったわね」

「言ったよ、それがどうかしたの？」

「その頃、米島さんはデトロイトにいたのよ。デトロイトにいた人が、どうやって新宿駅で私を見ることができるの？」

　功太郎の眉根が険しくなった。

「私が田口さんと会っていた時、功太郎さんは田口さんに電話してきた。私が国枝さんと新宿のバーで飲んでいた時に現れた。私の居場所をアプリを使って知り、メールを盗み読みし、電話の盗聴もやり、私を監視してた。ニハルをインストールできたのはあなたしかいない」

「僕がやったって証拠はないだろう？」

「そうやって居直るんだったら、被害届を出します。日本にいなかった米島さんが、新宿駅で私を見たというのは嘘。それだけでも警察はあなたを疑うに決まってる。不正指令電磁的記録に関する罪に引っかかるのよ。三年以下の懲役または五十万円以下の罰金だそうだけど、会社はクビだし、新聞にだって載るわよ」

「……」

「今夜、私が会おうとしていた相手が誰だか知らないのね」

「刑事か」功太郎の声が震えていた。

圭子は薄く微笑んだ。「さあ、どうなんでしょうね」

功太郎がまた頭を抱えた。そして、か細い声で泣き出した。

「すまない。許してほしい。君が忘れていったスマホを見た時、これで君のことをよく知ることができるって思った」

「どうしてそんな卑劣なことをしたのか理解できない」

「一目見た時から、僕は圭子ちゃんのことが好きになった。でも……」

「でも、何？」

「僕はどうせ相手にされないって思った。だから……。圭子ちゃん、お願いだから警察には行かないで」

「毎日、どれぐらい盗聴したり、カメラを作動させたりしてたの」

「日によるけど、空いた時間にやってた。僕だって仕事をしてるし、ニハルを作動させすぎると、そっちのスマホのバッテリーが早く切れてしまうから気をつけてた」

どうやら自分の恐喝については何も気づいていないらしい。国枝が殺人犯だということも知らないようだ。

しかし、不安が解消されはしなかった。

「カメラ機能を使って、リアルタイムで私が何をしてるのか見たこともあるんでしよう」

「あるよ」

「着替えしてるとこなんかも見てたの？」

「いいや。スマホを置く場所が棚か何かの上のことが多かったから、圭子ちゃん自身が見えたことは少ない」

カラオケはとっくに止まっていた。次に圭子が選んだのは西野《にしの》カナの曲だった。

元の席に戻ると、ビールグラスを手に取った。

功太郎は何も飲まず、何も食べない。

しばし沈黙が流れた。

功太郎が上目遣いに圭子を見た。「圭子ちゃん、ホステスの他にもバイトやってるの？」

「え？」

「新宿の区役所通りをうろつき、ボーテってホテルに入ったよね」

「私のプライバシーをそこまで侵害してたの。許せない」圭子は吐き捨てるように言った。

憤りと動揺が一緒になって胸を圧迫した。

「カツラを被ってるのを見たし、朝早くから新宿駅の周りをうろついてたのも知ってる。何か変なことしてるんじゃないの？」

「変なことってどんなこと？」

「売春かなって思ってるけど、はっきりしない」

「売春なんかしてないです」圭子はムキになって答えた。

「ともかく、圭子ちゃんには人に言えない秘密があるような気がする。奨学金をもらい、夜はホステスのバイトをしながら、出版社に入ることを目指してる真面目な女子大生だと思ってたけど、圭子ちゃんには裏の顔があるようだね」

横田という偽名を使って、ホテル・ボーテに荷物が届いているかどうかを訊いた時は公衆電話を使った。スマホはバッグの中で、バッグは足許に置いていた。盗聴しようとしてもよく聞こえなかったはずである。圭子は胸を撫で下ろした。

「カツラをつけたり、新宿のホテルに入っただけで、何か悪いことでもしてるような言い方しないで。法律に触れることをしてるのは、功太郎さんなんだから」

功太郎は、圭子の行動に不審な点があるとは思っている。が、恐喝については何も知らないようだ。勘づいていたら、訴えられないように脅しをかけてくるはずだ。

売春だと勘違いしてくれているのだったら、それはそれでいい。しかし、ホテル・ボーテに行ったことを功太郎が知っている。国枝にさえそれがばれなければどうってことないのだが、嫌な気分がした。

「まだ警察には話してないんだね」

「相談もしてない」

「じゃ君和田徹って男は……」

「あなたを誘き出すために作った架空の人物よ」

「国枝って男と案を練ったのか」功太郎の語気が荒くなった。

「国枝さんは関係ない」

「嘘つけ。ふたりで僕を馬鹿にしながら、はめる手を考えてたんだろう」

「功太郎さん、国枝さんに焼き餅焼いてるのね」

「僕は圭子ちゃんが好きだ」顎を上げ、虚《うつ》ろな目を外に向け、功太郎はつぶやくような調子で言った。

「国枝さんは素晴らしい男性よ。悪いけど、功太郎さんは子供。それもいくじなしのガキよ」

「最初はそうは思ってなかったんじゃないの。僕に何でも相談してたんだから。あの男がでてきてから変わった」

「功太郎さん、国枝さんを恨んでるの？」

「……」

「逆恨みよ、そんなの。功太郎さん、もっと大人になって」

「これで僕との付き合いは終わり？」功太郎が情けない声で訊いてきた。

「これ以上、私に付きまとったらどうなるか分かってるでしょう？　二度と私の前に現れないで」

　圭子はバッグの中から、新しい方のスマホを取りだした。「功太郎さんとの会話は新しいスマホで録音させてもらった。何かあった時の保険のためにね」

「そこまでしなくても……」

　功太郎の言ったことを無視し、今度は古い方のスマホをバッグから出した。「今からニハルをアンインストールします」

　アンインストールを終えると、二台目のスマホの録音機能を止めた。

「功太郎さん、先にここを出て。これまでご馳走になったお返しに、ここの料金は私が払いますから」

「すべて認めたんだから、録音したものは消してくれないか」

「消えて。早く消えて」圭子は功太郎を睨みつけ、上唇をめくれ上がらせるようにして言った。

「圭子ちゃん」

「消えろって言ってるでしょう！」

　功太郎はゆっくりと立ち上がった。そして、未練がましい視線を残して部屋を出ていった。

ひとりになると、躰から力が抜けた。しばらくぼんやりと椅子に座っていた。

少し落ち着いてくると、急に空腹が襲ってきた。冷えたピザを口に運び、生ぬるくなったビールを飲んだ。

むしょうに国枝に会いたくなった。

またピザを食べてから、圭子は国枝にメールした。

〝今、話し合いが終わりました。ニハルを私のスマホに入れたことを彼は認めました。二度と私に近づくなと言っておきましたが、とても不安です。国枝さんにメールしてるだけでほっとしています。明日、会えるのを愉しみにしています〟

メールを打ち終わった圭子は、内線で退室することを告げた。一階の受付で勘定を払って、外に出た。

その時、国枝からの返信が入った。

〝首尾よく運んだようだね。よかった。明日の三時すぎには彩奈さんのマンションに行ける。話を聞いてから、ご飯でも食べに出よう〟

〝出かけるのは面倒だから、うちで食べませんか。シャブシャブみたいな簡単なものしか作れませんけど〟

〝彩奈さんに任せます〟

圭子は駅に向かって歩き出したが、はっとして立ち止まった。

功太郎がどこかで自分を見張っているような気がしたのだ。

家に着くまで何度も周りに目をやったが、問題はないようだった。

八

文恵は日曜日の昼前、レンタカーを借りて軽井沢に向かった。

兄さんから連絡が入り、結城家のものだった別荘の今の持ち主は、松浦という人間だと分かった。

軽井沢に着くと、文恵はまっすぐに、結城家の別荘のあった場所に向かった。

八年、離れていた間に、国道沿いの店も変わっていた。大きなチョコレート屋なんて、文恵が住んでいた頃にはなかった。昔からある喫茶店が目に留まるとほっとした。

結城家のあった別荘地に入ってから迷ってしまった。つづら折の坂道を上がりすぎたようだ。Uターンをし、ゆっくりと坂を下りた。

風の強い日で、路上を枯葉が軽やかに転がっていた。

二本目の角を左に曲がった。やがて長い石垣が現れた。

間違いなく、石垣に囲われたところが元の結城家の別荘である。

表札が出ていた。確かに松浦だった。

兄さんの正体を知っているホステスは嘘はついてなかった。文恵はちょっとがっかりした。

別荘地を出てから兄さんのスマホに電話を入れた。兄さんはすぐに出た。

「今、元結城家の別荘に行ってみた。彼女の言った通り、松浦って人の物になってた」

「彼女が嘘をついたとは思ってなかったよ」

「でも、それだけじゃシロとは言えないよ」

「今、俺は、その怪しい人物の家に向かってるところなんだ」

「彼女に招待されたの？」

「うん」

「やっぱり、魂胆がある気がするな」

「それを見極めるためにも、誘いには乗っておいた方がいいと思って」

文恵は鼻で笑った。「兄さん、その子にメロメロね」

「いや、そうじゃない。僕も彼女を全面的に信用してるわけじゃないから」

「本当？　私の手前、そう言ってるだけじゃないの」

「そんなことはないよ」

「何か怪しいところがあったら隠さずに私に話してよ」

「もちろんそうするつもりだよ。で、久しぶりの軽井沢はどう？」

「やっぱり、故郷ね。ほっとする」

「俺も一度帰りたいけど、一生、無理だな」兄さんは寂しげにそう言って電話を切った。

文恵は、富永俊二の兄の経営している喫茶店に向かった。

その喫茶店は旧軽銀座のロータリー近くにあった。日曜日は営業しているはずである。

果たしてやっていた。専用駐車場に車を入れた。

観光客の数はまばらだった。近くを通ったグループは中国語を話していた。

喫茶店のドアを押した。二十席ほどある店だが、客はほとんど入っていなかった。

カウンターの奥から出てきた男が、文恵を見て、「おう」と顔をくしゃくしゃにして笑いかけた。

「お久しぶりです」文恵は富永昌人《まさと》に頭を下げた。

「元気だった？」

「何とかやってます」

文恵はカウンター席についた。そして、ブレンドを頼んだ。

昌人はコーヒーを淹れてから、文恵の前に立った。かなり会ってないうちに、すっかり老け込んでしまった。顔立ちがいい分だけ、容色の衰えが却って目立つのだろう。

「文ちゃん、変わんないね」

「富永さんも」

「嘘つけ。この白髪を見ろよ」昌人が肩で笑った。「俊二に東京で会ったんだってね」

「この間、一緒に飲みましたよ」

「その話は聞いてなかったな。あいつ、相変わらず無職なんだろう？」

「タイに行くとか言ってましたよ」

「ちらっと聞いたけど、どうなることやら」昌人は軽く肩をすくめた。

「兄が過ちをおかした家の息子が、俊二さんと付き合いがあることも知ってるでしょう」

「うん」

「この間、息子が私に会いにきたんですよ」

「それは知らなかった。何しに？」

「私が兄さんの居場所を知っていると思い込んでいて、うまくいったら金にならないかって考えてるみたい」

昌人がじろりと文恵を見た。「文ちゃん、兄貴に会ってるんだろう?」

「俊二さんも同じこと言ってたけど、私に連絡がきたことは一度もないわ。兄さん、私が東京に引っ越したこと知らないでしょうね」

「兄さんに会いたいだろう?」

「それはもう。でも、もうどこかで死んでるかもしれない」文恵は目を伏せ、溜息混じりにつぶやいた。

「俊二から聞いたかもしれないけど、結城の奥さん、よく軽井沢にきてる。今も軽井沢にいるよ」

「この店に来たっていう話は俊二さんから聞いたけど、また軽井沢に来てるの」

「昨日もここに来て、また明日って言ってたから来るかもしれない。彼女も兄さんに会いたがってた」

文恵は首を傾げながら昌人を見た。「昔の男に再会するのが趣味なのかしら」

「どうなんだろうね。でも、軽井沢に別荘があった頃が一番懐かしいって言ってた。あの人、兄さんには本気だったみたいだよ」

「どんな女になってるの。今でも、昔みたいに威勢がいいの」

「全然。どっか悪いのかもしれないけど、痩せちゃってね」

息子の輝久についての情報を得られるかもしれない。もしも結城初子が現れたら、話してみたいと文恵は思った。

それから三十分ほど、昌人と昔話に花を咲かせていると、ドアが開いた。

「やっぱり、来たよ」昌人が小声で教えてくれた。

背筋をぴんと張って颯爽と店に来た頃の初子の面影はまるでなかった。躰が一回り縮まり、生気がまったく感じられなかった。素通しの眼鏡をかけている。擦れちがっても誰だか分からなかっただろう。しかし、よく見ると、歳のわりには綺麗だった。

羽織っていた黒いコートを脱いだ。臙脂色のハイネックのワンピースを着ていた。カウンター席の端に座ろうとした初子に、文恵は歩み寄った。

「結城初子さんですね」

初子が小さくうなずいた。

「私のこと覚えてません？」

初子が目を瞬かせて文恵を見つめた。「ああ、もしかして浩平さんの……」

「妹の文恵です」

「店を畳んで東京に引っ越されたって、富永さんから聞きましたけど」

「ちょっとした用があって久しぶりに戻ってきたんです。結城さん、少しふたりでお話できませんか」

「もちろん、かまいません」

文恵は、新しいコーヒーを頼み、奥のボックス席に移ると昌人に告げた。初子はレモンティーを注文した。

飲み物が運ばれてくるまで、文恵も初子も口を開かなかった。

じっくりと初子の顔を見ていると、あの事件が起こった頃のことが脳裏に甦ってきた。

昌人が飲み物をテーブルにおき、ちらりと文恵を見てから去っていった。ふたりの会話に昌人は大いに興味を持っているらしい。

「結城さん、実は、あなたの息子さんが私に連絡を寄越し、会いにきたんです」

「どうして息子がそんなことを……」

初子は何も知らないようで、唖然として訊き返してきた。

「よくは分かりませんが、兄を探してるようです。私が、兄の居場所を知ってると思って揺さぶりをかけてきました。こんなことを、お母様に言いたくないんですが、息子さんは、私に金を融通してほしいと電話で頼んできました。兄が彼の父親を殺したんだからと、半ば脅しのようなことを言って」

「いくらぐらいほしいとあの子は言ったんです?」

「五、六万です。でも、もちろんお断りました。私のところに訪ねてきたのはその後です。兄を見つけだして、金になりそうだったら、強請るつもりでいる気がしてなりません」

初子は目を伏せたまま、口を開かない。飲み物にはほとんど口をつけていなかった。

「息子さんとはよく会ってるんでしょう。家も近いことだし」

初子が顔を上げた。「あなた、私がどこに住んでるか知ってるんですか?」

「息子さんが教えてくれました」

「あの子が私に会いにくるのは、金に困った時だけです」

「お母さんからは金はもらえないって、彼は言ってましたけど」

「あの子には、これまで迷惑をかけられっぱなしでしたからね。私の貯金通帳と判子を使って、勝手に金を引き出したこともあれば、怖そうな男たちが、息子に貸してる金を返せと言ってきたこともありました」

「最近はどうなんです? お金の無心は収まったんですか?」

「何も言ってきません。スポンサーを見つけたから、来年には自分のクラブを持つそうですが、どこまで信じていいのか分からない話です」そこまで言って初子が遠くを見つめるような目をした。「お兄さん、今どうしてるのかしらね」

「兄に会いたいそうですね」

「下岡さん……」

「文恵と呼んでください」

「じゃ、私のことは初子でお願いします」

文恵は黙ってうなずいた。

「文恵さん、ここでは話しにくいことがあります。私のホテルまで来ていただけないでしょうか？」

どんな話なのか、すぐに訊きたかったが、文恵は我慢をし、車できていることを初子に教え、泊まっているホテル名を訊いた。昔からある有名なホテルだった。喫茶店代は初子が払った。

初子を車に乗せた文恵は、ホテルに向かって車を走らせた。

「よく軽井沢にいらっしゃってるようですね」しばらく車を走らせてから、文恵が口を開いた。

「お兄さんと会っていた頃が懐かしくて」

同じ頃に夫が殺された。そのことは気にならないのだろうか。文恵は、初子の発言に違和感を覚えた。

ホテル内の駐車場に車を停めた。初子はコテージに泊まっているという。

ホテルの中を抜け、裏に拡がる庭に出た。コテージに着くまで文恵も初子も口を開かなかった。

コテージ内は暖房がききすぎていた。

初子はウーロン茶を用意し、椅子に腰を下ろした。

「で、私にどんな話があるんでしょうか？」

「どこからお話ししたらいいかしら」初子は力なく言って、ウーロン茶を少し飲んだ。

「初子さんも、私が兄の居場所を知っていると思ってるんでしたら、それは間違ってます」

「お兄さんに直接会って話すのが筋なんですけど、今日、偶然、妹さんのあなたにお目にかかれたことで、気持ちが決まりました。ともかく、時間があまりないので」

「要点をお話しください」

初子が薄く微笑んだ。「そうせっつかないで」

「すみません」

「私、肺ガンなんです。しかも末期の」初子が淡々とした調子で言った。「延命治療はしていません。静かに死を待っている状態です」

文恵は応えようもないので黙っていた。

「今の私の愉しみは過去を振り返ることだけです。嫌なこともたくさんありましたが、お兄さんとのお付き合いは本当に楽しかった。私、お兄さんに夢中でした」

「それは、おそらく兄も同じだった気がします」

「文恵さん、私との付き合いのこと、お兄さんから聞いてたんですか？」

「いいえ。でも、あの頃の兄は、それまでの兄とは違ってました。どこかそわそわしていて、東京に行く回数も増えたし。あの事件があった後、兄があなたに恋をしていたんだと分かったんです」

「私は好きだった下岡浩平という男を裏切りました」

「他にも付き合っていた人がいたってことですか？」

初子が首を横に振った。「私は恋多き女でしたが、そんなことはしてません」

「じゃ何をしたんです？」

初子が天井を見上げた。目が潤んでいる。なかなか口を開かない。

文恵は我慢をして、初子の言葉を待った。

「夫を殺したのはお兄さんじゃありません」

「……」文恵は、初子の言ったことに実感が持てず、何の感情も湧いてこなかった。

それよりも、初子の言っていることが嘘ではなかろうかと疑った。自分から兄さんの居場所を聞き出すための策略ではなかろうか。夫が殺され、彼の事業が立ち行かなくなり、多くの資産を手放さなければならなくなった。輝久同様、母親もそう考えているのではないのか。ひょっとすると母親と息子は手を結んでいるのかもしれない。

「文恵さん、どうかなさったの？　私の言ったことが信じられないのかしら」

「殺してないのに、なぜ、兄さんは逃亡したんですか？」

「彼が、近くにあったブロンズ像で、夫を何度も殴りつけたのは事実です。それを目撃していたのは輝久でした。お兄さんは夫が死んだと思ったのでしょうが、私が別荘に戻った時、夫はまだ生きてました」

文恵の鼓動が激しくなった。「じゃ、誰がご主人を」

「輝久です。別荘に戻った私は夫の書斎から物音がするので行ってみました。そうしたら、息子が夫の頭を殴っていたんです」

「兄がご主人を殴ったブロンズ像で？」

「ええ。輝久は自分の指紋がつかないようにハンカチでブロンズ像を摑んでました。私に見られても、輝久は夫を殴るのを止めませんでした。私が悲鳴を上げたので、それで止めたんです。私は放心状態で、その場に座り込んでしまいました。〝ママ、ママが電気屋と浮気をするから、こうなったんだよ〟って輝久に言われた時は何の話をしているのか分かりませんでした。でも問いただすことすらできずにいました。そうしたら、輝久が何があったのか話し始めたんです。そして、ビデオテープを回しました。帰宅途中、表通りで、私、浩平さんの運転する軽トラと擦れ違ったんですけど、彼は私に気づきませんでした。その時は変だなと思いましたが、輝久の話を聞いて、気づかなかった理由が分かったのです。輝久はこんなことを言ってました。〝死んだと思ったけど、それがまだ死んでなかったんだ。だから、僕が止《とど》めをさした。いつか殺《や》ってやろうと思ってたんだよ、僕は。ママがこんな男と結婚するから悪いんだ。僕のやったこと、誰にも言わないよね。あの電気屋は、自分が殺ったと思って逃げ出した。そうしておけばいい。ママもそう思うでしょう?〟ってね。息子を犯人にはできない。浩平さんには申し訳ないけど、最初に殴ったのは彼だから、彼に罪を着せることにしたんです。好きな男のためだとしても、息子を警察に突き出すなんてことはできなかった」

「初子さん、事件があった直後に、うちに電話してきましたよね。覚えてますか?」

「もちろんです。夫が死んだことを告げておきたかったの、息子のために。まさか、浩平さんが逃走するとは思ってもみませんでしたけど」

「今、私に語ったことを兄に会って話したかったんですね」

「死ぬ前に浩平さんに詫びたいの」

「兄が今、どこにいるのか本当に知らないんですが、今の話を、初子さんが公にしたら、兄は出てくるかもしれません。死んでしまっていたら別ですけど」

「あの時、輝久を庇ったことが結局、あの子にもよくなかったと今は深く反省してます。あの子は、私が死ぬのを待ってるんです。遺産が転がり込むことを当てにしてね」

「どうしてそんなことが分かるんです？」

「末期ガンだと教えたら、えらく心配した顔をしながらも、生命保険のこととかいろいろと金に関することを訊いてきました。唯一の相続人である輝久には訊く権利はあるとは思いますが、あの子の冷たさにはびっくりしました。文恵さん、あなたと話せてよかった。輝久があなたにやっていることを聞いたから決心がついたんです。今日のうちに、軽井沢署に行きます。どういう扱いを受けるかは分かりませんが、あの時のことをすべて話します。むろん、マスコミにも知らせます。輝久は困るでしょうが、すでに時効になっている事件ですからお咎《とが》めはないでしょう。あんな札付きになってしまったのは、私が甘やかしたせいでしょうが、今でもあの子のことは可愛くてしかたがありません。でも、浩平さんの妹さんにまで嫌な思いをさせている輝久をこのままにしておくわけにいかない。私が浩平さんを誘惑しなかったら、あんなことは起こらなかったし、まして、夫を殺したのは浩平さんではないんですから」

「あなたの息子は兄を恨み、私にまで会いにきた。自分が犯人なのに、どういう気でそんなことをしたのか理解できません」

「嘘をついているうちに、その嘘を信じてしまう人間っているんですよ。あの子は、いつかしら、本気でお兄さんが犯人だと思うようになり、そんなことを私の前でも口走ってました」

長い沈黙の後、文恵は初子に鋭い視線を向けた。「事件が起こった直後にすべてを話すべきだった。それを今頃になって」

「ごめんなさい。あの時はやはり、息子を庇うことしか考えてませんでした」初子がうなだれた。

軽井沢署にまで出頭すると言うのだから、初子の話したことに嘘はないだろう。すでに時効になっている事件を警察がどう扱うかは別にして、マスコミが知れば、輝久も安閑としてはいられない状況に追い込まれる。兄さんはどうなるのだろうか。初子の夫を殴った件もすでに時効に決まっている。被害者の方が金属バットで襲ってきたことが立証できれば名誉も回復できるはずだ。

しかし、偽名を使って社会的に成功している兄さんが、自ら名乗り出るとは思えなかった。現在の立場、妻との関係が崩れてしまうし、偽名を使っていた刑事責任の問題が発生するはずだから。マスコミが騒げば、兄さんはまた姿を消すしかないかもしれない。しかし、何であれ、殺人犯でなかったことだけはすぐに知らせたかった。

「初子さん、警察に行かれると言ってましたが、私が車で送りましょうか?」

「そんなご迷惑は……」

「いいんです。後は東京に戻るだけですから」

「じゃ、お言葉に甘えて」

文恵は初子と共にコテージを出た。

午後四時を少し回った時刻だった。

初子を送り届けたら、兄さんに電話をしよう。そう思いながら、文恵は軽井沢署に向かって車を走らせた。

九

国枝悟郎は、文恵が軽井沢に行き、富永昌人の喫茶店に向かっている頃、彩奈のマンションに着いた。

彩奈の部屋は四階にあった。ベッドとラブチェアー、そして机に椅子、それから本棚が壁一面に置かれていた。卒論のテーマだという太宰治の本が目を引いた。テレビは小型で、かなり古いものだった。テーブルは折り畳み式。テーブルの上には茶色いガラス製の灰皿が置かれていた。

ベッドの上に、小さなウサギの縫いぐるみがちょこんと座っている。

家具はすべて安物で、質素な暮らしをしているのは明らかだった。こんな生活を送っている女が恐喝に加担したとはとても思えなかった。しかし、写真で見た女の躰つきを思い出すと、貧乏がこの子を狂わせた可能性もあると思ってしまうのだった。

彩奈がコーヒーを淹れてくれた。

「リンゴ、食べます？」

「うん」

彩奈はリンゴと皿、それに果物ナイフを持って部屋に戻ってきた。

目の前でリンゴの皮を剝《む》き始めた。

「一応、君の思い通りに事は運んだようだけど気をつけて。一方的に思い込む性格の人間の中には、自分の欲望を抑え切れない者もいる。あの男は一見、物事に拘らない感じがしているけど、本当はかなりしつこい人間のような気がするな」

「脅かさないでください」

「ごめん、ごめん。そんなつもりはないんだけど、用心するにこしたことはないと思って」悟郎は短く笑って剝かれたリンゴを囓《かじ》った。「で、彼はどれぐらい君を監視してたんだい？　四六時中、盗聴したりしてたわけじゃないんだろう？」

「そうみたいですけど、詳しいことはよく分かりません」

　悟郎がそんな質問をしたのには訳があった。彩奈の行動を功太郎が監視していたとすると、ホテル・ボーテに金が届いた日の、彩奈の動きを彼が知っているかもしれないと思ったのだ。しかし、功太郎に密かに会って訊き出すようなことはできないし、したくなかった。

　彩奈のスマホが鳴った。

「功太郎さんの友人の田口さんからです」彩奈はスマホを耳に当てた。

「……功太郎さんから何か連絡があったんですか？　……そうですか。実は昨日、功太郎さんにニハルをインストールしたことを白状させたんです……。もう私に近づかないでって言っておきましたけど……。はい、気をつけます……。え？」彩奈の表情が一変した。「学芸堂《がくげいどう》出版って自費出版を主にやっている会社ですよね……。そうなんですか？　是非、紹介してください……。はい、分かりました。連絡お待ちしてます」

彩奈がしゃべっている間、悟郎は彼女の横顔を見つめていた。彩奈に、自分が拘り続けている疑問をぶつけようかどうしようか。ぶつけると言っても単刀直入に訊くことはしたくない。では、どうするか……。

「国枝さん、どうかしました？」

悟郎はそう訊かれて、我に返った。

「いいや、別に。功太郎は、その田口さんに連絡取ってないの？」

「ないそうです。でも、そんなことどうでもよくなりました。聞こえてたと思いますけど、学芸堂出版という会社で、文芸編集者を求めてるそうなんです。まだどうなるかまったく分かりませんが、社長面接を受けてみるつもりです」

「自費出版の会社って聞こえたけど」

「でも、プロの作家の作品も出していて、これからはそちらにも力を入れたいって社長は考えてるそうです」

「うまくいくといいね」

「国枝さん、遠慮しないで煙草吸ってください」

「たまには禁煙もいいかと思ってる」

「今日の国枝さん、何となく元気ないですね」

「ちょっと疲れてるかな。時効になったとはいえ、僕は殺人犯。彩奈さんとこんな付き合いをしていいのかなって、ここに来たら強く思ったよ」

「気にしないでください。私が来てって頼んだんですから」

「変なこと言うようだけど、彩奈さんが犯罪者だったらよかったって思うことがあるよ」悟郎はしみじみとした調子で言った。

本音だが、彼女の様子を探るための一言でもあった。

彩奈は悟郎から視線を逸らした。目が落ち着きを失っているのは確かだった。しかし、すぐに彩奈は顔を作ってこう言った。

「私が卑劣な犯罪を犯しててもいいんですか？」

「僕は人を殺してるんだ。それ以上卑劣な犯罪はないよ」

「そうかな。場合によるけど、人を騙すとか脅すとかいう方が、殺すよりも罪深いこともあると思うんですけど」

「かもしれないけど、彩奈さんが罪人だったら君をもっともっと身近に感じられる気がしてね」

「秘密を共有し合うと、より深い関係になった気がしますもんね」

「やっぱり、彩奈さんは僕の気持ちがよく分かってくれてるね」

彩奈が急に顔をベッドに埋《うず》め、泣き出した。

「どうしたの、彩奈さん」

彩奈は答えず、泣き続けていた。

十

突然、圭子を襲ってきた涙、止めようにも止められない。

国枝は、圭子が犯罪者だったら嬉しいようなことを言っている。

自分がやった恐喝に薄々気づいていて、そんな発言をしたとしか思えなかった。

この間はホテル・ボーテの名前を口にした。じわじわと追い詰めてゆくつもりなのか。

圭子は耐えられなくなってきたのだ。彼にすべて本当のことを話し、盗んだ金を返そう。

いや、早まるな。国枝が許してくれなかったら、警察に突き出されることがないとしても、心に深い傷が残る。

あのマンションで起こった殺人事件の犯人が国枝だと誤解した結果、圭子は金を手に入れ、国枝との間に、肉体関係もないのに深い繋がりが生まれた。

奨学金とホステスのアルバイトで生活を続けてきた圭子にとって、金も必要だし、心の支えとなる人もなくてはならない存在である。

やはり、恐喝のことは話してはならない。しかし、辛い。本当に辛い。これ以上、国枝を騙し続けることはできないだろう。

「彩奈さん、僕を恐喝した謎の人物がいるんだ。その人間が結城輝久ではないかと疑っている。しかし、金を受け取ったのは奴じゃない。ボブカット風の髪をし、大きなサングラスをかけた女だ。それが君だったとしても、僕は許す。金なんか返さなくてもいい。僕は真実が知りたいんだ」

圭子はピョン太を手に取り、握りしめ、さらに激しく泣き出した。

「私……」やっと声になった。

国枝が、圭子に被いかぶさるようにして、彼女を抱きしめた。「それ以上、話さなくてもいい。答えはもう分かった。結城輝久に唆《そそのか》されたんだね」

「違うの。何もかも違うの」

圭子が顔を上げた瞬間、チャイムが鳴った。

「誰だか見てくるね」

そう言って国枝がモニターを見に、玄関に向かったが、すぐに戻ってきた。

「吉木功太郎だよ」

「国枝さん、追っ払って」圭子は喘《あえ》ぎながら言った。

「今日、追っ払ってもまたくるだろう。僕が話をする」

「……」

「いいから僕に任せて」

国枝がまた玄関に向かった。ほどなくオートロックが外される音がした。国枝は一言も口を開かなかった。

圭子は起き上がり、洗面所に向かった。

やがて、再びチャイムが鳴った。

十一

悟郎は一応、ドアスコープで相手を確かめてから、ドアを開けた。

功太郎は悟郎を見て、躰を固くした。

「入って」

功太郎は呆然と立ち尽くしていた。

「君には話しておきたいことがある」

功太郎は口を開かない。

「話はすべて聞いた。さあ、入れ」

彩奈が洗面所から出てきて、功太郎を睨んだ。「何しにきたの?」

「ふたりだけで話したいんだけど」

「何言ってるの!」彩奈が声を荒らげた。「国枝さんと一緒だったら聞いてあげる」

功太郎が靴を脱いだ。そして、彩奈の後について部屋に入った。

「そこに座って」彩奈がラブチェアーを顎で指し示した。

功太郎は言われた通りにした。

悟郎はベッドの端に腰を下ろした。彩奈は部屋の隅に立った。彼女の後ろはベランダである。

「君は、昨日、もう彩奈さんには付きまとわないって約束したんじゃなかったのか」

「……」

「ちゃんと答えなさい」

「僕は彼女が忘れられなくて。もう一度だけ、どうしても会いたくなってやってきたんです」

「彼女は君を怖がってる。これ以上、しつこくするようだったら、君の上司に相談しにいく。それでもいいのか」

悟郎は頻に彩奈の視線を感じた。大手を振ってそんなことができる立場にない悟郎が、踏み込んだ発言をしたことに驚いたようだった。

功太郎が顔を上げ、冷たい視線を悟郎に向けた。「あなたは、圭子ちゃんの愛人ですか？」

「もしそうだとしたら」

「圭子ちゃんは最初、僕を信頼し、兄のようになついてた。でも途中から、僕を避けるようになった。それはあなたが出てきたからだ」

「違うよ」彩奈が口をはさんだ。「話しやすい人だとは思ってたけど、嫌なところもあった。銀座で焼き鳥を食べた夜、別れ際に、〝圭子ちゃんを見守っていたいんだよ〟って言ったよね。私、変なことを言う人だと違和感を持った。その違和感、当たってた。遠隔操作アプリを使って、私を見守ってたんだもんね。気持ち悪い男」

功太郎は両手を握りしめ、目を強く閉じた。次第に息が荒くなっていく。

気持ち悪い男、と言われたことが耐えきれなかったのかもしれない。

「今度、私の前に現れたら、警察に行くし、会社にも教える。そのつもりでいて」

「こんな男のどこがいいんだ」

「すべてよ」

功太郎が目を開けた。彩奈に向けられた眼差しには憎しみの色が浮かんでいた。

「この男に手引きされて、昨日、僕を騙し、今日はふたりで僕のことを笑い物にしてたんだな」

「自意識過剰だな、君は。僕たちは、君のことなんかよりももっと大事な話をしてた」悟郎が言った。

功太郎が彩奈を見た。「僕が気持ち悪いなんてよく言えるな。いろんなことを相談してきたくせに」

「私、警察を呼ぶ」彩奈が机の上に置いてあったスマホを手に取ろうとした。危ない。功太郎の目が皿の上に載っていた果物ナイフに一瞬、注がれたのを、悟郎は見逃さなかった。

さりげない素振りで、皿に手を伸ばした瞬間、功太郎が果物ナイフを手に取った。

「僕を警察に突き出そうっていうのか」功太郎がナイフを握って彩奈に近づこうとした。

彩奈が悲鳴を上げた。

悟郎は素早く立ち上がり、ふたりの間に割って入った。

「みんな僕を馬鹿にしてるんだ」

声を震わせてそう言った功太郎が、突然悟郎に斬りかかった。右手の甲から血が滲み出た。

「圭子なんか死ねばいいんだ」

悟郎が功太郎の顔を目がけて殴りかかった。しかし、悟郎のパンチは外れた。瞬間、腹にナイフが突き刺さった。

膝から床に崩れた悟郎に向かって、功太郎が何度も斬りつけてきた。悟郎の首から血が噴き出した。

次第に意識が遠のいてゆく。

その時、上着の胸ポケットに入れてあったスマホが鳴りだした。着メロはシカゴの『愛ある別れ』だった。この着メロは、妹の文恵にしか使っていない。滅多に電話してこない文恵である。何かあったのかもしれない。

スマホをポケットから何とか取りだしたが、耳に当てる力はなかった。『愛ある別れ』が鳴り続けている中、悟郎は意識を失った。

十二

圭子は何もできなかった。血まみれになって倒れている国枝が目に入ると、一旦、収まっていた悲鳴が、喉を震わせて辺りに響き渡った。

玄関ドアを叩く音がした。

一一〇番しなければ、とスマホのキーボードに指を置いたが、手が震えてちゃんと打てない。

功太郎が手にしていたナイフをその場に落とすと、ベランダの引き戸を開けた。

「何する気？」やっと声になった。

功太郎は後ろを振り向くこともなくよろよろと歩いて屋外に出た。そして、フェンスによじ登ろうとしている。

「止めて！」

圭子は這うようにしてベランダに向かった。

功太郎は圭子の方を見ようともせず、路上に頭から落ちていった。

車が急ブレーキをかける音がし、物がぶつかる音がした。辺りが騒がしくなった。

圭子はやっと一一〇番が押せた。

「人が殺され……」途中で泣き出してしまった。

「落ち着いてください。あなたのお名前は？」電話に出た女が言った。

「岡野圭子です」

「住所は？」

圭子は何とか言えた。「人が刺されて、刺した人がベランダから……すぐに来てください」

警察と話し終えた時、一旦鳴り止んでいた国枝のスマホがまた鳴りだした。先ほどと同じ着メロが部屋に響いている。

どこかで聴いたことのある曲だったが、誰が歌ってるのかも、曲名も知らなかった。

美しいバラードを聴きながら、圭子は静かに失禁した。

エピローグ

陰惨な事件が起こって二年の月日が流れた。

岡野圭子は二十四歳になっていた。田口が紹介してくれた学芸堂出版の文芸編集者として働いている。今のところ自費出版したい人の小説を担当しているが、近いうちにプロの作品を手がける部署に移ることになっていた。

あの日のことは記憶が曖昧なところもあった。動転していて思い出そうとしても思い出せないのだった。

功太郎に刺された国枝は救急車で搬送される途中で死んだ。ベランダから飛び降りた功太郎は、おりしも走ってきた乗用車に撥ねられ、内臓破裂で死亡した。

現場検証の結果、功太郎が国枝を刺し、飛び降り自殺を図ったと警察は断定した。しかし、功太郎に自殺の意思が明確にあったかどうか。時が経ってから振り返ってみると、圭子は分からなくなった。功太郎は我を忘れたかのように国枝に斬りつけた。その後、ベランダに出たことも本人は覚えていない気がした。血の海から逃げ出したいと思っただけかもしれない。

被疑者が死亡した事件は書類送検されるが、裁判が開かれることはない。しかし、圭子は警察の事情聴取は受けた。

圭子は功太郎が遠隔操作アプリを使い、自分の行動を監視していたことを話し、そのことは決着がついたはずだったが、いきなり家に現れた。どうしてあんな凶行に及んだかは分からないが、かなり思い詰めていたようだったと話した。

国枝は、働いているクラブの客だが、いろいろと相談に乗ってくれる父親的存在だったと泣きながら伝えた。肉体関係はないときっぱりとした口調で言ったが、刑事たちが信じたかどうかは分からない。

人が殺され、自殺者まで出たマンションでは暮らせなくなり、身のまわりのものと、恐喝で得た金だけを持って、ウイークリーマンションに移った。

国枝悟郎が、殺人犯として手配されていた下岡浩平だというニュースが流れたのは、事件が起こって一週間ほど経ってからのことだった。

警察は、圭子にそのことを知っていたかと訊いてきたが、知らぬ存ぜぬを通した。

その数日後に発売された週刊誌で、下岡浩平が犯人とされた殺人事件の真相が、結城初子の手記と共に掲載された。警察は任意で結城輝久を事情聴取し、彼は犯行を認めたという。

捕まることのない輝久が、その後、どこでどうしているのかは分からない。

ウイークリーマンションから、大田区池上《おおたいけがみ》にあるマンションに引っ越したのは、事件が起こって一ヶ月ほど経ってからだった。

圭子をストーカーしていた男が、知らなかったとはいえ殺人で指名手配されていた男を刺し殺し、自殺した。圭子をマスコミが放っておくわけはなかった。

しかし、圭子は大学はほとんど休まずに出た。そして、取材をしようとするマスコミの人間には一切何も話さなかった。

ホステスは辞めた。それで好奇の目に晒されることが少しは減ったが、学校では、じろじろと見られることが続いた。

すっかり忘れていたが、功太郎とは同郷で、彼は圭子の知っている酒屋の息子だった。彼の両親は店を閉めて行方をくらましたという。それを教えてくれたのは、娘のことを気遣って上京してきた母だった。

「私のことを悪く言っている人間もいるんでしょう？」圭子が訊いた。

「知らんな」母が圭子から目を逸らした。

「嘘。お母さん、嫌な思いしてるんじゃないの」

「そんなことないけど、功太郎さんが、あんたにたぶらかされたようなことを言うてる人もおるらしい」

「アホくさい話や。相手はストーカーやったんやからね」

「おそらく妹が言うてるんやろ。私、なーんも気にしてないから」

母の推測通り、自分の悪口を言っているのは功太郎の妹だろう。ネットにも自分を傷つけるような書き込みがあったのを目にした。以後、今度の事件に関することをネットで見ることはなくなった。

センセーショナルな事件に巻き込まれた圭子だから、学芸堂出版の社長は面接もしないだろうと諦めていたが、そうではなかった。圭子に会った社長は、彼女のことを気に入り、翌年の四月から勤め始めた。圭子がすんなり採用されたのは、社長が青森出身で太宰治の信奉者だったからかもしれない。

圭子は国枝のことが忘れられなかった。

功太郎が家にやってくる前、圭子は泣きだしてしまった。それで、国枝は、恐喝事件に圭子が絡んでいると確信を持った。それでも、彼は自分と付き合っていこうとしていた。

あんなことがなかったら、自分と国枝はどんな関係になっていたのだろうか。

いくら考えてもしかたがないことだが、頭から離れなかった。

国枝が死に、圭子の不審な行動に気づいていた功太郎もこの世を去った。これで彼女の恐喝が世間に知れる可能性はほとんどなくなった。

学芸堂出版の給料は安かったが、国枝の金が使えたので奨学金もきちんと毎月返済できているし、或る程度の贅沢もできた。

圭子にはどうしてもしたいことがあった。それは国枝悟郎、いや、下岡浩平の墓参りだった。

しかし、あまりにも衝撃的な別れだったので、この二年間は墓の場所すら探そうとはしなかった。

やっと気持ちが落ち着いた圭子は、国枝悟郎、いや、下岡浩平の墓を探すことにした。

国枝悟郎は偽名だから、国枝家の墓に葬られているはずはない。

圭子は図書館で、結城家の別荘で起こった事件のことが掲載された新聞を読んだ。それで、下岡浩平が住んでいた大体の場所を知った。

休みの日に軽井沢に行った圭子は、下岡電気のあった辺りの商店を訪ね、下岡家の墓の場所を訊き回った。四軒目に入った肉屋の主人が場所を知っていた。

下岡家の墓のある霊園は、肉屋から歩いてもいけるところにあったが、まずは花屋にいき、花を買ってからタクシーで向かった。

霊園のほぼ真ん中辺りに下岡家の墓があった。気持ちよく晴れた日で、浅間山がよく見えた。

墓石に下岡浩平の名前が刻まれていた。

家から持ってきた線香に火をつけ、花を手向けた。そして、しゃがみこんで手を合わせた。

〝あなたは本当は下岡さんだけど、私にとっては国枝さんです。国枝さん、私は、あなたのおかげで、今の暮らしを維持できています。あんなことがなければ、どうなってたか分かりませんが、国枝さんの分まで、私は人生を愉しみ、幸せになりたいと願っています。そのことをご報告したくて、ここまでやってきました。今、私休暇中で、明後日からフランスに行ってきます。夢に出てきた古城を巡ってくるつもりです。本当にお世話になりました〟

国枝に語りかけていると、自然に涙がこみ上げてきた。

やっと腰を上げ、墓から離れようとした時、ひとりの女が圭子に近づいてきた。

「岡野圭子さんですね」女に訊かれた。

「はい」

「肉屋のご主人から、うちの墓を探してる若い女性がいると聞いたものですから。私、浩平の妹の文恵です」

妹の存在は報道によって知っていたが、あまり顔が似てないので、彼女が妹だとは思わなかった。

妹は遠慮する気配を見せず、じろじろと圭子を見ていた。「わざわざお墓参りにきてくださったの？」

圭子は黙ってうなずいた。

「兄はあなたのことが好きだった」文恵がしめやかな声で言った。

「私もです」

「兄は、私には何でも話してたんですよ」文恵は圭子をじっと見つめた。

妹は何を言いたいのだろうか。圭子は不安になってきた。

「兄が殺人犯だと知っていて、助けてくださったそうですね」

「はい。結城さんという人に見つかったら大変だと思って」

「いくら好きな人でも、殺人犯だと知ったら、近づかないのが普通だと思うんですけど」

「国枝さん、いや下岡さんが人を殺したなんて思えなくて。私の勘、当たってました。あの結城輝久という感じの悪い男が真犯人だったんですから」

「兄は恐喝され、二千万円を相手に支払いました。金の送り先は、新宿にあるホテル・ボーテというところでした。私、ロビーで犯人が金の入った袋を受け取るところを見てました。そして、あまり写りはよくないんですけど、写真も撮りました」

国枝の妹と言う女はバッグからスマホを取りだし、写真を圭子に見せた。

そこに写っているのは、確かに圭子だった。

動揺が躰を駆け巡った。

しかし、躰つきが似ているものの、その女が岡野圭子だと断定できるだけのものではなかった。

圭子は内心ほっとした。

妹からこの写真を見せられた国枝は、自分を疑い、あんなことを言っていたのだと初めて理解した。

「今更、どうでもいいんですけど、この女があなたかも知れないと思ったこともありました。でも全然、感じが違う。兄が愛した人を疑うなんて、私、どうかしてるわね」

怖い一言に聞こえた。この女は、写真の女が圭子だと思っているのか。いや、それは考えすぎだろう。自分に負い目があるからそういう解釈をしてしまうのかもしれない。

「彼が逃亡中、おふたりは密かに会ってたんですか？」圭子が訊いた。

「今だから言えますが、兄が逃亡した時からね。私、今はこちらに戻ってますが、あなたのマンションの近くに住んでいたことがあり、兄は密かに通ってきてました。あなたはもう引っ越してるわね、あんなことがあったんだから」

これまで疑問だったことが、これではっきりした。

あの台風の夜、国枝が出てきたマンションに妹が住んでいて、そこで偶然、殺人事件が起こった。それを自分が誤解し、国枝を恐喝することになったのだ。

圭子は何とも言えない気持ちで、文恵を見つめた。

「兄は、自分が人殺しではないということを知らずに死んでいきました。それが心残りで。彼に電話した時には、すでに刺されていたみたいですね」

国枝のスマホが何度も鳴っていたのを思い出した。あれは妹からの真相を知らせる電話だったらしい。

「わざわざ、お墓を探してきてくれたのね」文恵はがらりと調子を変えてそう言った。

「はい」

「気持ちの優しい人なのね、あなたは」

「いえ、そんなことは……」圭子は心苦しくなって、「失礼します」と深々と頭を下げ、逃げ出すようにして元来た道を戻っていった。

文恵は去ってゆく岡野圭子の後ろ姿から目を離さなかった。

警察には、兄を匿っていたのではと疑われたが、再会したのは時効の後だと嘘を突き通した。文恵にお咎めはなかった。時効が成立している案件だし、被疑者は死んでいる。それ以上、捜査する理由が警察にはなかったらしい。

事情聴取を受けていた時、文恵は兄が恐喝されていたことを警察に話した。しかし、脅迫文も見つからず、メールなどのやり取りにも恐喝が行われたという証拠は残っていなかった。兄から聞いた話だけでは警察は動いてくれなかった。

悔しい思いを捨てきれなかった文恵は探偵を雇って圭子の行動を調査した。しかし、何も摑めなかった。行方知れずの結城輝久と接触した形跡もなかったし、金遣いも荒くなく、実に地味な暮らしをしていた。付き合っている男もいないようだった。

真面目すぎるところが怪しい。そう思ったが、文恵は何もできなかった。脅迫文を匿名で送りつけてやろうかと考えたが、もしも圭子が無関係だったら、自分の手が後ろに回る。そこまでの危険を冒してまで圭子を追い詰める気はなかった。

お墓で圭子に会い、ちょっとだけだが会話を交わした。この女を兄は好きだったらしい。圭子が恐喝者だったという疑いは消えてはいなかったが、兄が好きだった女をこれ以上、何の証拠もないのに追及してもしかたがない。文恵は、恐喝のことはもう忘れようと心に決めた。

圭子は、お墓参りをした翌々日、予定通りフランスに向かって旅だった。新調したハンドバッグの中にはピョン太が入っていた。

機上の人となった圭子は、窓から眼下に目を向けた。道路も車も川もどんどん小さくなってゆく。

圭子の顔がうっすらと窓に映っていた。

自分は悪い女だと改めて思った。しかし、自分で言うのも何だが、素直ないい子でもある。

悪い女でいい子。国枝悟郎だけが、おそらく、その二面性を理解してくれた唯一の男だろう。

国枝さんのお金で、お城巡りをしてきます。ありがとう。

ベルト着用のサインが消えた。

圭子は薄い笑みを口許に浮かべながら、シートをゆっくりと後ろに倒した。


（完）

解説

西上心太
（文芸評論家）

はたして彼女は悪女なのか。

藤田宜永の最晩年を代表する本書を初めて読んだ時も、そして今回再読した時も、何度も自分に問いかけた。

〈最晩年〉という言葉を使うのは辛い。

作家・藤田宜永は二〇二〇年一月三十日に、右下葉肺腺癌のため亡くなられたからだ。享年六十九。藤田さんは生涯で六十三作の長編小説と二十六作の短編集を上梓した。ほかにはエッセイ集が六作と、四作の翻訳書がある。

本書『彼女の恐喝』は、最後に刊行された単行本『ブルーブラッド』のひとつ前に出た作品だが、名実ともに〈最後の作品〉なのである。なぜなら本作の連載完結は二〇一七年四月であり、それが藤田さんの最後の連載だったからだ。連載終了により物語を完結させた藤田さんは、単行本化に向けて著者校正も行なっている。

〈最後の作品〉という言葉に嘘はないのだ。

藤田さんは一九五〇年福井市に生まれた。早稲田大学を中退後の一九七三年にフランスに渡り、パリで航空会社に勤務した。彼の地で出会ったのが『バイバイ、エンジェル』を執筆中の笠井潔だった。笠井は日本に戻り、同作で一九七九年に作家デビューを果たす。笠井に呼ばれる形で日本に戻った藤田は、笠井に紹介された編集者からエッセイを依頼され、ライター稼業に足を踏み入れることになった。この時の連載をまとめたのが、初の著作となった『ラブ・ソングの記号学』（一九八五年）である。

また早川書房の「ミステリマガジン」誌で、パリの風俗や文化をテーマにしたエッセイ「ミッドナイト・イン・パリ」を連載した縁からか、フランスミステリーの翻訳を手がけ、八三年にJ・P・マンシェット『危険なささやき』を訳出している。以後も別の版元（中央公論社）からレオ・マレ『サンジェルマン殺人狂騒曲』など八五年までに、あわせて四作品を翻訳している。

エッセイスト、翻訳家を経て、いよいよ創作に取りかかる。その処女作が八六年の『野望のラビリンス』だ。それからの活躍は多弁を要しないだろう。昭和初期が舞台となる『モダン東京物語』（八八年）、『堕ちたイカロス』（八九年）などの私立探偵・的矢健太郎シリーズ、唯一の本格ミステリー『奇妙な果実殺人事件』（九〇年）、占領下のパリでの石油争奪戦を描いた『パリを掘り返せ』（九二年）、最も長く書き続けることになった私立探偵・竹花が初登場する『探偵・竹花とボディ・ピアスの少女』（九二年）などの諸作を経て、いよいよ『鋼鉄の騎士』（九四年）が上梓される。

四六判二段組みで八七〇ページという超大作は〈鋼鉄の弁当箱〉（たしかにドカ弁が連想されるフォルムであった）と呼ばれたものだった。だがこの作品には見た目だけでなく、超弩級の内容にも驚かされた。第二次大戦前夜のヨーロッパを舞台に、子爵家出身の日本人の若者がモーターレースに挑むというこの作品は、第四十八回日本推理作家協会賞と第十三回日本冒険小説協会特別賞をダブル受賞し、一九八〇年代から隆盛を誇った、船戸与一、志水辰夫、逢坂剛などに代表される冒険小説の傑作群に連なる作品として、広く認知されたのである。

その後、藤田さんは恋愛小説も積極的に手がけるようになり、『求愛』（九八年）で第六回島清恋愛文学賞、『愛の領分』（二〇〇一年）で第百二十五回直木賞を受賞した。そして作家人生の掉尾《ちょうび》として、大雪のためある町に足止めされた者たちの人生を切りとった連作短編集『大雪物語』（一六年）で第五十一回吉川英治文学賞を受賞している。

余談だが、パートナーである小池真理子と同時に直木賞候補になったこともあった。この時は小池さんが『恋』で受賞し、藤田さんは涙を呑んだ形になった。藤田さんの受賞はその六年後になるわけだが、授賞式の後、藤田さんを囲む集まりに小池さんが顔を見せ、ごく自然に抱擁された瞬間は、まさに映画の中の一シーンのようで、眼福極まりなかった。

藤田さんの病気が判明した時は、かなり厳しい状況であると聞いた。だが新しい治療法によって劇的に病状が回復し、執筆活動や文学賞の選考委員の仕事も再開された。ある賞の授賞式でお話した際も、病前と全く変わらない姿に安心したのだった。だが、二〇一九年の秋ごろから病状が急変したという……。

藤田さんはダンディで少しも気取ったところがなく、誰にでもフラットに接してくれる素敵な方だった。明るくお喋り好きで話し出したら止まらない。しかし相手を慮る心が伝わるので、少しも嫌な気持ちがせず、ただただその美声に聞き惚れてしまうのが常だった。新作は望めなくなったが、膨大な著作を読み返すことが、なによりの追悼になるのではないだろうか。

台風が来襲した深夜の東京が、すべての始まりだった。アルバイト帰りの岡野圭子は、ずぶ濡れになりながら停電中の街を自宅に向かって歩いていた。その時、ヘッドライトの明かりの中に、顔なじみの男が浮かび上がるのを見た。男は人材派遣会社の社長・国枝悟郎だった。圭子の自宅近所のマンションから、人目を忍ぶような様子で出てきたのだ。しかも足を痛めたのか、右足を引きずっていた。台風の夜に、国枝は自分の住まいから離れた場所で何をしていたのか。

翌日、そのマンションに住む女性が殺されたという報道があった。殺害の推定時刻は、圭子が国枝を目撃した時刻に近かった。停電中だったため、周囲の防犯カメラは作動しておらず、圭子が国枝を見た唯一の目撃者だった……。

圭子は都内にある女子大の文学部の四年生だ。故郷から上京しての一人暮らしだが、貧しい母子家庭のため、奨学金と六本木のクラブのアルバイトで、学費と生活の一切を賄っていた。国枝はそのクラブの客だったのだ。ホステスのアルバイトをしながらも、圭子は学業にも励み、卒業論文も進めていた。だが希望する出版社への就職活動は、これまで不調に終わっていた。

決まらない就職。やがて来る奨学金の返済期限。将来への不安で鬱屈した圭子の脳裏に恐喝という言葉が浮かぶ。殺人犯に違いない国枝から金を奪うのだ。計画を立てた圭子は恐喝を実行し、二千万円という大金を得ることに成功する。だがそれから間もなく、まったくの別人が逮捕される。国枝は犯人ではなかったのか、それならばなぜ彼は金を支払ったのか。圭子の心情は激しく揺れ動く。

ホステスのアルバイトをしていても、圭子は身持ちも堅く少しも浮ついたところのない女性である。国枝も、知人の付き合いでクラブに来るだけの客だった。客あしらいがあまり得意ではない圭子にとって国枝は安心できる客であり、ファザコン気味の彼女が淡い好意を抱く存在でもあった。だが彼女は将来の不安のために、犯罪に手を染めてしまうのだ。圭子は貧困が生んだ格差社会の被害者でもある。犯罪に至る彼女の複雑な心の動きが興味深い。

〈もしも国枝が嫌な男だったら、今度の計画を立てていなかった気がする。国枝の人の良さが、圭子を安心させた結果、恐喝をしようと考えたのだ。根底には国枝に対する甘えがあった。その甘えがハードルを低くしたのである〉

一般に、男性作家が描く女性キャラクターに白ける読者（特に女性！）は多い。いわく男にとって都合のいい女だ、いわく自分（作者）が理想とする女性に過ぎない、という具合に。だが女性読者からしても圭子の心情は理解できるのではないだろうか。

とはいえ、圭子にもけっこう身勝手なところがある。同郷の先輩である吉木功太郎とは、声が耳障りだという本音は伝えることはせず、自分に甘い愚痴メールの相手としては利用しつづけているのだ。吉木を通して知り合った、大手出版社勤務の田口に対しては、就職先を紹介してもらうために、彼の下心を知りながら、それを巧みに利用したりする。藤田さんの筆致は、たぶん圭子自身もわかっていない、彼女の嫌な一面を浮き彫りにしていく。

第二章は一転して、国枝の過去が描かれる。そして国枝がマンションで起きた殺人事件の犯人ではないとわかった時から、物語は思わぬ方向に進んでいく。圭子は恐喝という自分の行為を後悔しながらも、前にも増して国枝と心が通い合っていく。一方、過去から伸びてくる手に怯える国枝。心に抱える秘密を隠しながら、徐々に距離が縮まっていく二人。

先述した圭子の多面的な性格や、二人の関係を描く筆致は、恋愛小説の名手である藤田さんの面目躍如《めんもくやくじょ》というところだろう。

だがもとより世界は二人だけのものではない。終章である第三章にいたると、圭子が予測しなかった思惑が浮上し、物語は別の様相を見せはじめるのだ。

圭子が恐喝という犯罪に手を染めようとする第一章に横溢《おういつ》する緊張感。第二章で明らかになる国枝の過去。そして急展開する第三章。殺人、恐喝、そして恋愛感情のもつれ。心に秘密を抱えた者たちが交錯することで生じるサスペンスを巧みに描いた本作は、まさに藤田宜永の白鳥の歌にふさわしい。

そして本書を読み終えた読者は、自らの胸に問うことになる。

はたして彼女は悪女なのか、と。

二〇一八年七月実業之日本社刊

本作品はフィクションです。実在の人物、団体、事件とは一切関係ありません。（編集部）

実業之日本社文庫　最新刊

泉 ゆたか
猫まくら　眠り医者ぐっすり庵
江戸のはずれにある長崎帰りの風変わりな医者と一匹の猫がいる養生所には、眠れない悩みを抱える人々が――心ほっこりの人情時代小説。（解説・細谷正充）
い17 1

草凪 優
アンダーグラウンド・ガールズ
東京・吉原の高級ソープランドが廃業した。人気の嬢たちはデリヘルを始め、軌道に乗るも、悪党共の手により…。女たちは復讐を誓う。超官能サスペンス！
く6 8

倉知 淳
豆腐の角に頭ぶつけて死んでしまえ事件
戦争末期、密室状況の陸軍の研究室で死んでいた兵士のそばには、なぜか豆腐の欠片が――奇想満載、前代未聞のユーモア＆本格ミステリ。（解説・村上貴史）
く9 1

今野 敏
潜入捜査　新装版
今野敏の「警察小説の原点」ともいえる熱き傑作シリーズが、実業之日本社文庫創刊10周年を記念して装いも新たに登場！　囮捜査の行方は…。（解説・関口苑生）
こ2 14

佐川光晴
駒音高く
将棋会館の清掃員、プロを目指す中学生、引退間際の棋士…勝負の世界で歩を進める7人の青春を描く。家族小説の名手による感動傑作！（解説・杉本昌隆八段）
さ6 2

原田ひ香
サンドの女　三人屋
心も体もくたくたな日は新名物「玉子サンド」を召し上がれ――サンドイッチ店とスナックで、新・三人屋、今日も大繁盛。待望の続編、いきなり文庫で登場！
は9 2

藤田宜永
彼女の恐喝
奨学金を利用し、クラブで働く圭子と、殺人現場から逃げ出した男。ふたりは次第に接近する。驚愕の心理サスペンス。著者、最後の作品。（解説・西上心太）
ふ7 1

南 英男
謀殺遊戯　警視庁極秘指令
元エリート官僚とキャバクラ嬢が乗った車が激突して二人は即死。しかし、この事故には不自然な点が。極秘捜査班が調査に乗り出すと――怒濤のサスペンス！
み7 18

吉村達也
血洗島の惨劇
会長が末期ガン、新社長就任を控えた息子が惨殺……大実業家・渋沢栄一生誕の地「血洗島」で悲劇の連鎖!?朝比奈耕作、真相を抉る！（解説・大多和伴彦）
よ1 11

実業之日本社文庫　好評既刊

阿川大樹
終電の神様

通勤電車の緊急停止で、それぞれの場所へ向かう乗客の人生が動き出す――読めばあたたかな涙と希望が湧いてくる、感動のヒューマンミステリー。

あ131

阿川大樹
終電の神様　始発のアフターファイブ

ベストセラー『終電の神様』待望の書き下ろし続編！終電が去り始発を待つ街に訪れる5つの奇跡を、温かな筆致で描くハートウォーミング・ストーリー。

あ132

阿川大樹
終電の神様　台風の夜に

ターミナルの駅員、当直明けの外科医、結婚式を予定しているカップル――台風で鉄道が止まる一夜、それぞれの運命が動き出す。感動のベストセラー新作！

あ133

天祢 涼
探偵ファミリーズ

このシェアハウスに集う「家族」は全員探偵!? 元・美少女子役のリオは格安家賃の見返りに大家の「レンタル家族」業を手伝うことに。衝撃本格ミステリ！

あ171

池井戸 潤
空飛ぶタイヤ

正義は我にありだ――名門巨大企業に立ち向かう弱小会社社長の熱き闘い。『下町ロケット』の原点といえる感動巨編！（解説・村上貴史）

い111

実業之日本社文庫　好評既刊

池井戸潤
不祥事
痛快すぎる女子銀行員・花咲舞が様々なトラブルを解決に導き、腐った銀行を叩き直す！　テレビドラマ「花咲舞が黙ってない」原作。（解説・加藤正俊）
い11 2

池井戸潤
仇敵
不祥事を追及して職を追われた元エリート銀行員・恋窪商太郎。彼の前に退職のきっかけとなった仇敵が現れた時、人生のリベンジが始まる！（解説・霜月蒼）
い11 3

伊坂幸太郎
砂漠
この一冊で世界が変わる、かもしれない。一瞬で過ぎる学生時代の瑞々しさと切なさを描いた一生モノの傑作長編！　小社文庫限定の書き下ろしあとがき収録。
い12 1

植田文博
99の羊と20000の殺人
寝たきりで入院中の息子の病名を調べてほしい――。凸凹コンビの元に、依頼が舞い込んだ。奇病の謎を追う、どんでん返し医療ミステリー。衝撃の真実とは!?
う6 1

大山誠一郎
アリバイ崩し承ります
美谷時計店には「アリバイ崩し承ります」という貼り紙がある。店主の美谷時乃は、7つの事件や謎を解決できるのか!?（解説・乾くるみ）
お8 1

実業之日本社文庫　好評既刊

草凪優
堕落男《だらくもの》
不幸のどん底で男は、惚れた女たちに会いに行く――。堕落男が追い求める本物の恋。超人気官能作家が描くセンチメンタル・エロス！（解説・池上冬樹）
く61

草凪優
悪い女
「セックスは最高だが、性格は最低」。不倫、略奪愛、修羅場を愛する女は、やがてトラブルに巻き込まれて――。究極の愛、セックスとは!?（解説・池上冬樹）
く62

草凪優
愚妻
専業主夫とデザイン会社社長の妻。幸せな新婚生活のはずが…。浮気現場の目撃、復讐、壮絶な過去、ひりひりする修羅場の連続。迎える衝撃の結末とは!?
く63

草凪優
欲望狂い咲きストリート
寂れたシャッター商店街が、やくざのたくらみによりピンサロ通りに変わった…。欲と色におぼれる不器用な男と女。センチメンタル人情官能！　著者新境地!!
く64

草凪優
地獄のセックスギャング
悪党どもは地獄へ堕とす！　金を奪って女と逃げろ!!ハイヒールで玉を潰す女性刑事、バスジャックを仕掛ける極道が暗躍。一気読みセックス・バイオレンス！
く65

実業之日本社文庫　好評既刊

草凪優
黒闇
最底辺でもがき、苦しみ、前へ進み、堕ちていく不器用な男と女。官能小説界のトップランナーが、人間の性と生を描く、暗黒の恋愛小説。草凪優の最高傑作！
く66

草凪優
知らない女が僕の部屋で死んでいた
眼が覚めると、知らない女が自宅のベッドで、死んでいた。女は誰なのか？ 記憶を失った男は、女の正体を探る。怒濤の恋愛サスペンス！（解説・東えりか）
く67

今野敏
デビュー
昼はアイドル、夜は天才少女の美和子は、情報通の作曲家や凄腕スタントマンら仲間と芸能界のワルを叩きのめす。痛快アクション。（解説・関口苑生）
こ27

今野敏
殺人ライセンス
殺人請け負いオンラインゲーム「殺人ライセンス」の通りに事件が発生!? 翻弄される捜査本部をよそに、高校生たちが事件解決に乗り出した。（解説・関口苑生）
こ28

今野敏
叛撃
空手、柔術、スタントマン……誰かを、何かを守るために闘う男たちの静かな熱情と、迫力満点のアクションが胸に迫る、傑作短編集。（解説・関口苑生）
こ29

実業之日本社文庫　好評既刊

今野 敏
襲撃
なぜ俺はなんども襲われるんだ——!? 人生を一度は放棄した男と捜査一課の刑事が、見えない敵と闘う痛快アクション・ミステリー。（解説・関口苑生）
こ2 10

今野 敏
マル暴甘糟《あまかす》
警察小説史上、最弱の刑事登場!? 夜中に起きた傷害事件は暴力団の抗争か半グレの怨恨か。弱腰刑事の活躍に笑って泣ける新シリーズ誕生！（解説・関根 亨）
こ2 11

今野 敏
男たちのワイングラス
酒の数だけ事件がある——茶道の師範である「私」が通うバーから始まる8つのミステリー。『マティーニに懺悔を』を原題に戻して刊行！（解説・関口苑生）
こ2 12

今野 敏
マル暴総監
史上〝最弱〟の刑事・甘糟が大ピンチ!? 殺人事件の捜査線上に浮かんだ男はまさかの……痛快〈マル暴〉シリーズ待望の第二弾！（解説・関口苑生）
こ2 13

佐藤青南
白バイガール
泣き虫でも負けない！ 新米女性白バイ隊員が暴走事故の謎を追う、笑いと涙の警察青春ミステリー！ 迫力満点の追走劇とライバルとの友情の行方は——？
さ4 1

実業之日本社文庫　好評既刊

佐藤青南
白バイガール　幽霊ライダーを追え！
神出鬼没のライダーと、みなとみらいで起きた殺人事件。謎多きふたつの事件の接点は白バイ隊員――？　読めば胸が熱くなる、大好評青春お仕事ミステリー！
さ42

佐藤青南
白バイガール　駅伝クライシス
白バイガールが先導する箱根駅伝の裏で、選手の妹が誘拐された!?　白熱の追走劇と胸熱の人間ドラマで一気読み間違いなしの大好評青春お仕事ミステリー。
さ43

佐藤青南
白バイガール　最高速アタックの罠
SNSで拡散された過激な速度違反動画を捜査するなか、謎のひき逃げ事件が発生。生意気な新人白バイ隊員・鈴木は容疑者家族に妙に肩入れするが――。
さ44

佐藤青南
白バイガール　爆走！五輪大作戦
東京オリンピック開幕中に事件発生！　謎の暴走事故の捜査のカギはスタジアムに!?　スピード感100パーセントのぶっ飛び青春ミステリー！
さ45

知念実希人
仮面病棟
拳銃で撃たれた女を連れて、ピエロ男が病院に籠城。怒濤のドンデン返しの連続。一気読み必至の医療サスペンス、文庫書き下ろし！（解説・法月綸太郎）
ち11

実業之日本社文庫 ふ71

彼女《かのじょ》の恐喝《きょうかつ》

2021年2月15日　初版第1刷発行

著　者　藤田宜永《ふじたよしなが》

発行者　岩野裕一
発行所　株式会社実業之日本社
〒107-0062　東京都港区南青山5-4-30
CoSTUME NATIONAL Aoyama Complex 2F
電話［編集］03(6809)0473［販売］03(6809)0495
ホームページ　https://www.j-n.co.jp/
DTP　ラッシュ
印刷所　大日本印刷株式会社
製本所　大日本印刷株式会社

フォーマットデザイン　鈴木正道（Suzuki Design）

ISBN978-4-408-55647-5（第二文芸）